ESTACIONES DE PASO

Á

colección andanzas

Libros de Almudena Grandes
en Tusquets Editores

ALMUDENA GRANDES
ESTACIONES DE PASO

1.ª edición: septiembre de 2005
2.ª edición: octubre de 2005
3.ª edición: noviembre de 2005

Diseño de la colección: Guillemot-Navares
Reservados todos los derechos de esta edición para
Tusquets Editores, S.A. - Cesare Cantù, 8 - 08023 Barcelona
www.tusquets-editores.es
ISBN: 84-8310-312-5
Depósito legal: B. 47.017-2005
Fotocomposición: Foinsa - Passatge Gaiolà, 13-15 - 08013 Barcelona
Impreso sobre papel Goxua de Papelera del Leizarán, S.A. - Guipúzcoa
Limpergraf, S.L. - Mogoda, 29-31 - 08210 Barberà del Vallès
Encuadernación: Reinbook
Impreso en España

Índice

Índice

A Luis,
sobre todo

Demostración de la existencia de Dios

Para Mauro,
filósofo.

Y para Chus,
por lo mismo.

Mira, Dios, ésta es tu última oportunidad, te lo digo en serio, y te lo digo ahora, cuando está sonando el himno, y luego viene el rollo de las fotos, y eso... Después, cuando empiece el partido, ya no hay trato. Quiero decir que ya no se puede cambiar, o sea, que lo que tengas que decidir, que lo decidas ahora, bueno, yo me entiendo, y tú también, ¿no...? Se supone que tú lo entiendes todo, por lo menos eso dice el plasta del calvo ese que me da la vara todos los jueves por la mañana en el instituto, porque ya sabrás que después de lo de Ramón, mamá me ha apuntado a Religión, que es lo que dice el Rana, joder con los padres progres, tanto largar, tanto largar, o sea, que si han corrido delante de los grises, que si hacían asambleas de esto y de lo otro, mucha foto con barbas y melenas, y hasta levantando el puño delante de la Casa Blanca, que esa foto de mi viejo sí que es guapa, la verdad, pero luego, ¡toma!, a Religión, con lo bien que estaba yo dando Ética, no te jode... Claro que entre las abuelas y el facha del tutor les tenían locos, y no estaba el horno para bollos, porque menuda putada, tío, que ahí sí que te pasaste, pero tres pueblos te pasaste, cabrón... Vale que ésta no es la mejor manera de empezar, pero, total, como tú ya lo sabes todo, ¿no?, pues eso... Y luego lo que dice el calvo, que hasta viene en la Biblia, por lo visto, o sea, que en el cielo hacéis una fiesta mucho más grande cuando se convierte un enemigo, como quien dice, que cuando llega uno de los vuestros, ¿no? Más o menos, así que tú verás lo que te conviene si tienes ganas de juerga, tío, porque yo, desde luego, de los vuestros no soy, ya lo sabes... Desde lo de Vallecas. Porque yo al de la camisa blanca, ese que salió por la tele, el que iba andando entre los restos del autobús justo después del atentado, pues a ése lo conozco, ¿sabes?, o sea, yo exactamente no, pero mi viejo sí, de toda la vida, porque mi viejo es vallecano, con *c*, como dice él, que lo de la *k* es de anteayer, y eso que a mí lo de la *k* me mola un huevo, pero bueno, como yo soy de Latina, pues me callo... Pero ahí fue cuando dije, os vais a tomar por culo todos, pero todos, ¿eh? ¡Hala!, a rezar, largo de aquí, que sois todos lo mismo, igual de hijos de puta, porque a mi viejo se le saltaron las lágrimas de rabia, y a mí eso me impresionó mucho, qué quieres que te diga, yo no podía saber que ahora iba a estar harto de ver llorar a mi padre, y me quedé más hecho polvo todavía al ver al hombre aquel de la camisa blanca, Santiago se llama, mi viejo lo reconoció nada más verle, ese que andaba como si estuviera mamado, con un trozo de hierro retorcido en la mano, y una cara que no era de pena, sino de cabreo, como de una especie de cabreo muy grande, y muchas ganas de estamparte a ti el guardabarros en esa jeta de bueno que tienes, o sea, que yo pensé, pero qué Dios ni qué Dios, joder, si hubiera Dios, ETA no pondría bombas en Vallecas, sino en El Viso, no te jode... Pero yo entonces era muy pequeño. Debía tener... once años o por ahí. Luego, en cambio, empecé a pensar y dije... Bueno, no quiero ni pensar lo que dije, no vaya a ser que te cabrees. Pero es que es verdad, tío, o sea, porque a mí me encantaría convertirme, pero desde hace un montón, y no hay manera, joder, es que no hay manera, primero lo de Casandra Martínez Martínez, que vale, es una tontería, a lo mejor no se te puede pedir lo de tocarle las tetas a una tía, ni siquiera si está buena de la muerte, pero que a cambio acabe enrollándose con el mamón ese de Iván Fernández, que es un chivato de mier... ¡Pero qué hace ese tío! ¡Pero cómo se puede ceder un ba...! Ya está. Ya está, ¡qué asco! Esto es increíble, oye...

0-1

Bueno, Dios, es que... Esto es cojonudo, vamos. Es que no se pueden hacer tratos contigo, tío. Mira que te lo he dicho antes de empezar, que no quería llevarme disgustos. La portería a cero, te lo he dicho, ¿eh?, o sea... Claro, que si remontásemos, pues mejor, la verdad, porque cuanto peor se hayan puesto las cosas, más gusto da ganar luego, al final, y a éstos lo mejor es ganarles de penalti inventado en el descuento, aunque eso a nosotros nunca nos pasa, o sea, por lo menos que yo me acuerde, eso sólo les pasa a ellos y a los del Barça, no te jode... Bueno, vale, me voy a callar no vaya a ser que me arrepienta de haber largado antes de tiempo... Menos mal que mi viejo está como si tal cosa, que parece que hasta la Liga le da lo mismo ya. Cuando me ha visto entrar en el salón, me ha sonreído y todo. Y mejor, claro, mucho mejor, porque anda que mi hermana, la bronca que me ha montado en el pasillo... Es que está fatal Mon, pero fatal, ¿eh?, la que peor, bueno, todos estamos fatal, pero es que ella, además, está histérica perdida, y eso que cree en ti pero un montón, la única, ya ves. Y a lo mejor tenía razón, yo no digo que no, porque mamá no me ha visto todavía, pero es que yo tenía que hacerlo, se lo debo a Ramón, tú lo sabes, fue él quien se empezó a pintar la cara los días de partido, encontró las barras esas tan chulas en El Corte Inglés, y al principio no me las quería dejar, acuérdate, que me tuve que ir yo con mi dinero a comprarme las mías, que era un roñoso del copón, el tío, pero eso ya no importa... La bandera también es suya. Yo tengo otra, pero más pequeña y con el escudo más feo, porque me la regalaron antes del doblete y eso, pero si me pongo siempre la suya no es porque mole más, sino porque como no pude, o sea... Bueno, ya sabes. Por eso también me pinto la cara igual que él, porque antes, como me cabreó tanto que no me dejara las pinturas, me hacía las rayas horizontales, en la frente y en las mejillas, claro que papá en eso ni se ha fijado, seguro, eso sólo la sargento Mónica, que hay que ver, la tía, se ha puesto como una fiera, que si soy un imbécil, que si cómo se me ocurre salir así de la habitación, que si quiero que papá y mamá se mueran de pena... ¡Joder!, como si algo tuviera remedio, no te jode. Pero es que las niñas, ya se sabe, y con trece años, que es una edad malísima, pues... O sea, yo lo sé porque acabo de cumplir quince, y me parece ya una tontería hablar tanto contigo mentalmente, así que ella, que va a misa y todo, pues, no te digo... Y por si te gusta que vaya a misa, te advierto que en esta casa somos todos del mismo equipo, así que, si vas con Mon, vas conmigo, lo siento, ¿qué pasa?, así está el tema... Hasta mamá era forofa antes. Cuando era ella, porque ahora yo no sé... No sé dónde está mi madre, mi madre la de antes, y eso también es culpa tuya, tío, o sea... Lo que tiene gracia es cómo es la peña, vale, mis viejos, quiero decir. Porque antes ella era... Pero una brasa de mujer, en serio, la super madre de la muerte, todo el día besuqueándonos, abrazándonos, dando la vara con esto y con lo otro, que si los deberes, que si la mochila, que si las reuniones de padres del colegio, que si ya sabes que te tienes que duchar, que si qué quieres de comer para tu cumpleaños... Bueno, eso estaba bien, o sea, que hace veinte días fue el mío, y comimos lentejas con chorizo y huevos fritos para quien quisiera segundo, cuando todo el mundo, pero todo el puto mundo, o sea, todo el mundo sabe que lo que a mí me gusta es el cóctel de gambas y los sanjacobos con queso y jamón serrano. Hasta mamá lo sabía, y cuando se dio cuenta, se echó a llorar, y me pidió perdón y todo, y eso que yo no protesté, no dije ni media, yo, y no se me notaba en la cara, ni de coña, venga, eso son rollos de Mon, cómo iba yo a protestar, si aquí, ahora, no abre el pico nadie... Pues sí, para protestar está el patio, como si no tuviéramos bastante ya... Y eso también es una putada, o sea, no poder protestar, no poder suspender ni una, llegar siempre dos minutos antes de la hora, poner la mesa y esos rollos. Y no es que nos lo haya dicho nadie, pero Mon y yo... No sé, los dos sabemos que ahora no podemos meter la pata, ni siquiera sabemos si podremos volver a meterla alguna vez, y yo a veces pues no tengo ganas de nada, y lo único que me apetece es estar sin misión, tirado en la cama, o liarme a patadas con la puerta de mi cuarto, y no puedo hacerlo, claro... ¡Buah! Vaya mierda de equipo que tenemos este año, como sigamos así nos van a meter catorce. Y tú no eches una mano, déjalo, no te molestes... Yo no sé para qué me empeño... Y como tampoco puedo chillar, ni soltar tacos... Bueno, por lo menos de los gordos, que son los que más consuelan. Hasta que mi viejo se levante y se vaya, que no creo que llegue al descanso, porque ya no mira la tele siquiera... Cuando me he sentado aquí, me lo ha dicho, no te hagas ilusiones, Rafa, hazte a la idea de que ya hemos perdido. Y yo no he querido contestarle nada, por si no estaba hablando sólo del partido, y además porque ésa es la verdad, joder, que pase lo que

18

pase, nosotros ya hemos perdido, claro, que si le metiéramos cinco al Madrid, uno detrás de otro, pues se me pondría otro cuerpo, eso seguro, pero contigo no se pueden hacer tratos, así que esto tiene una pinta..., pues fatal, o sea, pero fatal... Como todo. Pues sí... Si me llegan a decir a mí que un buen día iba a acabar echando de menos los besuqueos de mi madre..., ¡buah!, es que me habría descojonado vivo, pero es que me habría muerto del descojone, vamos. Pues, ya ves, ahora, en cambio, echo mucho de menos cómo era mamá antes, y me encantaría que volviera a ser igual, lo mismo de pesada, lo mismo de perfecta, siempre en todo, dando la vara a todas horas, y no como está ahora, que parece un fantasma de una peli mala de terror, andando tan despacio y chocándose todo el rato con los muebles, que es que no mira, la tía, y tampoco se está quieta, todo el día andando, con esos pasitos lentos, como si fuera una vieja... Es que está casi hasta fea, mi madre, joder, es increíble, ella, que ha estado siempre buenísima, aunque sea mi madre, ¿qué pasa?, si es la verdad, o sea, que hasta el Rana me lo dijo una tarde, hace un par de años, mientras la veíamos venir andando por la acera desde la puerta del colegio, mira, Búho, no te cabrees, pero la verdad es que tu madre tiene un polvo que te cagas, eso me dijo, y yo me cabreé con él, y le pegué un empujón que le tiré al suelo, joder, porque mi madre es mi madre, y una cosa es que lo diga yo y otra cosa que lo diga el Rana, no te jode. Pero eso era antes, cuando se ponía potingues en la cara, y se pintaba, cuando iba a trabajar aunque estuviera resfriada, y se tiraba las mañanas de los sábados en la peluquería, y no se pasaba semanas enteras vestida con la misma ropa, como ahora... Tenía siempre treinta años mamá, y nos besaba todo el rato, no veas qué coñazo de tía, y daba gusto verla, era estupenda... Claro, que el que también ha cambiado pero un huevo es mi viejo, o sea, que siempre había pasado un poco de nosotros, no, vale, no es eso exactamente, no pasaba, pero nos hacía menos caso, bueno, más o menos, yo me entiendo, y ahora, en cambio, él es el que más nos besa. Bueno, a mí no tanto, pero es normal, porque yo soy un tío, ¿no?, pero por ejemplo se ve las películas de la tele abrazado a Mon, besándola en el pelo, como si fuera su novio, y eso está bien, está muy bien, la verdad, que yo le agradezco todo eso, y que a mí me abrace tanto, que me coja por el cuello cuando vamos por la calle, que hable conmigo de Ramón a las claras y sin llorar, aguantando el tipo, y no como mamá, que a la mínima se pone hecha una histérica, aunque yo la quiero casi más que antes, tiene gracia... Pero el que está que se sale es mi viejo, en serio, que todavía me acuerdo, los primeros días, cuando la casa se llenaba de gente todas las tardes, que no sé a qué coño venían, aparte de a merendar por la patilla, y todos diciendo lo mismo, era el mejor, era el mejor, se ha llevado al mejor, hasta que un día mi padre se hartó, y lo dijo bien claro, de pie, en el centro del salón, que me parece que lo estoy viendo, mis tres hijos son igual de buenos, y el que venga aquí a decir que Ramón era el mejor, que no vuelva... ¡Joder! Estuvo de puta madre el tío, aunque mamá se enfadara con él, pero de puta madre, no te jode... Yo le quiero un montón a mi viejo, más que... ¡Pero no me...! ¡Pero no, hombre, pero ¿qué...?! ¡No, no, no, no! Toma, otro... ¡Qué asco de equipo, qué mierda! Esto ya no lo levanta ni Dios...

0-2

Bueno, ¿qué pasa, es que no te intereso? Joder, ni que mi alma fuera de segunda mano, no te jode... Se supone que en el cielo estáis deseando hacer una fiesta conmigo, ¿o no? Si no lo haces por mí, hazlo por mi viejo, o por Mon, que la acabo de oír chillar, o sea, que está sufriendo ella sola, en su cuarto, en plan soy-una-mártir-estupenda-que-te-cagas... Es que eres la leche, tío, no se pueden hacer tratos contigo. Nada, que a mí me ha tocado lo de Caín, el humo que no sube y todo el rollo ese, y eso que yo no he matado a mi hermano, que a mi hermano lo has matado tú, hijoputa... Así de claro, ¿quién si no? Todavía me acuerdo, al principio, cuando yo no tenía ni idea de que existiera esa palabra, leucemia, joder, si parece el nombre de una planta de interior... Leucemia. Cuando mamá me lo dijo, me quedé tan fresco, ¿y qué?, pregunté, y entonces ella me aclaró, es un cáncer... Un cáncer, con dieciséis años, o sea, imposible, dije, pero ella me dijo que sí con la cabeza, moviéndola muy despacio, y se echó a llorar, y entonces... ¡buah!, no veas, me fui a la calle y estuve dándole patadas a un banco hasta que me hice polvo el dedo gordo del pie derecho. Vale, pues todo lo demás fue así, igual que pegarle patadas a un banco hasta destrozarse el pie, y para nada... Para nada. Cuando volví a casa y me lo encontré... Es que no quiero ni acordarme, porque he decidido no llorar más, porque aquí ya estamos todos hartos de llorar, y llorando no se arregla nada, porque es que nada tiene arreglo, o sea... Y yo que no le hacía ni caso cuando se quejaba, porque por la noche, antes de dormirnos, me contaba a veces que estaba muy cansado, pero cansadísimo, que no tenía ganas de comer, y vomitaba hasta la sopa, y le dolía la garganta... No sé qué me pasa, Rafa, estoy demasiado cansado y me duele todo el cuerpo. Nada, que estás hecho un mariquita, le decía yo, que me podría haber metido la lengua en el culo, vamos. Síntomas de crecimiento, dijo el médico de cabecera, el cansancio y el dolor de los huesos, es normal, va a pegar un estirón, eso dijo, y se quedó tan ancho, el tío... Hasta que empezó a ponerse moreno, y eso ya era para mosquearse, porque en febrero no era normal, ese color de surfista de la tele, moreno pero como verdoso, un color sin brillo, chungo, o sea, yo me entiendo... Por lo visto es que algo ya no le funcionaba bien, el hígado, me parece, o los riñones, o yo qué sé, pero era algo así, y por eso le cambió el color a mi hermano. Ya no podré decir «mi hermano» nunca más, no me queda nadie a quien llamar mi hermano. Cada vez que lo pienso, me entra una especie de... No sé, joder, te cogería por el cuello y te lo retorcería hasta que dieras zumo, te lo juro. Ojalá pudiera volver a creer que no existes, ojalá. Aunque eso significara que Ramón no está en ninguna parte, o sea... Ojalá pudiera. Porque verlo, ya no volveré a verlo nunca más, eso seguro, y no quiero olvidarme de él, pero es que acordarme me cuesta mucho, joder, es que no quiero llorar más, eso es lo que pasa. Al principio, me compré un cuaderno y apuntaba cosas de él. Ramón era un año y once meses mayor que yo. Eso fue lo primero que escribí. Tenía el pelo castaño y los ojos marrones. Era del Atleti. Por supuesto, no te jode. Tenía muy mal gusto para las tías, porque le gustaba una de su clase que se llama María Asunción, que Asunción es apellido, no nombre, que tiene cara de pez y hasta mi madre dice que está esmirriada, que lleva los vaqueros en las caderas. Y sin embargo, opinaba que Casandra Martínez Martínez tiene las tetas demasiado grandes, sí, ya, grandes, no te jode... Esto me pareció muy poco serio, o sea, como que me arrepentí de haberlo escrito, y entonces pasé la página, y en la siguiente, con una letra muy grande, escribí: «Ramón García Vega era mi hermano». Y ya no pude escribir más, porque me dio por llorar y estuve llorando..., ¡buah!, no sé, la tira de tiempo. Mi padre dice que nunca me olvidaré de él, y ojalá sea verdad, porque es que... Vale, mejor no pensarlo. Pero era un tío de puta madre, mi hermano, eso sí. No que fuera el mejor, eso no, aunque Mon, con esos aires de santita, tampoco te creas... Joder, pues que no había ninguno mejor, o sea, pero que Ramón era de puta madre, eso seguro... Tacaño que te cagas, pero incapaz de chivarse de nada ni de nadie, mi hermano. Tenía un montón de amigos. Sacaba peores notas que yo, porque era muy vago, pero ligaba..., joder, pero muchísimo, el que más, no te jode. En diecisiete años tuvo cuatro novias, y a las dos últimas las metía mano pero a tope, o sea, yo lo sé porque me lo contaba, y fantasma no era Ramón, bueno, por lo menos que yo sepa... Y si se estaba tirando el moco, pues da lo mismo. Más que yo, ya ligaba, porque lo que soy yo, ni un colín por Navidad, joder... Y ni de coña, que él lo hacía de verdad, porque sabía un huevo de cosas de las tías, qué era lo que más las ponía, cuándo se notaba que estaban a punto de pararte los pies, esas cosas, y leerlo, seguro que no lo había leído, porque no cogía un libro ni cobrando Ramón, eso sí que no... Claro, como él no llevaba gafas... Y era más alto que yo, un palmo por lo menos, pero es que me sacaba dos años, o sea, que eso no cuenta... Y yo las gafas no las voy a llevar siempre, joder, que me da igual lo que digan mis viejos, yo, en cuanto que empiece a trabajar, me pongo lentillas, y azules, y ya veremos entonces, no te jode... Es que estás equivocado, Rafa, me decía él, es mejor que empieces con una fea, las feas son más fáciles, hay menos competencia, ¿no lo entiendes? Líate tú con una fea y déjame en paz, le contestaba yo, porque él sólo salía con tías buenísimas. Eso me daba un poco de envidia, la verdad, pero por lo demás nos llevábamos muy bien. Yo le quería mucho. Le admiraba. Quería ser como él. El Rana dice que eso es lo que pasa con todos los hermanos mayores, o sea, que es normal. Yo eso no lo sé, pero a veces, cuando se encerraba en el cuarto de baño y me chillaba que le dejara en paz, que me largara, que no fuera todo el tiempo pegado a él como una lapa, pues yo... hasta lo entendía, o sea. Lo único que no podía perdonarle es que me llamara «enano» delante de sus amigos. Y acababa perdonándole eso también, así que... La verdad es que le echo mucho de menos. Pero un huevo, en serio. Menos mal que tengo al Rana. Y menos mal que me queda Mon. Y el Atleti. Aunque estemos jugando de puta pena, que nos van a meter el tercero de un momento a otro, que lo estoy viendo, pero ahora el partido también me da igual. No se pueden hacer tratos contigo, me lo estás demostrando pero a... ¿Lo ves? ¿Quién me mandará a mí pensar, joder, pero quién...? O sea.

0-3

Me estás viendo, ¿no, Dios?, con el ojo ese que tienes metido en un triángulo, encima de una nube... Porque si me estás viendo, ya te habrás dado cuenta de cómo estoy de tranquilo, o sea, que a estas alturas del partido, tu divina voluntad me la suda. Así de claro, majo, como dice mi abuelo, que es de un pueblo de la provincia de Zaragoza... Tú no me quieres a mí, y yo no te quiero a ti. Ya está. El mundo está lleno de asesinos, dictadores, torturadores, fascistas de mierda, terroristas que ponen bombas en barrios como Vallecas y su puta madre, que salen por su propio pie de operaciones a vida o muerte a los ochenta años, y mi hermano se murió a los diecisiete de una leucemia después de un trasplante de médula que no le prendió. ¿Por qué? ¡Ah, tú sabrás! Los médicos no lo saben. Si lo supiéramos todo, me dijo esa hematóloga tan delgadita, morena, con el pelo corto, no se moriría nadie. Eso me dijo, y ni siquiera pude cabrearme con ella, ¿sabes?, porque estaba llorando, igual que yo... ¿Por qué no le prendió la médula a mi hermano? Pues porque tú existes, por eso. Y la médula era mía, o sea, que ahí te saliste, vamos, pero es que te saliste, tío... Y eso que yo al principio estaba seguro de que todo iba a salir bien, pero seguro, a ver, si tenía diecisiete años Ramón, y era mi hermano, ¿cómo se iba a morir? Por eso llevé muy bien lo mío, mamá me lo explicó, que me iban a clavar una aguja en el centro de la espalda para sacarme un poco de mi médula espinal, y se la iban a poner a él después de destruirle la suya, que era donde estaba el cáncer, porque esto funciona mejor entre hermanos, por lo del ADN idéntico y esos rollos, total... Que ahora sé un huevo de palabras de ésas, punción, quimioterapia, células cancerígenas, leucocitos, o sea... Y bien, ¿eh?, al principio, muy bien, de puta madre. Él lo sabía, porque mis viejos estuvieron hablando con los médicos y decidieron decírselo, no que se iba a morir, claro, porque es que Ramón no se iba a morir, ni de coña, vamos, pero le contaron que le iban a hacer un trasplante, y que antes le iban a dar quimioterapia, y que se iba a quedar calvo, y que iba a tener muchos dolores, y luego..., pues ya está. Otra vez con pelo y a correr... El noventa y no sé cuántos por ciento de los trasplantados estaban corriendo ya, así que... Claro que a nosotros nos tocó el cero no sé cuántos por ciento. Y Ramón se murió. Y lo que más me jode es que se dio cuenta. Se dio cuenta de que se moría, mi hermano... ¡Buah!, es que no quiero ni acordarme, pero ni acordarme, o sea, que estoy harto de llorar, joder, que no quiero llorar más, no quiero, no quiero... Me acuerdo muy bien del primer día, cuando le ingresaron en el hospital, mis viejos se quedaron a dormir con él, nosotros nos vinimos a casa con los abuelos, y en el coche Mon empezó a llorar, sin hacer ruido, se le caían las lágrimas por la cara, solamente, sin sorber por la nariz ni nada, y me apretaba la mano, y yo le decía bajito, no seas tonta, no llores, que todo va a salir bien. Yo aguanté, porque la noche antes... Joder, es que creo que ya no me quedaban lágrimas. Cuando nos metimos en la cama, Ramón me dijo que era su última noche en casa, y estaba tranquilo, o sea, que es que es increíble... No voy a poder dormir sin tu olor de pies, enano, eso me dijo, y yo me eché a reír, porque es verdad que a mí me cantan los pies un huevo, no sé por qué, y eso que mamá me compra unos polvos en la farmacia que me los dejan nuevos, pero en cuanto que nos retrasamos un par de días, pues ya está, una peste que te cagas... Mi viejo dice que son las hormonas, pero vete a saber, porque desde que cumplimos once o doce años, él le echa la culpa de todo a las hormonas, o sea... Total, que Ramón me dijo eso y yo me reí, nos reímos los dos, pero luego me di cuenta de que estaba muy mal, porque de repente me contó que tenía miedo. Así, sin más, lo dijo en voz alta el tío, y llamándome por mi nombre, Rafa, tengo miedo, dijo. Joder. Y entonces yo hice una cosa increíble, pero increíble, o sea, que es que no sé por qué lo hice, y no me pega nada, pero me levanté, y me fui a su cama, y me tumbé a su lado, y le abracé, y le di muchos besos... Le besé, a mi hermano, muchas veces. Y no sé cuánto tiempo hacía que ya no nos besábamos, entre nosotros, quiero decir, a mis viejos sí, y a Mon también, porque es una niña, y es la pequeña, pero nosotros ya no nos besábamos nunca, porque nos parecía una mariconada, y es una mariconada, pero yo esa noche dormí con mi hermano, abrazado a mi hermano, joder, es increíble... Por la mañana, al despertarnos, nos llevamos un susto, y nos separamos como si nos hubiera dado un calambre. Bueno, pues ahora me alegro, ya ves, me alegro de haberlo hecho, porque en el hospital ya no nos dejaron dormir juntos. Cuando me ingresaron a mí, para lo de la punción, Ramón estaba muy mal, completamente calvo, y muy delgado, pero eso era lo normal, ¿no?, o sea, que ya se habían cargado su médula, y había que disfrazarse para entrar a verle, y ponerse fundas en los zapatos, y una mascarilla en la cara, y una bata verde, para no pegarle microbios, porque se podía morir de un simple catarro... Por eso no me dejaron dormir con él. A mí me hubiera gustado, pero tampoco me importó mucho, porque como se iba a poner bien... El trasplante iba a salir bien, todavía. Mon te rezaba como una loca, todo el tiempo, ya ves, estarás contento, pero yo creía en los médicos, en aquellas máquinas del copón, que costaban la tira de millones, y en mi propia médula. Pues sí, como para pensar que mi médula no le iba a prender, con lo que quería yo a mi hermano, no te jode... Si hacíamos bromas con eso y todo. Porque entonces Ramón todavía hacía bromas, y protestaba de que le iban a cantar los pies cuando tuviera mi médula puesta, y yo le decía que de eso nada, pero que la polla sí que le iba a crecer... Gilipolleces. Yo tenía fe. En él, en mí, en mis viejos, en las máquinas, en los médicos, en Mon... Porque no nos podía pasar algo así, a nosotros no. Entonces no quería ni pensar que hay terroristas que ponen bombas en barrios como Vallecas. Prefería seguir teniendo fe, en todo menos en ti... De eso me alegro, mira. Total, que aguanté lo mío sin rechistar, y eso que lo de la punción duele, ¿eh?, duele que te cagas, pero yo no abrí el pico, ¿qué pasa?, si Ramón se iba a poner bien, se iba a poner bien... Cuando mi viejo me dijo que no, que lo del trasplante no rulaba, no me lo quise creer. Yo seguí disfrazándome para entrar a verle, poniéndome las calzas, y la mascarilla, y la bata, hasta cuando mamá fumaba ya en la habitación, al final... No hubiera querido verle muerto, pero me lo encontré así una tarde, cuando todavía creía que estaba vivo. No pensaba tocarle, ni acercarme siquiera, pero me abalancé encima de él, y lo abracé, y lo besé, y eso que ya lo había decidido, que había decidido no tocarle siquiera, después de muerto... Me puse como loco, no lo entiendo, papá tuvo que tirar de mí con todas sus fuerzas para separarnos. Y ahora ya no existe nadie a quien pueda llamar mi hermano. Y te odio, para que lo sepas. De lo único que me alegro es de que Ramón no esté ahora mismo aquí, a mi lado, sufriendo por esta ruina de equipo que tenemos, joder, que es que es siempre igual, toda la vida lo mismo, hasta cuando vamos bien, hasta aquel año que acabamos llevándonos la Liga, no poder ganarles nunca a estos cabrones, pero es que nunca, o sea, que es la leche, y luego mi viejo, que ya me ha contado dos veces lo del 0-4 que les metimos en el Bernabéu cuando jugaba Futre, que a mí me da igual, porque yo no lo vi, así que preferiría no saberlo, pero él, nada, dale que te pego, Futre por aquí y Futre por allí, y acabará contándome otra vez lo de Bruselas, ya verás... ¡Joder! El único 0-4 que me ha tocado a mí es el de hoy. ¿Qué pasa, que te crees que no me había dado cuenta?

Pues claro que me he dado cuenta, tío, claro que me he dado cuenta, lo que pasa es que ya me da todo igual, eso es lo único bueno que tiene ser del Atleti, que uno se acostumbra a la mierda esta y..., y... ¡buah!, pues eso. Y acabarán metiéndonos otro, porque han salido peor después del descanso, es que no dan una, joder, que no es ya que no estemos controlando el medio campo, o sea, ni mucho menos, que eso sería mucho pedir, es que no somos ni siquiera capaces de llevarnos el balón jugando más allá de la línea central, parece mentira, con lo que cobran estos mamones, y lo inútiles que son cuando quieren... Si hasta parece que están cansados, no te jode, y no han hecho nada, pero nada, vamos, el ridículo... Y tener que aguantar a Iván Fernández el lunes, otra vez, y al Rana, que será mi amigo de la muerte y un colega que te cagas, pero es más madridista que la Cibeles, el muy cabrón, o sea, que no quiero ni pensarlo... Y desde luego, como llame por teléfono, no me pongo. Aunque no creo que llame, porque como él sabe lo de Ramón... Y eso sí que me jode, pero un huevo, en serio, yo creo que no se me va a olvidar en la vida. Y no es que no entienda al tío Ignacio, que más o menos le entiendo, pero tampoco tenía derecho, nadie tenía derecho a hacer una cosa así... Porque mi hermano me lo pidió, y me lo pidió a mí, y será una tontería, pero me lo pidió, ¿qué pasa?, como si uno no pudiera pedir tonterías cuando se va a morir, no te jode... Aquel día fue el peor, peor que cuando se murió y todo. Primero por lo de Mon, que aquello fue una pasada pero del copón, o sea, que yo creo que hasta que no la vi allí, como crucificada en la máquina esa, con una aguja en cada brazo y aquel tubo lleno de sangre que le pasaba todo el rato por encima de la cabeza, no me di cuenta de la que se nos venía encima... Y es que me dio mucho miedo, y mucho asco, y mucha rabia, mucha, toda la rabia del mundo, y eso que mi hermana estaba bien, estaba sana, pero aquello ya no servía de nada, nada servía de nada, y Mon me miraba, muy quieta, llorando como llora ella, que se le caen las lágrimas por la cara solamente, sin sorber por la nariz, sin hacer ruido, atada a aquella máquina, y entonces pensé que mi hermana también se podía morir cualquier día, y mi padre, y mi madre, y yo, yo también podía morirme, igual que Ramón, y siempre había sabido que la gente se muere, pero desde entonces es distinto, es como si la muerte estuviera todo el rato aquí, como si nos hubiera tocado en una tómbola, o sea... Mon iba al hospital dos veces a la semana, a que le sacaran leucocitos para ponérselos a mi hermano, porque los dos tenían sangre del mismo grupo. Yo la tengo igual que ellos, pero a mí no me dejaban, por lo de la punción, porque se supone que estaba débil, y eso... Total, que antes de subir a ver a Ramón, se me ocurrió ir a decirle hola a mi hermana, y ya la había visto otra vez, al principio, pero aquella tarde fue distinto, joder, es que me puse fatal, porque ya nada servía de nada, y Mon parecía una abducida de ésas en un Expediente X, y mira que es pesada la tía, y que tiene una edad malísima, y que está todo el día dándome el coñazo, y que nos llevamos de pena, pero entonces me di cuenta de que a ella también la quiero, de que la quiero mucho, muchísimo, y de que se puede morir ella también, cualquier día, y me dio mucho miedo, y mucho asco, y mucha rabia, y me puse fatal, o sea, pero fatal, que le di un puñetazo a la pared del ascensor, que era de acero, y me machaqué todos los nudillos, que me salió sangre y todo... Cuando llegué a la habitación, mi hermano estaba solo, y despierto, y me llamó con esa voz tan ronca que se le había puesto, que parecía mi abuelo, acércate, Rafa, que no quiero que nos oiga nadie... Ésa fue la última vez que me reconoció, porque luego ya estaba como atontado y no se enteraba de nada. Entonces me lo dijo, si me muero, quiero que me enterréis con la bandera del Atleti, y yo le contesté, pero si no te vas a morir, idiota, pero qué dices, y él me dijo, bueno, pero acuérdate, y entonces entró mamá, y ya no hablamos más. Nunca volví a hablar con mi hermano, nunca, porque lo que había en aquella cama, al final, ya no era Ramón, era otra cosa... Y vale que lo de la bandera era una tontería, y vale que antes, cuando estaba bien, nunca se le habría ocurrido una cosa así, pero es que ya no estaba bien, es que se estaba muriendo, joder, se moría, y a mí me lo pidió, yo se lo prometí, y no hay derecho a que no me dejaran hacerlo, o sea, no hay derecho... Mira, Rafa, como des un paso más con esa bandera, te doy dos hostias. Eso me dijo el tío Ignacio nada más verme, el día del entierro, y que mis viejos estaban fatal, que ya teníamos bastante con haber perdido a Ramón, y que no era momento para tonterías ni para romanticismos... Yo no sé qué coño tendrá que ver el romanticismo con esto, pero el caso es que tampoco protesté mucho... Es que estar triste tampoco es lo que parece. Cuando pasa algo malo, pero malo de verdad, por mucho que llores, lo peor no es llorar, que eso a veces está hasta bien, porque te quedas nuevo, lo peor empieza cuando ya no puedes llorar más, y entonces te das cuenta de que la tristeza es más bien algo sucio, como un grumo gris, espeso, una pelota de barro dentro de los pulmones, que pesa, y la notas al respirar, todo el tiempo, porque empiezas a soñar que tu hermano está vivo, y te despiertas de puta madre, pero luego te das cuenta de que en tu cuarto ya no hay más que una cama, y entonces, ¡hala!, otra vez ese peso, de golpe, y levantarte, y vestirte, y andar con el pecho lleno de barro, comer con el pecho lleno de barro, hablar mientras notas que tienes un grumo enorme en la garganta, un grumo espeso y sucio, muy sucio... La tristeza es una mierda, eso es. Por eso el partido me da lo mismo. Vale, casi lo mismo. Y te lo digo en serio, bueno, tú ya lo sabías, ¿no?, tú lo sabes todo, desde el principio... Y yo también lo sé. Eso es lo peor, que lo sé. Pero como no hace ni tres meses que te cargaste a Ramón, y es la primera vez que jugamos contra el Madrid desde entonces, pues pensé que a lo mejor estaba equivocado, que las cosas pasan por casualidad, que podía volver a ser ateo y a vivir tranquilo, como cuando lo de Vallecas, o sea... Será una tontería, igual que lo de la bandera, pero pensé que le debía esto a mi hermano, y con otros lo haces, ¿qué pasa?, aquel año que el Hércules estuvo en primera y fue de colista toda la temporada, le ganó al Barça a domicilio, no te jode, lo sé porque mi viejo está en una peña de quinielas y aquel 2 les jodió un pleno al quince, ya te acordarás... Total, que se supone que yo te debería interesar, por lo de la fiesta en el cielo y eso, pero ya veo que no. Se me acaba de ocurrir que, en el fondo, eres igual de calientapollas que Casandra Martínez Martínez, tío...

0-5

De puta madre, Dios, pero de puta madre, o sea, otro en el descuento para que mi viejo ni siquiera pueda consolarse con el 0-4 aquel del Bernabéu. Y yo casi me alegro, te lo digo en serio, eso también lo sabrás, que después de lo de mi hermano prefiero no tener nada que ver contigo... Y ahora dirás que es precisamente por eso, que no nos haces nada más que putadas porque no somos de los tuyos, no te jode. Pues no cuela, para que te enteres, no cuela, porque a ver por qué Caín tenía que ser malo y Abel bueno, a ver, por qué, lo de los sacrificios, y los campos, y el humo ese de los huevos... Pues porque eres un cabrón, desde el principio, por eso, así de claro, majo... Es la verdad. Para que luego diga mi abuela que la religión es un consuelo, joder, pues sí, menudo consuelo, para tirarse por el Viaducto muerto de risa, o sea... Ahora que yo, como le dije al Rana el otro día, que con Casandra no es, pues vale, ya será con otra, ¿qué pasa?, ¿es que las tías feas no tienen tetas? Pues eso, y cuando me ponga lentillas, ya veremos, no te jode... Y tampoco te creas que me voy a poner a llorar, y a ir de pobre hombre por el mundo, porque es que para nada, pero ni de coña, vamos. Si es igual que con las tías, en serio... ¿Que tú no me quieres? Pues yo tampoco te quiero, y aquí paz y después gloria, como dice mi madre... Bueno, lo de la gloria es precisamente eso, un decir, o sea, yo me entiendo... Y hasta eso se me va a olvidar, que me lo dijo mi viejo el otro día, que me atreví a hablar con él de todo esto y al principio hasta me miraba raro, como con cara de miedo, el tío, y luego me contó que él también creía que tú existes cuando tenía mi edad, pero que luego se hizo mayor, y ahora está convencido de que lo de Ramón ha pasado por casualidad, por pura mala suerte, o sea, porque la gente nace, y se muere, y a algunas familias les toca la china y otras se lo pasan de puta madre hasta que se mueren ya pero de viejísimos de la muerte, y yo le dije que sí, que vale, pero que por qué siempre les toca a unos la china y a otros la lotería, y me soltó un discurso que te cagas sobre la pobreza y la injusticia y la explotación y el capital y los medios de producción y la hostia en verso, joder, que me perdí a la mitad y acabé moviendo la cabeza de arriba abajo como si fuera el muñeco de un ventrílocuo de ésos, hasta que terminó diciéndome que, a pesar de todo, nosotros teníamos suerte, que yo tenía mucha suerte, que hay gente en el mundo que ni siquiera tiene para comer y también se les mueren los hermanos, y hasta los hijos recién nacidos, y eso sí lo entendí porque encima es verdad, no te jode, y eso es lo peor, lo que más rabia me da... Mi viejo me dijo que la maldad está dentro de los hombres, y a lo mejor tiene razón, pero es que tanta, tanta... Joder, es para mosquearse... Total, que por si luego no es verdad que se me olvida, por si mi viejo está equivocado, por si después de todo resulta que existes, quiero decirte que te tengo calado, que ya sé quién eres, y con quién vas, porque siempre vas con los mismos, con los ricos, con los militares, con los terroristas que ponen bombas en barrios como Vallecas, con el Barça, y con el Madrid, aunque los madridistas como el Rana no tengan culpa de nada. ¡Ah! Y otra cosa. Escúchame bien. Ahora más que nunca. ¡Atleti, Atleti, Atleeeti...!

Tabaco

–¡Pero si no lleva nada puesto! –dijo una niña

–¡Santo Dios! ¿Oís lo que dice esta inocente criatura? –dijo el padre de la niña.

Y se produjo un gran rumor, pues todos se decían unos a otros:

–No lleva nada... ¡Una niña dice que no lleva nada!

–Va desnudo –acabó por gritar todo el pueblo.

Hans Christian Andersen,
El traje nuevo del emperador

Para Joaquín y Jimena,
mis vecinos de la casa 44,

y para Teresa y Benjamín,
manchufleteando el rebordillo por la perleta...

1

Mi abuelo sabía quién era, pero nunca lo había visto de cerca. El recién llegado, un hombre joven, muy tieso, con esa apostura callada de los de su oficio y una tremenda avidez por la vida cosida a los ojos, le devolvió la mirada en silencio. Mi padre, que entonces no era más que un niño obligado a apoyar los codos en el mostrador para asomarse al mundo de puntillas, dice siempre que estuvieron así un buen rato, midiéndose a distancia, estudiándose sin prisa, como dos pistoleros confiados en la intimidad de una calle desierta. *Duelo en O.K. Corral,* recuerda él, pero yo estoy segura de que no fue para tanto. La escena sucedía en Madrid, siglo XX, años sesenta, y el viento no arrastraba el esqueleto de los matorrales por las aceras de la calle Colegiata, ni aullaban los coyotes en la trastienda de la sastrería. Lo demás será verdad. Que el abuelo lo miró de arriba abajo antes de despegar los labios. Que su ídolo soportó, impertérrito, la solemne gravedad de aquel silencio.

–Blanco y oro, maestro.

El sastre habló primero. Chenel frunció levemente el ceño y le interrogó con los ojos antes de responder con otra pregunta.

–¿Blanco y oro, maestro?

Mi abuelo asintió moviendo la cabeza muy despacio, con tal seguridad que su gesto bastó para alisar la frente del torero.

–Blanco y oro –repitió–. Y nunca de oscuro. Los colores oscuros son elegantes, pero no son para ti –entonces extendió el índice y el meñique de la mano derecha para acariciar con ellos, los otros escondidos, la pulida superficie del mostrador de madera–. A ti te buscarán ruina. Hazme caso.

Cuando Antoñete volvió a respirar el aire limpio, frío, de aquella mañana de invierno y sol, había dejado encargados tres vestidos de torear –uno blanco, uno celeste, otro rosa– y la gloria de mi abuelo. O por lo menos, eso le gustaba pensar a él, que fue la sangre de un toro blanco, al salpicar en una tarde de inmenso triunfo una taleguilla que él mismo había cortado y había cosido, la que le consagró. De lo otro no le gustaba hablar. Aquellos insensatos que no le hacían caso, que se empeñaban en vestirse de grana y oro, de verde y negro, de malva y plata, cuando él ya había visto clarísimo que no, que no eran esos sus colores. Y bien que se lo decía, se lo repetía una vez, y otra, y otra más, que no, que no, que no, a pesar de los pasodobles, y de las fotografías, y de los gustos de Rafael de Paula, y hasta de los del mismísimo Juan Belmonte, que ellos no podían vestirse así, porque sería como citar de frente al mal fario. Que no. Para eso, vístete de amarillo, les decía, pero a pesar de todo, algunos se empeñaron en no hacerle caso. Que no... Nunca cosió para ellos.

Les recomendó otro sastre, se los quitó de encima, perdió dinero. Y algún tiempo después, días, semanas, nunca más de seis meses, tuvo que apretar muy fuerte los ojos, y los dientes, al oír que un toro los había cogido. Pero no le gustaba hablar de eso.

En realidad, le gustaba poco hablar, y cuando lo hacía, pronunciaba las palabras justas, sin hacer aspavientos con las manos para ganar tiempo, sin extenderse en repeticiones ni explicarse con ejemplos. Que me entiendes, bien, que no, peor para ti. Ésa era su filosofía y, tal vez, la clave de su éxito, porque si aquellos chicos tan jóvenes, que se removían inquietos dentro de sus chaquetas sin hallar jamás una postura cómoda, hubieran encontrado al otro lado del mostrador a alguien como mi padre, que siempre dice las frases dos veces —la primera a palo seco, la segunda precedida invariablemente por un «a ver si me entiendes»—, la sastrería de la calle Colegiata habría sido sólo una más, otra como tantas. Pero mi abuelo parecía más alto de lo que era, y tenía el pelo muy blanco, la piel muy arrugada, tan fina en las manos como si fuera papel, y andaba erguido, con pasos cortos, calmosos, sin descomponer nunca la figura, su silueta de profeta, de brujo, de viejo centauro capaz de leer verdades escondidas en el aire. Buenas tardes, maestro, decían ellos. Buenas tardes, respondía él, y les miraba. Eran tan jóvenes, a veces tan guapos, y siempre tan hambrientos, de vida, de fama, de gloria, de dinero, de poder, que hasta una niña pequeña como yo sentía un escalofrío al mirarlos de frente. Eran tan jóvenes, a ve-

43

ces tan guapos, y tenían tanto miedo, los ojos de la muerte alerta siempre, cebados en su nuca, revoloteando como un pájaro oscuro sobre los silencios y las conversaciones, que su gesto más simple, una forma de entornar los ojos, de entreabrir los labios, de levantar la barbilla al mirar hacia arriba, bastaba para inspirarme una ternura inmensa, un inmenso deseo de ir hacia ellos y abrazarlos, consolarlos, protegerlos con la promesa de que yo estaba y siempre estaría de su parte. Y entonces, por un instante, todo quedaba en suspenso, los alientos, los sonidos, la luz y el tiempo. La realidad colgaba de un hilo, una cuerda tensa e invisible tendida entre sus ojos y los ojos de mi abuelo, esos ojos rapaces que nunca envejecieron. Yo también contenía la respiración, e intentaba presentir, adivinar la fórmula mágica, la ecuación exacta, los ingredientes gemelos del hechizo. Nunca lo conseguí, pero volvía a respirar, y a sonreír con ganas, cuando le escuchaba, grana y negro, blanco y plata, purísima y oro.

Ellos también se aflojaban. Volvían a sentirse cómodos dentro de la ropa, sonreían, encendían un cigarrillo, aprobaban la elección de mi abuelo con la cabeza. Gracias, maestro. Él les tendía la mano, estrechaba la suya con fuerza y les deseaba suerte. Con Dios, decía luego, y desaparecía. Y entonces era como si todas las luces se encendieran a la vez, aunque nadie las había apagado antes, como si el edificio entero aterrizara de golpe en el suelo del que nunca se había despegado y volviéramos a estar todos donde estábamos, en la fecha que marcaban los calendarios, a la hora que señalaban los relojes. Mi padre salía de detrás del mostrador con una cinta métrica, tomaba las medidas del cliente parloteando sin parar –esto no es primavera, a ver si me entiendes, esto no es primavera, porque lo que se dice primavera, primavera de verdad, no hemos tenido este año–, apuntaba un teléfono, cobraba una señal, concertaba una cita, y se volvían a escuchar las ruedas de los coches que pasaban por la calle, y la música bailable que escapaba del transistor que las costureras tenían encendido en el taller, y el eterno, implacable barullo de la plaza de Tirso de Molina. La realidad, que no cabía en los silenciosos límites del santuario secreto, pagano, donde mi abuelo conjuraba a la muerte, se tomaba la revancha apenas le veía desaparecer por la trastienda, y el aire cambiaba de olor, de color, de densidad, para que todos se encontraran más tranquilos y yo me pusiera triste, a cambio, sin saber muy bien por qué.

–Ver no es lo mismo que mirar, y al mirar, no todas las personas ven lo mismo –solía decir cuando le preguntaban dónde estaba el truco, el secreto de sus ojos salvadores–. Como escuchar no es lo mismo que entender. Hay quien no sabe escuchar, y quien, aun sabiendo, no entiende una palabra de lo que escucha.

Y sin embargo, y a pesar de su sabiduría, el abuelo no era precisamente popular en la familia. Mis hermanos, los dos varones y más pequeños que yo, le tenían miedo. Mi padre y él no se entendían, y a mi madre le inspiraba un oscuro rencor que era evidente para todos, por más que ella se esforzara en disimularlo. Quizás le parecía un sentimiento demasiado injusto para exhibirlo con naturalidad, y en eso al menos era justa, porque lo cierto es que su suegro, seco siempre, mudo por lo general, y asombrosamente brusco en sus pocos pero sonados estallidos de furia, se había portado muy bien con ellos. No tenía otros hijos, y cuando se casaron, los invitó a vivir con él en el piso situado encima de la tienda. Poco después, antes de que yo cumpliera un año, se quedó viudo, y entonces se arregló un cuarto abajo, al lado del taller, y se lo dejó todo, la casa y la sastrería. Estaba cansado, y celebró la energía con la que su hijo aceptó que intercambiaran los papeles. Desde aquel día, mi padre era el patrón. Llevaba el negocio, atendía a los proveedores, pagaba los sueldos y se ocupaba de todo, excepto de recibir a los clientes. Mi abuelo desayunaba en el bar de la esquina, comía en nuestra casa y, si cenaba, casi siempre lo hacía por su cuenta. Tenía muy pocos gastos, solía ahorrar de la cantidad que su hijo le ingresaba en el banco todos los meses, y sin embargo, mi madre tenía sus razones, injustas pero objetivas, para guardarle rencor.

—Vuestro padre es el mejor sastre que ha habido nunca en esta familia, ¿sabéis? —escupía las palabras como si le dolieran y los ojos le echaban chispas, los puños apretados clavándose en la mesa si alguien cometía el error de mencionar el don del abuelo en su presencia—. El más capaz, el más minucioso, el más fino.

—Calla, mujer... —le pedía su marido entonces, como temiendo que alguien pudiera escucharla.

–No me callo –respondía ella–. No me da la gana de callarme, porque estoy diciendo la pura verdad, y tú lo sabes.

Ella era bordadora, una jovencita de dedos ágiles, prodigiosos, cuando empezó a trabajar en el taller. Y el primer día, nada más entrar aquí, sólo con mirarle a la cara, me enamoré de tu padre, solía decirme. Seguía estando enamorada de él, pero su manera de manifestarlo, una defensa apasionada, fervorosa, vehemente, que se alimentaba a partes iguales de amor y de ceguera, traicionaba la debilidad de su marido. Nuestra madre había decidido ignorar la realidad, e intentaba transmitirnos su indiferencia por todos los medios, incluida la machacona alabanza de los méritos de papá, pero ni siquiera su encono podía ocultar la condición de una verdad tan amarga como insensible a su empeño. Mi padre era un sastre excelente, sí, y lo había heredado todo de su padre, el nombre y el negocio, el oficio y el local, las máquinas y los recursos, los tejidos y la clientela. Todo. Todo, menos su afición a los toros. Todo, menos su talento.

–Mira, Manuel –se atrevía a decirle mi abuelo un par de veces al año, con el semblante grave y preocupado de las decisiones difíciles–. Esto no puede ser. No puedes vivir de esto si no lo entiendes, si no te gusta, si te da igual... Eres un buen sastre. Cambia de negocio. Todavía estás a tiempo. Deja de coser para toreros y monta una sastrería normal, te lo digo en serio...

–¡Qué tontería, papá! ¿Qué tendrá que ver?

–¡Pues sí tiene que ver! –y el abuelo se desesperaba, igual que si estuviera viendo nuestro futuro con tanta claridad como los colores de un novillero–. ¡Claro que tiene que ver!

Hasta que mi padre se ofendía y cambiaba enseguida de conversación.

A él lo que le gustaba era el fútbol, todo el fútbol, los partidos de su equipo y los de los demás, la liga inglesa, la italiana, y lo que le echaran, siempre que hubiera dos porterías, veintidós jugadores, un árbitro y un balón. Al principio, iba con mi abuelo a Las Ventas, claro, se tragó un San Isidro detrás de otro, perdiéndose, aburriéndose, haciéndose un lío con las verónicas y los delantales, con los naturales y los derechazos, siempre con un transistor pegado a la oreja. Cantaba los goles en voz baja y aplaudía cuando no había que aplaudir. Habría agotado la paciencia de un santo, y mucho antes que eso, agotó la de su padre, que un buen día, al verle pedir un rabo con el pañuelo en alto, le dio una palmada en la espalda, le besó en la sien, y le eximió de la fiesta para siempre. Desde entonces, mi abuelo iba solo a los toros. Desde entonces, hasta que yo empecé a ir con él.

–Tú calladita, ¿eh? –me dijo el primer día, al salir del metro–. Sobre todo, eso. En los toros no se habla. Se mira, se escucha, se aprende, y se está uno callado.

Yo afirmé con la cabeza varias veces y ni siquiera me atreví a decir que sí. Tenía trece años, una extraña sospecha de la emoción, y la certeza de que para mí no habría una segunda oportunidad. Le había pedido muchas veces que me llevara a los toros y se había echado a reír. Nunca lo habría conseguido si no hubiera aparecido por mi casa el día anterior y me hubiera encontrado sola delante del televisor, viendo el resumen de la primera corrida de la feria mientras mi madre preparaba en la cocina los bocadillos que mi padre y mis hermanos se llevarían al Bernabéu.

–No lo veas ahí –dijo, mientras apagaba la televisión sin consultarme–. En la televisión es feo, y es triste, y es sangriento... Espera a verlo en la plaza.

Y en la plaza vi la tercera de feria. No despegué los labios y tuve suerte. Pero aunque los toros no hubieran ido solos al caballo, aunque el tercero, cárdeno y veleto, noble y encastado, no hubiera sido un regalo para el matador que le cortó una oreja, aunque no hubiéramos visto el quite del cuarto y otra faena interesante, con vuelta al ruedo, en el quinto, estoy segura de que yo habría encontrado mi sitio, un lugar propio, preciso, entre los terrenos del toro y los del torero. Aquella tarde significó mucho para mí, más que la confirmación de un presentimiento, más que la iniciación en un misterio al mismo tiempo oscuro y luminoso, más que la bienvenida a un mundo que hasta entonces me había esforzado en vano por descifrar mirando a través del ojo de una cerradura. Aquella tarde aprendí que yo también tenía un don, un tesoro pequeño, inmerecido y autónomo, la capacidad de gozar, de brincar de gozo con el alma pendiente del vuelo de un capote, una inteligencia instintiva para entender lo incomprensible y un pozo de emoción cuya profundidad ni siquiera yo misma sospechaba. Ignoraba el ritual, la liturgia sofisticada, compleja, del orden y los símbolos, pero eso no importaba. Miraba al ruedo con los ojos muy abiertos y lo que sucedía sobre el albero entraba en mí, como si yo solamente hubiera vivido hasta entonces para recibirlo.

–Has tenido suerte, Paloma –me dijo el abuelo al salir–. ¿Te ha gustado?

–Mucho.

–¿Quieres venir mañana?

–Sí.

Y fui al día siguiente, y al otro, y al otro, durante más de veinte, casi veinticinco días, y a su lado vi todas las corridas de feria, todas excepto dos. Mañana no venimos, que hay caballitos, dijo una tarde, al despedirse de sus amigos en el bar donde nos reuníamos con ellos para comentar la corrida al salir de la plaza. Nosotros tampoco, ni yo, es que hay que ver, este empresario, los sevillanos, pues ya se sabe... Cuando llegamos al metro me miró. Es que mañana..., empezó a explicarme, ya lo sé, me adelanté, mañana es de rejoneo. Él se echó a reír, me acarició la cabeza y no dijo nada más. No le gustaba hablar, yo lo sabía, y cumplí escrupulosamente sus condiciones una tarde tras otra. No le gustaba hablar, y sin embargo, a finales de mayo empezó a comentar el cartel conmigo al salir de casa, porque había descubierto que yo sí sabía escuchar, y que era capaz de entender lo que escuchaba.

–¿Qué vamos a ver hoy, Palomita? –me preguntaba mientras desembocábamos en Tirso de Molina para enfilar la boca del metro.

Yo me había agenciado un programa y cada noche, antes de acostarme, me estudiaba a conciencia los nombres del día siguiente, los de los toreros, que eran fáciles, y los de la ganadería, mucho más difíciles, y más importantes también. Pero lo hacía sólo para adornarme. De quien aprendía de verdad era de la gente que nos rodeaba. Mi abuelo no tenía un abono fijo, porque nunca pagaba las entradas. Los toreros para los que cosía se las regalaban, tendidos altos de sombra por lo general, a veces sol y sombra, el dos o el ocho. Este último, fronterizo con el siete y también de bronca, era mi tendido favorito, porque los abonados largaban que daba gusto, y en su afán por captar nuevos adeptos para la causa de la protesta permanente, lo explicaban todo, por qué estaba cojo el toro, de qué pata cojeaba, por qué el picador se limitaba a dejar caer perpendicularmente la vara sobre el lomo en lugar de picarle como era su obligación, por qué había que insultar al presidente si no lo devolvía, por qué el presidente debería saber que no se puede devolver un toro después de cambiar de tercio, por qué el ganadero tendría que ir a la cárcel y se acabó lo que se daba, que ya está bien, hombre, por Dios, que esto es Madrid, y aquí no se merienda ni toca la música... Pero lo que más me gustaba era ver la corrida desde los burladeros de la empresa, dentro del callejón, donde habría podido escuchar a los propios toreros si no hubieran sido todos como mi abuelo, hombres callados, tan silenciosos en el fracaso como en el triunfo. Yo me enamoraba de uno distinto cada tarde, era muy fácil, porque eran muy jóvenes, a veces muy guapos, y tenían mucha ambición y mucho miedo. Sin embargo, ni siquiera ese amor, las incipientes fantasías románticas que no sobrevivían a la última estocada, estorbaba a mis oídos, que permanecían abiertos, bien atentos al menor indicio de sabiduría ajena que pudiera llegar a flotar en el aire y a su alcance, sobre todo al final, mientras el abuelo y yo esperábamos con paciencia nuestro turno para salir de la plaza. Ciertas señoras muy emperifolladas, que se jugaban la vida encima de unos tacones destinados a resbalar sin remedio en los estrechos y escarpadísimos peldaños que recorren los tendidos de arriba abajo, creaban un atasco detrás de otro para que los aficionados mataran el tiempo vaticinando las condiciones de la próxima corrida. Yo escuchaba, memorizaba, comparaba y escogía, cada tarde con un poco más de conciencia, el pronóstico que emitiría al día siguiente, camino del metro, en el tono seco, escueto, tajante, de los auténticos taurinos.

–¿Qué vamos a ver hoy, Palomita?

–Hoy... –y marcaba una pausa, necesaria no para ganar tiempo, sino para aumentar el valor de mi inminente profecía–, tres legionarios.

Mi abuelo se partía de risa, pero volvía a preguntar, como si todavía no tuviera bastante.

–¿Y el ganado?

–A saber... –una nueva pausa servía para subrayar la mueca de escepticismo de mis labios–. Viene del duque de Veragua, pero por lo visto en Valencia salieron mansos con sentido.

Y entonces se desternillaba, se deshacía en carcajadas de las suyas, repetidas y breves, roncas y ahogadas como las ondas que el viento dibuja en el agua. A mí no me molestaba su risa, al contrario, la recibía como un signo de complicidad, la contraseña de una camaradería cuya naturaleza habría sido inconcebible para todos, también para él, y hasta para mí, sólo veinte días antes. Yo tenía trece años, pero aprendía muy deprisa. Mi abuelo estaba orgulloso de su nieta, y quizás, más contento aún por haber encontrado a alguien en su familia con quien compartir cosas importantes sin dinero de por medio.

La verdad es que hacíamos muy buena pareja. Él tan alto, tan tieso, mirando hacia delante como si pudiera ver más allá del horizonte que los demás contemplábamos, con ese aspecto de hechicero de una remota tribu india que mejor cuadraba con su fama, la leyenda que escoltaba con un coro de rumores nuestra travesía del mentidero, y yo a su lado, caminando tan despacio como él, acompasando mi ritmo al suyo, saludando a los conocidos con la misma muda, unánime inclinación de la cabeza. No necesitábamos hablar, y no lo hacíamos. Llegaría un momento en el que ni siquiera necesitaría mirarle a la cara para saber lo que estaba pensando. Me bastaba con espiar de vez en cuando la posición de los dedos de su mano derecha sobre la tela de su pantalón. Si estaban inmóviles y separados, le interesaba lo que sucedía en el ruedo. Si los unía para darse pequeñas palmaditas a sí mismo, es que empezaba a aburrirse. Cuando tamborileaban frenéticos sobre su muslo, había llegado ya al borde de la indignación. Yo, que era mucho más joven, y en consecuencia más exigente con los toros, menos compasiva con los toreros, casi siempre estaba de acuerdo con él, pero no lograba igualar su parquedad, y tenía que morderme los labios, apretar los puños para no chillar. Aprendí a decir olé muy bajito, a gritar para adentro, como si pudiera detonar el júbilo en la garganta antes de darle tiempo de llegar a la boca. Protestar era más fácil, porque al abuelo no parecía molestarle el aleteo del pañuelo verde que le enseñaba al presidente para pedirle que cambiara un toro inválido, ni el silencioso tictac de mi dedo índice extendido, diciéndole al torero que no, porque no se merecía la oreja con la que estaba dando la vuelta al ruedo, ni las palmas de tango, un dos tres, un dos tres, un dos tres, como los pasos de un vals, a las que recurría en los momentos de verdadero escándalo.

–Vamos a ver, niña..., ¿y tú por qué haces eso?

Era el cuarto toro de la corrida de la Beneficencia, y la voz de Forito, un fotógrafo amigo de mi abuelo al que los azares de las entradas regaladas habían sentado a mi lado aquella tarde, se impuso sin dificultad al ritmo monótono y acorde, un dos tres, un dos tres, un dos tres, que marcaban las palmas de mis manos.

–¿Que por qué? –le pregunté a mi vez, extrañada, porque mi interlocutor estaba siempre borracho pero, por mucho que hubiera bebido aquella tarde, seguía siendo el único hijo de un utillero de Las Ventas y se había criado en la plaza–. Pues porque se lo está sacando.

–¿Se lo está sacando? –volvió a preguntarme entre risas.

–Pues claro. ¿No lo ves? –y separé las palmas para señalar al ruedo, donde el torero tramposo citaba al animal con la muleta torcida, como un compás dispuesto a trazar un círculo demasiado amplio, que alejaría al toro de su cuerpo en cada pase–. Le está metiendo el pico, y los de sol aplaudiendo, encima...

Esta vez mi abuelo le acompañó en la risa, y cuando se cansaron, Forito se dirigió a él como si yo no estuviera delante.

–Hay que ver, Manolo..., ¡lo que hilvana esta niña!

–Sí que hilvana, sí –me pasó un brazo por los hombros, me estrechó un momento contra su cuerpo, y luego hizo algo mucho más extraño todavía, porque creo que nunca hasta entonces, tan parco como era, le había escuchado yo repetir una frase–. Sí que hilvana.

Después, en el bar de todas las tardes, nos despedimos de sus amigos hasta el otoño. Para nosotros se había acabado la temporada –¿en verano no hay toros, abuelo?, sí, pero son carteles infames, tres matados toreando para un millón de japoneses, eso no se puede ver...– y creí que por eso estaba tan mustio. Al

salir del metro, andaba casi encorvado, la vista ancla-
da en sus zapatos, el ceño fruncido, y en su boca una
expresión severa, taciturna, que yo no estaba muy segura de reconocer. A cambio, me habría apostado
cualquier cosa a que no despegaría los labios antes de
llegar a casa, y la habría perdido, porque todavía nos
faltaban unos pocos metros por recorrer cuando se
paró de repente, en medio de la acera, y me cogió por
el brazo para obligarme a mirarle.

—No deberías aficionarte tanto, Paloma —me dijo,
y hablaba en serio—. No deberías, porque, si lo pien-
sas despacio, esto es una salvajada, y el día menos
pensado lo prohibirán, y hasta harán bien, fíjate lo que
te digo, que harán bien... Claro, que no hay nada en
el mundo que se pueda comparar con esto. Nada.
En el mundo. Nada. Pero las cosas son como son, y...
A mí me da igual, porque yo ya soy viejo, y total,
¿qué me queda? ¿Dos San Isidros? ¿Tres? Pero tú eres
muy joven, y por eso creo que no deberías aficionarte tanto, piénsalo bien —hizo una pausa para mirarme,
y yo procuré devolverle una mirada limpia, serena,
adulta—. Ahora, que si decides no hacerme caso..., y
mientras no esté prohibido... La semana que viene, en
Toledo, repite el cartel del Corpus, que por lo visto
estuvieron muy bien. Si tú quieres, podríamos ir.

—Claro que quiero, abuelo —y entonces fui yo quien
se echó a reír, y él quien rió conmigo—. Claro que
quiero...

No le gustaba hablar y se murió sin hacer ruido. Una mañana de junio y muchísimo calor, poco después de que terminara la feria, el quinto San Isidro que habíamos visto juntos, las costureras se encontraron el cierre de la calle echado y tuvieron que entrar en el taller por el portal. La oficiala llamó con los nudillos a la puerta de la habitación del abuelo y él no contestó. Entonces empujó el picaporte con mucho cuidado, y lo vio acostado en su cama, destapado y desnudo, dormido, pensó, mientras volvía a dejarle solo a toda prisa. Al fin y al cabo, eran sólo las ocho de una mañana tan caliente y pegajosa como si los relojes se hubieran vuelto locos, había hecho calor de mediodía toda la noche y nadie había dormido bien, no se podía dormir con aquella temperatura, en el horno de las paredes recalentadas, las casas poseídas por un bochorno que no respetaba nada, ni la hora, ni la oscuridad, ni el traicionado frescor de la madrugada. Por eso, al principio, nadie se asustó. Eran casi las once cuando mi padre comprendió que estaba muerto.

El médico dijo que había sido una embolia, que había sucedido mientras dormía, que seguramente no se había enterado, pero yo no le creí. Mi madre me regañó por ser tan morbosa cuando pregunté en voz alta si no se daban cuenta de que el abuelo tenía los labios tensos, como afinados por el recuerdo del dolor. Nadie le quería tanto como yo, eso sí lo sabían todos, y que él me quería a mí de la misma manera. En su mesilla, debajo del despertador pesado, antiguo, que usaba como pisapapeles de los documentos importantes, había dos entradas –tendido diez, bajo, sombra– para un festival que se celebró en Aranjuez la tarde del día de su entierro. Las cogí por mi cuenta, sin consultar con mis padres, y no me dijeron nada. La suya la guardo todavía. La mía se la entregué al portero cuando entré en la plaza, cuatro Miuras, cuatro Victorinos, ocho figuras, una causa benéfica de la que nunca llegué a enterarme. Creo que estuvieron bien, algunos muy bien, sé que escuché los olés, y los aplausos, tuve que percibir las pausas de las vueltas al ruedo y distinguir a lo lejos, como detrás de una cortina, las mariposas blancas, nerviosas, de los pañuelos en alto, pero no puedo contar esa corrida porque no la vi, sólo la miré, y la miré sin verla. No pude ver lo que estaba mirando porque tampoco pude dejar de llorar junto a un asiento vacío. Sé que hacía mucho calor, y que yo tuve frío.

Mis padres no entendieron por qué fui a Aranjuez aquella tarde, pero eso también me dio igual, porque yo no lograba entenderlos a ellos. El verano fue largo, sofocante y lentísimo, pero no bastó para que se animaran a tomar la única decisión sensata que estaba a su alcance. Las viejas advertencias del abuelo –mira, Manuel, esto no puede ser, eres un buen sastre, cambia de negocio, todavía estás a tiempo– flotaban en el aire, se infiltraban por las rendijas de las puertas, se acoplaban al relieve de nuestras almohadas, desayunaban, comían, cenaban con nosotros, y las migas desperdigadas por el mantel parecían alimentarlas, hacerlas más oscuras, más consistentes y sólidas, mientras nadie se atrevía a recordarlas en voz alta. Y, al llegar septiembre, todo siguió más o menos igual. Más o menos porque mis hermanos avanzaron un curso y yo dejé el instituto para siempre. Más o menos, porque el local de la calle Colegiata, que en apariencia seguía siendo una sastrería de toreros, empezó a ser de verdad una sastrería de toreros, sólo una más, otra como tantas.

Yo había escogido una carrera corta, técnica y barata. Me gusta mucho dibujar, trabajar con las manos, y soy paciente, habilidosa. Por eso, aunque mi nota media me hubiera permitido entrar en casi cualquier facultad, me matriculé en Orfebrería en la vieja escuela de Artes de la calle de la Palma, y enseguida me di cuenta de que había acertado. Mi pobre padre necesitó más tiempo para comprender que estaba equivocado.

Todas las mañanas, al salir del metro en Tribunal para ir a clase, avanzaba deprisa por esa calle llana, tan lisa como la ribera de un río, la pista de un estadio, la palma de una mano, o como si no fuera una calle del centro de Madrid. Iba pensando en mis asuntos, pero mientras caminaba, estaba también pendiente de mis propios pies, que unas pocas horas más tarde, al completar el recorrido inverso, se convertirían en los protagonistas de un fenómeno absurdo y terrorífico, difícil de explicar, cuando las aceras se re-

belaran, se elevaran, se despegaran del suelo llevándose toda la calle consigo. Yo sabía que aquella cuesta arriba no era real, que no podía serlo porque una
calle es siempre igual, tan plana o empinada a la ida
como a la vuelta, pero me costaba trabajo compensar
aquel desnivel, por muy imaginario que fuera, y volver a Tribunal desde la escuela me suponía el doble,
a veces el triple del tiempo que había invertido en el
trayecto contrario. Menos mal que estaba cerca. El
viaje en metro también era muy corto, sólo tres estaciones, y de la de Tirso de Molina hasta mi casa la distancia era tan pequeña que ni siquiera podía permitirme el consuelo de las alucinaciones.

Supongo que lo que no quería era volver, y no me
extraña, porque las comidas eran cada día más tristes. Cuando mi padre subía de la sastrería, no abría la
boca. ¿Qué tal?, preguntaba mi madre, bien, contestaba él. Entonces mamá daba dos palmadas, ¡niños, a
comer!, y encendía el televisor antes de dejar la fuente en la mesa. Mientras ella nos iba sirviendo por turnos, su marido subía el volumen. Había ido perdiendo la costumbre de hablar, él, que antes siempre decía
cada frase dos veces, pero su silencio era más elocuente, más intenso de lo que nunca habían sido sus
palabras, y hasta en las pausas de su respiración se podía leer que todo se estaba viniendo abajo. Mi madre
ya no se atrevía a intervenir para animarle con el incondicional fervor de otros tiempos, y yo, que podría
haberle explicado lo que pasaba porque era la única
que lo entendía, no encontraba la manera de hacerlo,

60

una fórmula elegante e indolora de llevarle a mi terreno sin herirle.

–Bueno, pues... me voy para abajo –decía luego, con el mismo acento pocho, átono, que habría empleado para pedir hora en el dentista.

–Me bajo contigo –le decía yo a veces, mientras intuía que mi madre se alegraba de pernernos a los dos de vista, a él porque no podía hacer nada a su favor excepto acompañarle en su tristeza, y a mí porque, sin dejar jamás de ser su hija, había sido también la nieta de mi abuelo–. Esta tarde tengo que dibujar, y aquí no hay sitio.

Abajo sí había sitio. Cada vez más. Las mesas del taller se fueron despoblando a un ritmo paulatino pero implacable. Antes de Navidad había más puestos libres que en septiembre, en marzo más que en enero, y en abril, cuando mi madre decidió volver al trabajo, mi padre despidió a la última bordadora. Cuando me dieron las vacaciones, ya se había quedado solo con una costurera y una aprendiza. La clientela del abuelo se había portado bien con él, había sido leal y comprensiva, y los verdaderos amigos, aquellos que seguían creyendo que nunca podrían saldar su deuda de gratitud con el viejo sastre, no nos abandonaron del todo. Aparecían por la calle Colegiata de vez en cuando y encargaban un capote de paseo, uno solo, o un único vestido de torear cuyos colores habían decidido ya –¿negro y azabache?, sí, ¿estás seguro?, claro, pero eso es muy raro, ¿no?, sí, pero tú hazme caso a mí, bueno, como quieras–, para no tener que consultárselos a mi

padre. Así íbamos tirando, porque los toreros jóvenes, los que aún intentaban arrimarse al resplandor de un mito extinguido, rara vez sobrevivían a la primera decepción.

–Buenas tardes –escuchaba yo en ocasiones cada vez más espaciadas, y me asomaba a la puerta de la trastienda para mirar de frente a un hombre con cara de niño, y un gesto de mucha ambición, y mucho miedo.

–Buenas –contestaba mi padre–. ¿Qué desea?

–Pues yo... –él tardaba un rato en reaccionar, desconcertado, perdido en su desconcierto–, pues...

Mírale, papá, rezaba yo con los labios cerrados, apoyada en el quicio de la puerta, más nerviosa que cualquiera de los dos pero sin atreverme a decir nada sin embargo, mírale, ¿es que no lo ves?, ¿no te das cuenta de lo joven que es?, dile algo, cualquier cosa, encuéntrale un color, no me digas que no puedes, ¡hay muchos, tantos colores!, y da igual que sea mentira, que no lo veas, que no lo creas, que no lo sientas, pero no le dejes así, papá, por favor, mírale y miéntele, es mejor que le mientas, no le dejes así porque un toro pesa seiscientos kilos, y tiene dos pitones duros y afilados que terminan en punta, que pueden matar, y tanta velocidad, tanta furia, tanta potencia, todo eso se ve en sus ojos, yo lo estoy viendo en sus ojos, ¿tú no?, mírale, papá, mírale, ¿es que no te has dado cuenta de lo joven que es?, ¿no ves la ambición que baila en sus pupilas?, ¿no puedes oler el miedo que tiene?

–Yo... Quería encargar un traje de luces.

–Muy bien. ¿Y en qué colores ha pensado?

–No sé. ¿A usted qué le parece?

–¡Uy! Yo no sabría decirle... Eso es una cosa muy personal.

Entonces me volvía a la trastienda con una sensación de fracaso tan extraña como la resistencia que una calle llana oponía a mis pies todos los días a la hora de volver a casa, e igual de cansada. Recuerdo sobre todo aquel cansancio, que se parecía a la presión del agua en mi cabeza, y dejaba mis brazos flojos y sin fuerza, y temblaba en mis piernas como la fiebre. Siempre echaba de menos a mi abuelo, pero nunca tanto como en aquellos momentos. Siempre había querido a mi padre, pero tampoco nunca como entonces. Y estaba sola, me sentía sola, incapaz de hablar, que es quizás la peor forma de la soledad. Había cumplido ya dieciocho años pero no me atrevía a intervenir, a romper ese silencio sucio, espeso, tan distinto del purísimo silencio de mi infancia, con sólo tres palabras, una fórmula hallada por azar, o quizás no tanto, porque a veces tenía pequeñas intuiciones, destellos luminosos, y me encontraba barajando sílabas y colores que me obligaba inmediatamente a olvidar, como si acertar fuera lo mismo que traicionar a mi padre. Tendría que haber empezado por el principio, y no sabía. Tendría que haberle sabido explicar que la tela no era sólo tela, que el color no era sólo color, que los bordados eran algo más que arabescos de hilo y los ojos del abuelo, su astucia, su constancia, su silenciosa agudeza, mucho más que la fortuna de un buen sastre. Porque ver no es lo mismo que mirar, y al mirar, no todas las personas ven lo mismo. Porque la ropa no es una segunda piel, y la piel es una sola, fina, fragilísima, mortal. Porque lo que hacía el abuelo no era vestir a sus toreros, sino blindarles la piel, revestirla con la dura coraza de sus certezas. Tendría que haber empezado por ahí, y no pude, no supe, nunca encontré la manera de hacerlo. Por eso, cuando mi madre, que se había lanzado a buscar trabajo por su cuenta antes del verano, me anunció a principios de curso que me había encontrado un empleo a tiempo parcial en una tienda buenísima del barrio de Salamanca para la que bordaba trajes de novia, me sentí aliviada, tranquila y casi contenta. No tenía previsto empezar a trabajar tan pronto, ni puedo decir que me apeteciera estrenarme en un trabajo como aquél, pero la perspectiva de ganar dinero me liberó de golpe del peso insoportable de todas esas cosas que sabía y no podía, o no quería, contarle a mi padre. Ella tampoco me dio la opción de rechazar su oferta. Las cosas van regular, ya lo sabes, empezó a decir, y yo, que sabía bien hasta qué punto le dolía reconocerlo, no la dejé seguir.

El 15 de septiembre, a las nueve de la mañana, las dos salimos juntas de casa en dirección a mi primer trabajo. Yo estaba nerviosa y no tenía ganas de hablar, pero mi madre no paró de hacerlo, de darme consejos sobre la forma de estar, de comportarme, de caerle bien a mis jefes, de no llamar la atención. Son una gente muy elegante, ya verás, pero buenas personas, un poco especiales, eso sí, y hablan muy raro, yo no me entero de la mitad de lo que me dicen, pero contesto a todo que sí y nos acabamos entendiendo, ¿sabes...? Así llegamos hasta Lista, y ella no había acabado todavía.

–Y lo más importante. Tú calladita, ¿eh? –me dijo al salir del metro–. Sobre todo, eso. Es mejor que estés callada, no vayas a meter la pata, que a ti te gusta mucho opinar...

mother doesn't know how to communicate with her

65

2

Habría preferido aprender a bordar.

Para ir desde Lista a Tirso de Molina hay que hacer transbordo, y eso, que habría preferido aprender a bordar, afanarme durante horas a la luz de una lámpara, la cabeza baja, los ojos atentos, mis dedos moviéndose sin pausa hasta cubrir por completo de flores y de hojas, de rizos y de pámpanos, un mundo pequeño de seda brillante, era lo que yo pensaba mientras volvía a casa, arrastrando los pies por los pasillos del metro como si los deslucidos azulejos de las paredes no bastaran para reconfortarme, para devolverme a un paisaje sencillo, conocido, cuyas señales, pocas y muy claras, podía descifrar por mí misma sin dificultad.

No había entendido nada. Esa simple frase, cuatro palabras satisfechas de la vulgar plenitud de su significado, bastaba para resumir la primera experiencia laboral de mi vida. No había entendido nada. El silencio que mi abuelo me había impuesto una vez, en el umbral de una tarde de toros que desde el barrio de Salamanca parecía mucho más remota, mucho más lejana de lo que yo había llegado a recordar nunca en mi casa de la calle Colegiata, era la condición de la sibila, una sabiduría antigua, lógica en su exhaustiva complejidad, y tan matemática, tan estable, tan precisa como pueda ser cualquier conocimiento sujeto al hilo que separa la vida de la muerte. Aquella tarde tampoco había entendido nada, pero había sido capaz de sentir, de intuir, de comprender fragmentos de algo que era mucho más grande que yo, y que sin embargo alguna vez se dejaría nombrar por mis labios. Ese silencio fértil, ceremonial, tan cargado de promesas como la sigilosa sonrisa de una puerta que supiera abrirse sin alertar al aire, ningún chirrido, ni un eco, ni un susurro, no debería haberse llamado igual que mi pasividad, mi impotencia para arrastrarme a través de un desierto de incomprensión absoluta como un viajero perdido sin brújula y sin cantimplora, la torpe perplejidad que selló mis labios con un cemento mucho más eficaz que las insistentes recomendaciones de mi madre. Porque no entendí nada. Ésa es la verdad. Nada de nada.

La tienda, de entrada, no me impresionó. Aquel local inmenso, que ocupaba dos pisos de un edificio antiguo, de esos que se llaman señoriales, en una de las calles más caras de Madrid, estaba organizado como si sus propietarios no quisieran dar muchas pistas del negocio al que se dedicaban. En cada uno de los tres grandes ventanales que se asomaban a la calle desde la primera planta, un maniquí sumamente escueto, desprovisto de brazos y de cabeza, con un poste de acero en lugar de piernas, exhibía un modelo de condición siempre diferente a los que mostraban sus compañeros –en una ventana un traje de calle, en otra, uno de cóctel, en la tercera, un vestido de noche– con un misterioso orgullo de tronco mutilado. Pero los transeúntes que no acertaban a levantar la vista veían solamente una fachada de mármol blanco donde una gran puerta de cristal daba acceso a una especie de vestíbulo palaciego. Un pasillo alfombrado, sobre la moqueta de color fresa, conducía a una enorme mesa oval a cuyo alrededor se veían otras bajas, más pequeñas, y rodeadas por butacas de aspecto antiguo que seguramente llevan el nombre de un rey francés que no me he sabido nunca y que no me pienso aprender. Sobre uno de los escritorios que ocupaban los extremos, una máquina registradora y un lector de tarjetas de crédito ofrecían el único indicio visible de que aquel lugar fuera una tienda de verdad.

–¿Y la ropa? –le pregunté a mi madre en voz muy baja cuando entramos.

–En las paredes.

–¿En las paredes?

–Sí –ella insinuó un movimiento circular con la punta de un dedo, como si quisiera señalar a la vez todo el espacio que nos rodeaba–. Todos esos paneles y esos espejos que se ven son puertas correderas. Dentro hay armarios, y ahí está la ropa.

–¡Ah!

Repetiría esa misma sílaba, con la misma hache que no se pronuncia y los mismos signos de exclamación suspendidos en el forzoso hueco de mi boca abierta, muchas, muchísimas veces, y sin embargo, la tienda en sí no me impresionó, porque yo era la nieta de mi abuelo, que apartaba a la muerte del destino de los toreros jóvenes, y los hacía más valientes, más hermosos, y abrillantaba su ambición, y conjuraba su miedo. Había sido mucho abuelo el mío, mucho poder, mucha leyenda, como para que yo me dejara impresionar por aquella liturgia de pacotilla. Porque eso sí lo comprendí en el mismo instante en el que mis pies hollaron por primera vez los paisajes persas que dividían la moqueta en dos mitades. Eso fue lo único que adiviné, la única señal que pude descifrar por mí misma. Yo, que me había criado en un templo verdadero, en un santuario secreto, clandestino, hermético y pagano, consagrado al dios supremo de la supervivencia, me di cuenta enseguida de que ése era el efecto que buscaba quien hubiera decorado aquel lugar, quien hubiera decidido la forma de andar, de moverse, de actuar, de los personajes que intervenían en lo que cada día, al levantar el cierre metálico de la entrada principal, se convertía en una pretenciosa representación de la cáscara más torpe de la divinidad, un insípido auto sacramental a la gloria de la diosa muy menor de la elegancia. La atmósfera equívoca, imponente, de un espacio concebido como un decorado, las siluetas huidizas de las dependientas, pasos gatunos y perfiles planos sorteando un mobiliario absurdo de hall de hotel de lujo, y las apariciones deliberadamente tardías y espectaculares de los dueños de la tienda, él siempre abriendo las manos como un sacerdote consciente de su capacidad de bendecir, ella entornando a la vez los ojos y los labios en una sonrisa ensayada, antigua, como de estrella de cine de hace mucho tiempo, habían sido diseñadas para empequeñecer al incauto que osara traspasar la puerta de cristal, para hacerle consciente de su ignorancia, de su limitación, de sus miserias, para forzarle a un examen de conciencia cuyo resultado no podía ser otro que una subordinación estricta e inmediata de su cuenta corriente y sus pobres opiniones al criterio superior de quienes iban a decidir por él, para su bien. La clarividencia sobria, compasiva y humana, de cualquier sibila genuina, se habría asfixiado por falta de oxígeno en aquella aterciopelada y opulenta gruta de sumos pontífices de purpurina púrpura. Porque nada de lo que ocurría allí era auténtico. Eso lo descubrí yo sola, sin ayuda de nadie, y si de verdad les gusté, quizás fue sólo por eso.

–Una monada, su hija...

Él, Arturo, cuarenta y tantos años, metiendo tripa, melena blanca y leonada pegada al cráneo con fijador excepto en el festón de pequeños ricitos que bordeaba su nuca, bronceado de cabina de peluquería, la camisa abierta un botón más de la cuenta, profusión de sortijas de oro y unos modales de mariquita de manual que se convirtieron en un misterio cuando sus ojos llegaron a la altura de mis pechos, me aprobó muy deprisa.

–Sí... –pió después de un rato una vocecilla de gorrión desorientado–. Podría servir.

Ella, Alejandra, era su mujer, la mínima expresión de una mujer, básicamente huesos y una carita como de niña vieja, los ojos muy redondos, la nariz respingona, los labios gordezuelos, fruncidos en una expresión indecisa entre el desagrado y la sorpresa, como si estuviera todo el tiempo mirándose desnuda en un espejo, pensé, tan desnutrida, tan triste parecía. Mi madre se llevaba mejor con ella y pactó deprisa las condiciones, horario de mañana, sábados completos, contrato basura, un sueldo de mierda, mientras él daba un cuarto de vuelta a mi alrededor para mirarme el culo de perfil. Luego me dejó sola y yo todavía estaba bien, muy nerviosa, extrañada pero entera, paladeando entre las novedades una flamante gota de acidez en mi saliva, un regusto amargo y frío que ni siquiera yo misma era capaz de explicarme, y que no me expliqué hasta que el hilo musical empezó a hacer trampas.

Era *El gato montés*. Una versión de órgano electrónico, roma de graves, aflautada de agudos, ovalada de puro gelatinosa, mala y vulgar, pero *El gato montés*, un pasodoble tan vivo, tan brillante, tan erizado de cristal y de platillos, derritiéndose como la anorexia de una aristócrata tuberculosa entre las curvas superfluas de aquellas butacas con nombre de monarca justamente ajusticiado por sus súbditos. Estaba escuchando *El gato montés* y mirando mi vida, lo que quedaba de ella, lo que quizás siempre sería, una melodía de hilo musical, un órgano electrónico en el palco de la banda, una novillada nocturna televisada desde Benidorm, un toro mecánico y el bombero torero, un helado sin azúcar, un café con sacarina, un hombre incapaz de tener miedo, un desierto de emoción.

–Ven, vamos a enseñarte la colección de este año...

Mientras les seguía hasta la trastienda, con la paciente resignación de un preso encadenado a su bola, sentí a cada paso cómo se aflojaba el hilván, cómo se marchitaba el color de mis recuerdos, cómo se iba descosiendo, poco a poco, la sombra de la nieta de mi abuelo, aquella niña tan lista que ahora, mientras asentía con un gesto tímido al baile de las perchas sobre la barra de metal, parecía la jovencita más tonta del mundo.

–¿Qué? –me preguntó él al final antes de pellizcarme en la mejilla, pues empezamos bien, pensé yo–. ¿Te ha gustado?

–Sí –admití, sin prestar demasiada atención a mi respuesta–, mucho. Sobre todo ese azul con el bajo de plumas. Es muy bonito.

Entonces los dos me miraron a la vez, con la misma expresión que habrían adoptado si la tierra acabara de moverse debajo de nuestros pies.

–¿Bonito? –ella tenía los ojos muy abiertos, los párpados a punto de doblarse solos sobre sí mismos, un incomprensible gesto de desprecio en los labios–. ¿Has dicho... bonito?

–Pues... sí –tuve que reconocer, porque no fui capaz de encontrar otra salida–. Yo creo que ese traje es...

–Bonito no –atajó él, en un tono misteriosamente conciliador–. Bonito nunca, ¿me oyes?

Yo no tuve valor para decirle que sí, que le había oído. Ni siquiera sé cómo fui capaz de respirar mientras me preguntaba qué era lo que había hecho mal, cuándo había metido la pata, cómo había podido equivocarme en aquel asunto que me importaba tan poco. Llegué incluso a pensar que todo aquello era una broma, una especie de novatada de desenlace inocuo e inminente, pero entonces el desprecio de Alejandra cambió de trayectoria para volcarse de golpe sobre su marido, y aunque los acababa de conocer, un instante después me di cuenta de que ahora nadie ya podría reconocerles.

–Ya te dije yo que no iba a servir, te lo dije. Una sastrería de toreros, ya ves... ¡Qué espanto! Claro que a ti, en cuanto te ponen delante un par de tetas...

–¡Cállate y no seas ordinaria!

–¡No me da la gana!

–¡Que te calles, hostia!

Son una gente muy elegante, un poco especiales, eso sí, había dicho mi madre. Y tenía toda la razón y al mismo tiempo no tenía ninguna, porque aquel mariquita delicadísimo y su señora, tan fina, se acababan de convertir en algo muy parecido a mis vecinos del primero derecha, que se han hecho famosos en medio distrito, desde la calle Segovia hasta la plaza de Antón Martín, a base de discutir con las ventanas de la cocina abiertas de par de par. Y eso que, entonces, todavía entendía sus palabras.

–Nunca hay que decir que un modelo es bonito –él me las arrebató definitivamente, mientras rodeaba mis hombros con un brazo para alejarme despacio de su mujer–. Nunca. Puedes decir que es intenso, original, radical, elegante, gracioso, ingenuo, fresco, irónico, dramático, estilizado, romántico, teatral, pero nunca bonito.

–¿Por qué?

–Pues porque eso es una vulgaridad.

–¡Ah!

–¿Lo has entendido?

Le dije que sí, pero mentía. La verdad es que no entendía nada. Nada de nada. Excepto que echaba mucho de menos a mi abuelo, que me gustaba más el mundo como era antes, y que hubiera preferido aprender a bordar.

Era demasiado joven para la nostalgia, y me acostumbré a mi nueva vida mucho más deprisa de lo que había calculado. A partir de entonces, mis días fueron como esos paquetes de oferta que se encuentran en la entrada de los supermercados, tres cajitas cerradas, ajenas, impermeables, envueltas en el plástico de un azar retractilado que nunca tuvo en cuenta su voluntad ni su naturaleza. Por las mañanas, trabajaba en la tienda y en silencio. Por las tardes, en la escuela, podía ser yo, hablar, gritar, bromear, faltar a clase y nunca, en cambio, a las cañas de la hora de la salida en el bar de enfrente. Luego, la calle de la Palma seguía empeñada en ponerse cuesta arriba a la hora de volver a casa, y un silencio diferente, más sucio y más sobado, me recibía en la mesa de la cena con un parco saludo de mi padre, que se limitaba a preguntar cómo me había ido en el trabajo sin comentar jamás cómo le había ido a él en la sastrería.

Entonces me decía que, al fin y al cabo, lo que me había tocado en suerte no era tan malo. Tenía muy poco tiempo libre, dormía menos de lo que necesitaba y estaba siempre cansada, pero mi trabajo era fácil, monótono, callado, y rara vez exigía concentración, así que, por lo menos, me dejaba espacio de sobra en la cabeza para pensar en las cosas que me interesaban de verdad. Eso era lo único que podía contarle a mi madre cuando me interrogaba luego, en un aparte, después de recoger la cocina. Los ataques de mi jefe, al que ella llamaba «don Arturo», yo «Arturo» a secas, y su mujer «el cabrón de mi marido», me los guardaba para mí, y no sólo porque desde el primer momento fuera consciente del riesgo que representaba su inverosimilitud, sino porque aprendí a atajarlos muy deprisa.

–¡Ah, estás aquí! –escuché a mi espalda el primer día que Alejandra me mandó al almacén, a ordenar por tallas y modelos la ropa que las clientas habían desechado en los probadores la tarde anterior–. ¿Y qué haces?

Cuando se lo expliqué, en lugar de marcharse como yo había previsto, se acercó a mí, y adiviné que él nunca embestía de frente.

–¿Quieres que te ayude?

–No, no hace falta, yo...

Me volví con la intención de negar con la cabeza y me di cuenta de que no tenía espacio ni siquiera para eso. Él estaba ya pegado a mí, respirando en mi nuca, podía sentir en las piernas el roce de sus pantalones, sus zapatos pegados a los míos como si pretendieran cortarme cualquier retirada. Entonces, durante un segundo, dos quizás, tuve auténtico miedo. Di un paso hacia delante, el pequeño, mínimo paso que podía dar sin estrellarme contra el perchero, y él me siguió, adelantando su cuerpo para pegarlo al mío en un movimiento que lo cambió todo. En Tirso de Molina, a eso se le llama restregar la cebolleta. No sabía cómo se llamaba en el barrio de Salamanca, pero me dio la risa igual.

–Sí, mujer, déjame...

–Que no –y me desplacé hacia la derecha los centímetros justos para clavar la punta del tacón en su empeine antes de empezar a moverlo como si pretendiera perforar el suelo a través de su pie–, si no hace falta...

Cuando me volví para mirarle otra vez, estaba blanco, y sudaba.

–Es que el señor –le expliqué a Alejandra al salir, aunque ella no me había pedido explicaciones– se ha empeñado en ayudarme, y por eso hemos tardado un poco más.

La manía que él me cogió aquella mañana quedó ampliamente compensada por las instantáneas simpatías de su mujer, que empezó a velar por mí como las ayas de los cuentos, sin perderme nunca de vista excepto en la media hora diaria en la que no estaba para nada.

–Hazme un favor, Paloma –me pedía cada cuatro días, alternándome en sus encargos con las otras tres dependientas–. Acércate a Mallorca y cómprame un cruasán vegetal, dos *éclairs* de espárragos, un panecillo de jamón, otro de salmón ahumado y dos palmeras de chocolate.

–¿Qué son los eclers esos?

–Son como mediasnoches alargadas y pequeñitas.

–¡Ah!

La hora crítica era la una, aunque algunos días, a las doce y cuarto ya estaba nerviosa, rascándose las manos, estirándose la falda, mirando el reloj cada dos por tres y preguntándose en voz alta dónde habría dejado el bolso. Yo, que seguía sin entender nada, como si algún espíritu maligno me hubiera abonado al tendido de la imbecilidad para toda la temporada, el primer día casi me emocioné al pensar que la señora iba a tener el detalle de invitarnos al aperitivo. Estaba segura de que ya conocía las preferencias de los demás, y de que por eso había hecho un pedido tan preciso, sin titubear, sin pensar, sin detenerse a calcular sabores y cantidades, pero cuando me vio en el umbral de la puerta, se abalanzó sobre el paquete que llevaba entre las manos con tal avidez, una ansiedad tan grande pintada en la cara, que no tuve más remedio que aceptar que había vuelto a equivocarme.

–¿Y el tíquet? –me preguntó, aferrada a la bandeja como a un salvavidas con todos los dedos de sus dos manos, mientras su vocecita temblaba de impaciencia.

77

–El tíquet... –repetí yo para ganar tiempo, aunque recordaba perfectamente que me lo había dejado encima del mostrador de la pastelería–. Pues... No lo sé, la verdad. Se me habrá caído.

–Pues que no vuelva a ocurrir. Cuando te encargue algo, me traes el tíquet siempre, ¿me oyes? Siempre.

–¡Ah!

Y todavía añadió algo más, hay que ver lo despacio que aprende esta niña, mientras trotaba a toda prisa sobre sus tacones en dirección a un probador. Escuché el ruido de la puerta al cerrarse, el clic del pasador al encajar en el pestillo, y después el eco amortiguado de un sonido distinto, ronco, gutural pero salpicado de extraños jadeos, como si en aquel probador hubiera una televisión encendida, y en su pantalla una película de terror a la que le hubieran bajado casi completamente el sonido. Lo que parecía el eco de las mandíbulas del hombre-lobo mientras despedazaban a un niño de pecho cesó de golpe para desembocar en un suspiro solo, largo, y tan hondo como el último aliento de la víctima. Luego, volví a escuchar el clic del pasador, el chirrido de la puerta al abrirse, y el taconeo, más pausado ahora, que transportó a ese descarnado y estiloso andamio que era el cuerpo de Alejandra hasta el rincón donde estaba la papelera más próxima. Allí dejó caer, al pasar, la pelota de papel que apretaba en una mano, y yo lo vi, y vi el color en sus mejillas acaloradas, las gotas de sudor que caían por sus sienes, los ojos de loca que nadie, y menos la recién llegada que era yo, se atrevía a sostener con su mirada, pero ni siquiera así pude creer que fuera verdad lo que estaba viendo, y miré el reloj, y calculé que habrían pasado cinco minutos largos, diez a lo sumo, y en la bandeja había un cruasán vegetal, dos *éclairs* de espárragos, un panecillo de jamón, otro...

No tuve tiempo de acabar de contar. Alejandra dio unos pasos por la tienda, reordenó los objetos ya ordenados de su escritorio, sonrió a nadie y bajó la cabeza para anunciar que iba un momento al baño. Entonces se reprodujo la escena anterior con pequeñas variantes, porque detrás de la puerta asegurada con pestillo se desarrolló más bien una toma falsa de *El exorcista*.

—¡Está vomitando! —susurré al oído de la encargada, María, una mujer de la edad de mi madre que nunca se asombraba de nada.

—Sí —admitió, y siguió cepillando un abrigo—. Lo hace todos los días a esta hora.

—Le sentará mal la comida, claro, comiendo tan deprisa...

—No, no es eso. Ella misma se provoca el vómito, con los dedos, ¿sabes?, para devolver todo lo que acaba de comer. Lo hace para no engordar... —y se me quedó mirando con el cepillo suspendido en el aire—, bueno, para no engordar y porque es gilipollas.

—¡Ah!

Poco después la vi salir del baño, pálida como un fantasma de película de serie B, la piel muy blanca, tensa, húmeda, un cerco rojizo alrededor de los ojos y los labios finos, enmarcados por dos comillas enfermas de asco. La verdad es que la primera vez me impresionó, pero también a eso me acostumbré deprisa. Durante media hora, todos los días, la señora no estaba para nada. Pues bueno. Cuando te hacías a la idea, hasta se llevaba bien, y sin embargo me costó trabajo desalojar el asombro contenido en ese sistemático ¡ah! que definió durante muchos meses la dudosa progresión de mi aprendizaje. Porque habría hecho falta mucho más que el astracán del falso homosexual y la flaca tramposa para convertirme en una espectadora apacible de los números de circo que me tocaba contemplar en aquella tienda, y ya no podía recurrir a las palmas de tango para delatar, un dos tres, un dos tres, un dos tres, el verdadero escándalo de todos los días.

Todo era mentira. De entrada, Arturo se llamaba José Antonio, y Alejandra, Pilar. Todo era mentira, todo, y tanto, que acabé temiendo por el destino de las pocas verdades que poseía. En la condición de la impostura, la verdad y la mentira se equivocan, entremezclan sus sustancias antagónicas, ceden una mitad de sí mismas para fundirse en una línea tan frágil, tan borrosa, que ni siquiera acierta a respetar sus propios límites. La ropa no es una segunda piel, pero la piel de los cínicos es tan dura, tan seca, tan coriácea, que podrían pasearse desnudos por la calle, desafiando a la inocencia de una niña que nunca reconocería su desnudez, como reconoció la de un pobre hombre solo, tan inocente al cabo como ella. Porque donde todo es mentira, las verdades no existen, y eso era exactamente lo que ocurría en el decorativo paraíso donde Arturo y Alejandra despojaban a los nuevos emperadores del dinero con un talento, una habilidad, que habría llegado a ser admirable si hubiera estado abocada a otros fines, o mutilada del vergonzoso epílogo que daba comienzo en el instante en que la mayoría de los clientes cruzaban la cristalera con una bolsa en la mano.

–¿Has visto? Pero qué se habrá creído la foca esa...

–Pues anda, que la amiga...

–Olía a gato.

–No se lavará.

–¿Y el imbécil del banquero?

–Acaba de llamar. Dice que su mujer no se acaba de decidir, que la falda le hace algo raro en la cintura.

–Claro, porque no tiene cintura. Es igual que una vaca.

–Yo le he dicho que la traiga, que le podemos poner unas pinzas.

–¿Pinzas? Como no sea en el culo, para sujetárselo...

–¡Ay, qué gracia! Eso sí que ha estado bien.

–¡Chist! Ahí viene uno.

A ése, que estiraba las letras al hablar como si tuviera la lengua de chicle, y sólo por eso ya se merecía cualquier cosa que le pasara, le encasquetaron un mono con cremalleras, como los que usan los albañiles, de color blanco. Alejandra le miró a los ojos, le pidió que esperara un momento y le advirtió que iba a ir a buscar para él algo muy, muy especial. Esto no es para todo el mundo, dijo al volver, con el mono en la mano. Por supuesto que no, terció su marido, pero él también estaba de acuerdo en que un joven tan cosmopolita sabría apreciar la ironía desdramatizadora de la prenda. El imbécil sonrió, porque no debía ser capaz ni de deletrear con soltura el adjetivo que acababa de escuchar, y cuando salió del probador, disfrazado de pintor de brocha gorda, dijo que se encontraba de lo más *cool*. Ésa es la palabra, aplaudió Alejandra, antes de retirarse sin hacer ruido para poner a su marido en suerte frente a la caja registradora. Arturo, que era un genio rematando esta clase de faenas, acercó su cabeza a la de su víctima para confiarle en un susurro, como si alguien más pudiera escucharle, que no debería, pero que, en fin, siendo su madre tan buena cliente, iba a hacerle un pequeño descuento... Son ochocientos noventa y cinco y se lo dejamos en ochocientos, ¿qué le parece? Aquello era demasiado hasta para un imbécil. Me parece un poco caro para ser de lona, ¿no? ¡Uy, no crea!, mi jefe se crecía en las banderillas, el auténtico paño de lona sale carísimo, y ésta no es cualquier lona, se lo aseguro...

Todo era mentira. Todo, y tanto, que me costó trabajo alinearme, decidir de qué parte estaba yo. Porque ni siquiera el memo de la lengua de chicle se merecía que lo engañaran de aquella manera, o tal vez sí, quizás se lo merecía, pero ni siquiera eso legitimaba el espesor de las escamas de mis jefes, el compacto caparazón de su cinismo. Y a veces, sus víctimas me caían simpáticas, como esa señora mayor, algo más que gordita pero muy amable, a la que le colocaron un vestido de la talla 54 que le quedaba enorme diciéndole que en realidad era una 46, pero que el fabricante era alemán y tallaba para la Europa del Este, donde todo es distinto. Luego, cuando se fue, la insultaron igual que a los demás, dándose codazos de satisfacción para celebrar mutuamente su astucia. Todo era igual, y todo mentira, tanto que una mañana volvió a sonar aquella versión redondeada y mecánica de *El gato montés*, y se me llenaron los ojos de lágrimas antes de darme cuenta de que la estaba escuchando. Las notas distorsionadas, planas e inermes de aquella melodía domesticada seguían conteniéndose a sí mismas, igual que la vida, el mundo distinto donde yo había vivido antes de atravesarla por primera vez, seguía existiendo al otro lado de la puerta de cristal. Entonces empecé a entenderlo todo. Aquella mañana de marzo parecía de primavera, el aire estaba tranquilo, el sol tentador, y yo aparte. Había estado aparte desde el principio, y por eso había prosperado más deprisa que las otras dependientas de la tienda. Tenía un contrato basura, un horario espantoso, un sueldo de mierda y un sitio propio. Un sitio que nadie entendía, y que por eso no podían invadir. Desde entonces, me dediqué a hacer la guerra por mi cuenta, aprendí que se puede intervenir en una batalla detestando por igual a los dos bandos, y mis recuerdos dejaron de doler.

Por eso también pude hablar con él. No era el primero que aparecía por allí, pero a los otros sólo los había visto desde la distancia de mi asiento, y me resultaba difícil reconocerles con aquellos vaqueros de alta costura, las mangas de la camisa enrolladas hasta el codo, un jersey sobre los hombros y una pija joven, guapa, altiva, colgada del brazo. Ellas eran todas iguales, y se movían entre los percheros como si llevaran los apellidos de su familia o las cifras del saldo de la cuenta corriente de su papá escritos sobre la frente. Pero a ellos les gustaban. Se les caía la baba cuando las veían salir de un probador, dos, tres, catorce veces, y pagaban los precios más disparatados con una alegría que me hacía dudar de que los toros pesaran de verdad seiscientos kilos, de que tuvieran dos pitones duros y afilados que terminaban en punta, que podían matar, y tanta velocidad, tanta furia, tanta potencia, para malgastarlo todo en un templo de la falsedad y la apariencia, todo a cambio de una foto lucida en el papel cuché de las revistas. Y sin embargo, y aunque se lo merecieran, no podía despreciarlos, porque llevaban las cicatrices del miedo cosidas en los ojos, la ambición condensada en el plástico limpísimo de sus tarjetas de crédito, y el aliento de la muerte respirando en la nuca. Ellos sabían lo mismo que yo, y yo lo sabía. Tendrían que haberme reconocido y nunca lo hicieron, pero mi propia conciencia de la verdad me bastó hasta que llegó él, un hombre callado, muy joven todavía, serio y concentrado, que avanzó en silencio por la alfombra sin prestar atención a lo que le rodeaba hasta que me vio. Y entonces me miró.

–Yo a ti te conozco, ¿verdad?

Le había visto de cerca varias veces, sosteniendo la mirada de mi abuelo al otro lado del viejo mostrador de madera. Le había visto de lejos también, recogiendo el capote, clavando los pies en el suelo, citando de frente, cruzándose con la muleta en la mano izquierda. Le había amado mucho, al que más, y quizás por eso no fui capaz de contestarle enseguida.

–Tú eres la nieta de Manolo Martín.

–Sí.

Sólo al escuchar mi respuesta llegué a advertir el absoluto silencio que nos rodeaba. La mujer que había llegado con él, una belleza exótica, tal vez mayor que las demás pero con un cuerpo tan sutilmente perfecto como si estuviera dibujado a lápiz, se acercó a nosotros con una percha en la mano y una interrogación suspendida entre las cejas. Mis jefes la siguieron a cierta distancia y, al comprobar que habían dejado de vigilarlas, mis compañeras fueron abandonando lo que estaban haciendo para dedicarse también a mirarme.

–Sentí mucho lo de tu abuelo.

–Sí, yo... Yo le quería muchísimo.

–Lo sé. Las últimas veces que le vi, siempre estaba contigo –hizo una pausa, encendió un cigarrillo, volvió a mirarme–. ¿Sigues yendo a la plaza?

–Pues, cuando puedo... No mucho, la verdad. Ahora... –abrí las manos y encogí los hombros, porque no quería darle explicaciones delante de tanta gente, y porque sabía que no hacía falta.

–Puedo mandarte entradas para la feria, si quieres.

–Claro que quiero –mis labios sonrieron solos y los suyos lo hicieron por primera vez desde que entró en la tienda–. La verdad es que me encantaría.

–¿Cómo está tu padre?

–Pues... está.

–Dale recuerdos de mi parte –desvió la mirada, como si ese tema le gustara tan poco como a mí–. Una tarde de éstas tengo que pasarme por tu casa.

–Gracias –y aunque no estaba segura de que pudiera entender exactamente todo lo que expresaba yo con esa palabra en aquel momento, en aquel lugar, en aquella compañía, aún añadí algo más–. Por todo.

Él movió la mano en el aire, como si mi gratitud le pareciera infundada y pretendiera así disiparla, se acercó a mí y me abrazó con fuerza.

–Me alegro mucho de verte –me besó en una mejilla, luego en la otra–, aunque haya sido aquí.

Cuando nos separamos creí distinguir una sombra de melancolía en sus ojos, una oscuridad fugaz, pero suficiente, que me hizo pensar que yo tampoco había acabado de entender hasta el fondo el sentido de sus últimas palabras, como si la ruina de mi familia no lo justificara todo, como si a él tampoco le hubiera gustado que yo, la nieta de Manolo Martín, le hubiera visto en aquella tienda, con una cartera repleta de tarjetas de crédito, preparado para satisfacer el menor capricho de aquella mujer tan guapa y tan estúpida que había empezado ya a ronronear a su alrededor cuando la detuvo su brazo derecho extendido, el dedo índice vuelto hacia mí, señalándome.

–El abuelo de esta niña –dijo en voz alta, clara, sin dirigirse a nadie en especial– fue el más grande. Un monstruo. Un genio. Un mito.

–¡Ah! –exclamó Arturo entonces.

–¡Ah! –repitió su mujer un instante después, porque ninguno de los dos había entendido nada.

Esto sucedió dos días antes de la invasión de las extraterrestres.

3

Era sábado, y yo estaba en el almacén cuando llegaron. Le había pedido a María que me acompañara, por si las moscas, y ella estaba sentada, fumando, porque para eso era la encargada, mientras yo organizaba los descartes por tallas y modelos, cuando escuchamos el ruido de la puerta, un nutrido y desacompasado taconeo y, antes de disponer de tiempo suficiente para calcular el número de zapatos que lo producían, el más loqueante alarido que Arturo era capaz de producir.

–¡Madame! –gritó, y su voz sonó tan servil, tan repentinamente complacida en su abyección como si él mismo acabara de descubrir que podía articularse, doblarse sobre sí misma en una entregada reverencia sonora–. ¡Qué honor, madame! ¡Qué alegría!

María dejó caer el cigarrillo al suelo, lo aplastó con el pie y me miró con los ojos muy abiertos.

–Ha dicho madame, ¿verdad?

–Sí.

–¡Atiza! –se levantó de un salto y se marchó sin mirarme siquiera–. ¿Quién será?

Yo todavía tenía que organizar una docena de perchas. Mientras colocaba cada una en su sitio, el volumen de las voces que llegaban desde la tienda descendió poco a poco, para impregnarse a cambio de una sutil melosidad capaz de transmitirse por el aire. Cuando salí del almacén, me moría de curiosidad. Y entonces me llevé un susto de muerte.

Una mujer terrible me miraba. Para huir de sus ojos, bajé instintivamente la cabeza hasta sus pies, dos pies de anciana embutidos en unas sandalias de tiras de cuero negro y tacón finísimo, que se prolongaban en dos piernas muy largas, juveniles dentro de unos pantalones de cuero oscuros y ajustados que no podían remediar, sin embargo, la traición de la cintura. Allí, aquel cuerpo sin caderas se desparramaba en una lorza, mínima pero fofa, que las medusas incrustadas en el cinturón de Versace no tenían poder para remediar. El estómago, empaquetado en un body menos elástico que severo, proyectaba una sombra igual de inevitable sobre las mitológicas melenas, y sin embargo el escote era terso, tan firme en apariencia como el de una adolescente. Más misterioso aún era el cuello, envuelto en su propia piel como en una argolla rígida, de lisura difícil, casi ortopédica, que contrastaba con la ligera inflamación de las mejillas. Su cuerpo era como un prototipo fabricado con pedazos de cuerpos distintos, pero el rostro en cambio parecía suyo, aunque muy alterado. Frankenstein no se maquillaba. Ella sí, y con una paleta sombría, hasta macabra, labios marrones, delineados a lápiz con un trazo bien visible, el colorete como el polvillo de las tejas viejas sobre la textura terrosa de una base muy oscura, párpados morados, o grises, o de ambos colores y, sobre ellos, dos trazos negros, negrísimos, que se prolongaban por las sienes como si pretendieran emboscar los ojos en un simbólico antifaz. Detrás de él, aquellos ojos me miraban, pero no pude detenerme en su reflejo porque más allá de las cejas se extendía el verdadero peligro, y yo nunca había visto nada parecido. Aquella mujer tenía la mitad del cráneo al aire. Su frente había retrocedido hasta un lugar que coincidía aproximadamente con la línea imaginaria que unía sus dos orejas por encima de la cabeza. Allí, cuatro o cinco dedos más atrás de donde habría debido, brotaba su pelo, hinchado y hueco como un merengue de tinta con hebras rojizas sobre un plato demasiado grande, un peinado convencional que no lograba aligerar la inhumana apariencia de aquel rostro descompensado, desequilibrado, galáctico. Era imposible calcular su edad. Podía tener setenta años, o cincuenta, o sesenta y cinco, o cuarenta y pocos. Marte, pensé, Saturno, Alfa Centauro. Socorro, los cabezones están aquí, ya han llegado.

–Y éste es nuestro nuevo fichaje –Arturo me cogió por la cintura y me estrechó un momento, desplazando la mano derecha hacia arriba para rozarme la base del pecho con el canto del dedo índice, pero yo estaba tan atónita que ni siquiera le pisé–. Paloma. Es la nieta del que fue el sastre de toreros más importante del mundo, Manolo Fernández...

–García –corrigió Alejandra.

–Encantada –murmuré, sin corregir nada, cuantos

menos datos tengan de mí en la nave nodriza, mejor, me dije.

Ella me saludó con una breve inclinación de cabeza y giró sobre sus talones para organizar a sus huestes. Eran muchas, más de diez, todas mujeres e indudablemente de la misma familia, porque se parecían mucho entre sí, aunque el estigma de su origen no era igual de visible en todas ellas. Cualquiera de esos gafotas granujientos y compulsivos masticadores de gusanitos, precoces genios de la informática despreciados por igual entre los atletas y las reinas de belleza de su instituto, que suelen salvar a toda la humanidad con la inestimable ayuda del ejército yanqui en los telefilmes que pone Antena 3 a las dos de la mañana, habría tardado algún tiempo en descubrir que el aumento desproporcionado de la frente estaba en relación con la edad. Yo lo adiviné mucho antes, porque las frentonas moderadas llamaban mamá a la gran frentona, siendo a su vez designadas con este mismo término por las criaturas más jóvenes, que tenían el nacimiento del pelo en su sitio y para dirigirse a su jefa utilizaban el término abuela.

—A ver, ¿dónde está esta niña...? —tenía la voz cascada, tan delatora como el empeine de los pies—. Ven aquí, anda, no te escondas.

Una chica de veintitantos años, alta, delgada, mona de cara, se destacó del grupo para formar a su lado. Era la novia y, por tanto, la responsable de aquella expedición, pero de ningún modo su protagonista.

–Pues ésta es mi nieta Macarena, Arturo, la que se casa dentro de tres meses y nos trae a todos de cabeza, y a mí la que más, porque por supuesto los dos se han empeñado en que yo sea la madrina... La boda iba a ser en otoño, pero resulta que el novio, que es cazador, no quiere perderse la temporada de no sé qué bicho en no sé qué país africano...

–Kenia, abu –hablaba con lengua de chicle, en un tono que pretendía sugerir que comunicarse con los demás representaba para ella un esfuerzo terminal, estéril, sobrehumano.

–Eso –a su abuela le daba lo mismo. Ella hablaba tanto como le daba la gana porque tenía demasiado dinero como para ser escueta en cualquier cosa–. Total, que como ya les había prometido que, aparte del banquete, les regalaba el viaje de novios, esta loca ha decidido irse de safari con él, y de la noche a la mañana, han adelantado la fecha al 20 de julio, que tú me contarás, el plan... –ladeó la cabeza para mirar a mi jefe con los ojos entornados, frunció los labios en unos morritos absolutamente improcedentes teniendo en cuenta su edad y su condición, y le interpeló con una sonrojante y temblorosa vocecita de niña pequeña–. ¿Podrás hacer algo por nosotras, por todas nosotras, en tan poco tiempo?

–Desde luego, madame... –Arturo se frotaba las manos como si pretendiera darse cuerda a sí mismo, a punto de levitar de placer–. Confíe en mí. Tenemos tiempo de sobra.

A partir de aquel momento, sólo vi fragmentos de escenas dispersas, y no llegué a escuchar ningún diálogo completo, pero mientras obedecía las órdenes que Alejandra me deslizaba al oído en un murmullo que pretendía maquillar su autoridad sin matizarla, pude contarme a mí misma casi todos los capítulos de la historia. La abuela era la gran araña frentona, una mujer sumamente rica –riquísima, precisó después Arturo, y se le llenó la boca con el sonido de esa *q*– y más posesiva, más dominante aún. Las hijas, que eran cuatro y se repartían por diversas estaciones de la década de los cuarenta –al menos en apariencia, expresión que en esa familia, por otra parte, no significaba gran cosa–, parecían mujeres débiles, sin carácter, como una colección de insectos presos para siempre en la pegajosa tela tejida por su madre, a la que trataban con un respeto rayano en el pavor y nunca llevaban la contraria. Eso se hizo evidente en la primera ronda de elección de modelos, porque ninguna de ellas se atrevió a escoger por sí misma. Madame les fue adjudicando perchas a todas, también a sus nietas, aunque éstas, con excepción de la novia, que, por la cuenta que le traía a su safari, complacía en todo a su abuela, eran harina de otro costal. Mimadas y pasivas, indolentes y sin embargo caprichosas, capaces de enfurruñarse y hasta de protestar, era imposible saber lo que opinaban en realidad. Ese enigma me interesaba bien poco, pero me habría gustado resolver el otro por mis propios medios antes de que se marcharan. Como no pude, me las arreglé para quedarme un momento a solas con María mientras recogíamos.

–Esa mujer... –empecé, sin saber muy bien por dónde seguir.

–¿Quién?

–Madame... –María sofocó una carcajada, pero asintió con la cabeza para animarme a continuar–. Lo de su frente... No es normal, ¿verdad?

Entonces se echó a reír, y hasta me puso una mano en la cabeza para zarandearme un poco, como si se asombrara de mi ingenuidad.

–Claro que no es normal. Eso le pasa porque se ha estirado la cara muchas veces... –no la entendía, y ella se dio cuenta–. Cirugía estética, ¿comprendes? Lifting, se llama, una carnicería... Le despegan a una la piel de la cara y se la estiran para quitarle las arrugas. Por eso tiene la cabeza así. A fuerza de estirar, y de estirar, y de estirar, la frente se va quedando cada vez más atrás, y al final, pues les pasa como a ésta, que le empieza la cara en la cola de caballo. Y, si te fijas, sus hijas llevan el mismo camino.

Sólo unos meses antes habría rematado la conversación con un ¡ah!, pero a aquellas alturas, para bien o para mal, el agotamiento de mi capacidad de asombro era ya tan irreversible como el de una goma elástica dada de sí.

–Ya... –comenté a cambio–. Pues parecen extraterrestres.

–Sí –María sonrió–. Eso está bien visto.

Aquel sábado no terminamos el trabajo hasta las diez de la noche, más de una hora después de lo habitual. Como la gran frentona ya había advertido que sólo podrían volver todas juntas de sábado en sábado, porque la mayor parte de sus nietas todavía estaban estudiando, Arturo interpretó sin esfuerzo la hosca expresión de nuestras caras y nos reunió a todas un instante antes de cerrar.

–Ya sé que es duro, pero os voy a pedir este pequeño esfuerzo por el bien de todos. Esta boda ha sido una bendición, un milagro, un maná caído del cielo. Por supuesto, os pagaré las horas extraordinarias que hagan falta. Supongo que preferiréis canjearlas por días de vacaciones...

–No –nuestras cuatro voces sonaron a la vez.

–Muy bien, pues entonces os las pagaré en metálico.

Con esa fulminante, repentina claudicación, creí definitivamente liquidado el último de los misterios de aquel día, pero Alejandra se sintió obligada a reforzar el criterio de su marido con una asombrosa puntualización.

–Desde luego, esto nos arregla la temporada. Figuraos, un traje de novia y doce de ceremonia, una barbaridad...

–Pero eran catorce –si me atreví a intervenir, fue porque estaba segura de que eran catorce, y si estaba segura, era porque las había contado.

–¿Catorce? –Alejandra me miró, sorprendida–. No, no. Eran trece. La novia, su madre, sus tres tías, su abuela y siete primas, ¿no?

–Sí –Arturo le dio la razón–. Justo.

–No –insistí–. Aquí había catorce personas. Estoy segura.

–¡Qué raro! –Alejandra fue a por el libro, lo miró, y fue punteando los encargos con un lápiz, uno por uno–. Doce vestidos. Aquí está. Y el de la novia, trece.

–Tienes que prestar más atención, Paloma –me regañó su marido–. Has estado a punto de confundirnos.

Yo asentí humildemente con la cabeza y no abrí la boca, pero no dudé ni por un momento de quién tenía razón.

Eran catorce.

Ella era más o menos de mi edad, y entraba siempre la última, sin hablar, sin hacer ruido. Iba vestida de oscuro, unos pantalones anchos de punto y una casaca amplia a juego, el corte casi idéntico, el color parecido, negro, marrón, gris marengo. Le daba la vuelta a la butaca que estaba más cerca de la puerta y se sentaba allí, mirando a la calle, de espaldas a lo que sucedía dentro de la tienda. Inmóvil, callada, capaz de permanecer en la misma posición durante horas, parecía un camaleón, un cangrejo, una iguana, cualquier animal con piel jaspeada, instinto del peligro, y la astucia suficiente para mimetizarse con el paisaje utilizando ambos dones por igual. No era extraño que el primer día nadie hubiera advertido su presencia porque eso era exactamente lo que pretendía. Yo logré encontrarla porque la busqué, porque escudriñé todos los rincones uno por uno, aguzando los ojos en las distancias más cortas que las sucesivas etapas de mi trabajo me permitieron conquistar, hasta que di con ella. Por eso sé que era difícil verla, distinguir su cuerpo del cuerpo de la butaca que ocupaba, percibir su calor, su aliento, su condición de ser vivo, en la imagen que devolvían los espejos que la reflejaban. Lo que sí me pareció raro fue que su propia familia cayera en la trampa de su fingida ausencia, que ni su madre, ni su abuela, ninguna de sus hermanas, de sus tías, de sus primas, la llamara nunca para enseñarle un vestido, para pedirle una opinión, para constatar, simplemente, que no se había ido, que seguía allí, con ellas. Era como si todas aquellas mujeres iguales, que hablaban igual, que se reían igual, que manifestaban de la misma manera su decepción o su júbilo, reconociéndose a conciencia entre sí para hacerse reconocibles ante los demás, no se hubieran apercibido siquiera de su existencia. Parecía imposible, y sin embargo, eso parecía, que de verdad creyeran ser sólo trece, que no la vieran, que no la conocieran, que no quisieran verla, ni conocerla.

–A ver... –recapitulaba la abuela de vez en cuando–. ¿Qué nos falta?

Y entonces iba señalando con el dedo a todas y cada una de las mujeres que se arremolinaban a su alrededor, tus zapatos, el arreglo de la falda de Cuca, tu flor, un mantón para ti, ¿no?, yo creo que te quedaría mejor un mantón que una chaqueta, ¡ah!, y una talla menos para Cayetana, ¿verdad...? Ellas siempre aprobaban su elección con la cabeza antes de empezar a piropearse las unas a las otras, recomendándose quizás un estilo de peinado, un tipo de bolso, un tacón determinado, pero siempre satisfechas, seguras de su condición, de su número, y sin echar nada de menos.

–Pues yo creo que ya está, ¿no?

Pero no estaba, no podía estar porque ella seguía allí, sola, inmóvil, indiferente, como un camaleón, un cangrejo, una iguana confundida con el paisaje, y era una de ellas, yo estaba segura, porque el segundo sábado me camuflé en la sombra de Alejandra para seguir sus pasos hasta la puerta, y mientras mi jefa se despedía de su abuela con una ceremonia directamente proporcional a las cifras de la factura que calculaba, vi cómo se preparaba para marcharse. Metió algo en su bolso, apoyó la palma de una mano en el muslo de una manera extraña, se agarró al brazo de la butaca con más fuerza de la razonable, y se levantó. La expresión de orgullo casi hiriente, agresiva, que elevó su mentón y soldó sus mandíbulas en aquel instante estuvo a punto de distraerme, pero la dificultad de sus movimientos era demasiado patente como para pasar inadvertida. Porque la muchacha inexistente era coja. Muy coja. Coja del todo.

El sábado siguiente llegó a la tienda igual que se había marchado el anterior, apoyando una mano en el muslo de su pierna inútil, balanceando sus caderas para ayudarse con todo el cuerpo, y la cabeza alta, los dientes apretados, la barbilla apuntando al techo. Las demás entraron en pequeños grupos, hablando y riéndose, animadas, ruidosas, ella las seguía a cierta distancia, pero yo la esperé, mantuve la puerta abierta para que pasara. Ésa fue la primera vez que me atreví a mirarla a la cara, y vi que era guapa, de una belleza un poco antigua, quizás porque no se pintaba ni se teñía el pelo como las demás. Tenía los ojos grandes, redondos, las mejillas sonrojadas tal vez por el esfuerzo, una nariz pequeña y los dientes muy blancos.

–Buenos días –le dije, y ella me miró como si no entendiera mi idioma.

Entonces tuve una iluminación extraña, como un fogonazo, una idea repentina, una mancha de color, de varios colores, fresa, verde agua, malva, turquesa, añil, flores descuidadas, de contornos difusos, pétalos borrosos, desvaídos, que se instalaron por su cuenta en mi imaginación para colonizarla casi por completo, dejando apenas libre un resquicio estrecho y largo que ocuparon de pronto, sin motivo alguno, la figura de mi padre, la figura de mi abuelo. Estaba pensando en ellos con la cabeza llena de flores cuando me devolvió el saludo en voz muy baja.

–Hola.

Luego se acercó a la butaca, le dio la vuelta, se sentó en ella, sacó un libro del bolso y se puso a leer.

–¡Paloma!

Pero hacía falta mucho más que ese grito de Arturo para apartarme de aquel descubrimiento. Durante las horas en las que permanecía aparte, dando la espalda a las imágenes y a los sonidos, negando sus oídos y sus ojos a una realidad a la que a mí no me quedaba más remedio que pertenecer, la muchacha que no quería existir leía. No miraba a la calle, no dormitaba con una mano sobre la otra, no dejaba pasar el tiempo a través de sí misma con la parsimonia indolente, mineral, del río manso de su mala suerte. Leía, y eso ni siquiera era una manera de defenderse, sino una forma de atacar. La muchacha que no quería existir en la familia donde había nacido, en la tienda donde yo trabajaba, en la boda de su hermana, o de su prima, tenía una pierna más corta que la otra, pero estaba armada, y sus armas le daban el poder de elegir cualquier otra existencia, más feliz.

—¡Paloma!

Yo seguía viendo flores, manchas confusas y sin embargo organizadas, que se repetían y se complementaban entre sí en virtud de un patrón que aún no había logrado identificar, destellos de color fresa, verde agua, malva, turquesa, añil, velando mis ojos con una pantalla tenue, transparente, que no me impedía mirarla, verla sostener el libro entre las manos, leer su título, y el nombre del autor.

—¿Es interesante? —le pregunté.

Ella lo cerró un momento y miró la portada como si la viera por primera vez, Rafael Cansinos-Asséns, *La novela de un literato,* tomo I.

—Sí, mucho —hizo una pausa para girar la cabeza un momento, como señalando en dirección a su espalda—. Muchísimo más que eso.

—Ya —sonreí—. Seguro.

—¿Te gusta leer?

–Sí. Lo que pasa es que ahora casi no tengo tiempo, porque los días laborables, cuando salgo de aquí, a la hora de comer, me voy a la escuela. Estoy estudiando Orfebrería, y llego a casa muy tarde, y molida de cansancio, la verdad... –ella me miraba con atención, asintiendo con la cabeza, como si le interesara lo que le estaba contando–. Me estoy leyendo el Cossío. No entero, por supuesto, pero sí por partes, los artículos que me interesan. Pero es tan largo, y voy tan despacio, que no sé cuándo...

–¡Paloma! –escuché el tercer grito mucho mejor que los anteriores, porque resonó en el borde de mi oreja. Cuando giré la cabeza en la dirección de la que provenía, me encontré con que Arturo estaba a mi lado, dando brincos como una cabra histérica–. ¿Qué haces aquí, hablando so...?

–Hasta luego –la lectora se despidió de mí antes de esconderse nuevamente en su libro.

Mi jefe me cogió del brazo y me obligó a saltar a su ritmo hasta que llegamos a la altura de la mesa oval. Me temía una buena bronca, pero no recibí más que preguntas de sus labios perplejos, desencajados por el asombro.

–Y ésa... –la señaló con un dedo encogido, miedoso– ¿quién es?

–Es la nieta que hace el número catorce –le contesté–. Esa que decíais que no existía.

–Pero... ¿ha venido antes?

–Viene todos los sábados, desde el primero, pero siempre se queda aparte, sentada en esa butaca.

–¿Y qué hace?

–Lee.

–Lee... –y me miró como pidiéndome auxilio, ayuda para desentrañar aquel misterio–. Y nadie la ha visto nunca... Es increíble, ¿no?

Ver no es lo mismo que mirar, decía mi abuelo, y al mirar, no todas las personas ven lo mismo. Escuchar no es lo mismo que entender, me recordé a mí misma mientras Arturo esperaba una respuesta, y decidí que no valía la pena malgastar palabras.

–Sí –le respondí después de un rato–, es increíble.

Le dejé solo, masticando lentamente su perplejidad al lado de la mesa, y me acerqué a Alejandra, que me abrumó enseguida con tareas pendientes. Cumplí sus órdenes con una eficacia muda, sumisa, sin cotillear el resultado de las pruebas ni perder el tiempo en el almacén. Ahora sé que buscaba algo, aunque no sabía dónde ni cuándo lo iba a encontrar, y esa necesidad me mantenía en tensión, concentrada, despierta. Nunca, desde que había empezado a trabajar allí, me había sentido tan bien como entonces, nunca antes había percibido la menor utilidad en lo que hacía, y sin embargo, aquella mañana había sucedido algo que lo había cambiado todo y que tenía que ver con mis propios ojos, con lo que yo veía, con lo que yo miraba, con lo que era capaz de ver al mirar. Entonces, Alejandra me mandó al armario del fondo, necesitaba una chaqueta roja de la talla 38, y no quedaban, yo sabía que no quedaban, pero fui pasando perchas una por una y, de repente, mis ojos entraron en un vestido de muselina estampada, o un vestido de muselina estampada entró en mis ojos, y tal y como Dios debió de sentirse al crear el mundo sólo con pensarlo, me sentí yo mientras cada uno de los colores que se habían creado en mi cabeza la abandonaba deprisa para fundirse con su propia imagen, flores de color fresa, verde agua, malva, turquesa, añil, y un don, un talento, los ojos de mi abuelo renaciendo en mis ojos, una nostalgia brutal y mi garganta amarga en el recuerdo de las lágrimas.

Era un vestido precioso. Ni intenso, ni original, ni radical, ni elegante, ni gracioso, ni ingenuo, ni fresco, ni irónico, ni dramático, ni estilizado, ni teatral. Romántico sí, pero sobre todo bonito, muy, muy bonito, una nube de muselina estampada con los colores de las marinas de Sorolla, volantes asimétricos en las mangas y en el bajo, y el resto liso, confiado en la eficacia de todo aquello que era capaz de sugerir, la luz de un atardecer de verano en una playa del Mediterráneo o la dulzura del horizonte que corona los bosques justo después de una tormenta. Era un vestido precioso, y era su vestido, estaba hecho para ella, a pesar de su deformidad, de su cojera, de la bárbara suerte que le había costado cierto grado de existencia. Era su vestido, yo podía verla con él, la estaba viendo ya. Por eso sabía que nadie iba a fijarse en su pierna inútil al mirarla, como no podía fijarme yo, absorta en su nueva y radiante belleza. Por eso escondí dos tallas sucesivas en lo que llamábamos el limbo, un perchero de prendas de otras temporadas al que nadie se acercaba jamás. Y por eso me atreví a intervenir cuando su abuela, después de contar con los dedos de una sola mano los detalles que aún no había resuelto, miró a su alrededor para recapitular como solía.

–A ver, ¿qué más nos falta...? Pues yo creo que ya está, ¿no?

–No –proclamé, en un tono más alto del que había calculado, y ella se me quedó mirando con una expresión ambigua, que no me permitió adivinar si agradecía o reprobaba mi intervención, pero que no me desanimó del todo–. Falta... –no sabía cómo llamarla, porque nunca había escuchado su nombre, pero estiré la mano para señalar la butaca donde seguía sentada– ...ella.

–¿Quién?

Su mirada cambió muchas veces en un solo instante, fastidio, cólera, vergüenza, desprecio, escándalo y, tal vez, hasta unas gotas de compasión antigua. Pero sólo unas gotas. Las rechazó cerrando los ojos, apretando un momento los párpados para convocar su indiferente altivez de gran señora, y cuando la recobró, giró la cabeza de una manera afectada, fingida, para mirar en la dirección que mi mano aún señalaba.

–Yo no veo a nadie.

Luego me dio la espalda y se marcharon todas muy deprisa, casi sin despedirse.

Y después de eso, nadie la mencionó.

Ni Arturo, que tuvo que poner al corriente de mi descubrimiento a Alejandra, ni Alejandra, que debió comentárselo enseguida a María, ni María, que no se asombraba de nada y era la única en quien yo podía confiar, ni las otras chicas, que ya se habrían enterado de todo, pegando la oreja aquí y allá, aunque María no se hubiera tomado la molestia de informarlas, nadie se atrevió a hacer preguntas, a proponer respuestas, a mirarla siquiera. Ella siguió viniendo a la tienda con las demás, se sentaba en su butaca, sacaba su libro y leía, leía siempre, siempre sola en su mundo privado, el exilio impuesto o voluntario, nunca llegué a saberlo, que yo envidiaba tanto por muy injusto que me pareciera. Me daba mucha rabia que el poder de su abuela desbordara los límites de su familia, que alcanzara a mis jefes, a mis compañeras, sobre todo a mis compañeras, que en la nómina de julio no iban a encontrar ni un céntimo de más como recompensa de su debilidad, de su pequeña y mezquina vileza. Y sin embargo, y aunque sabía que la muda solidaridad de las otras dependientas no habría servido de nada, más allá de la frontera moral que define lo que es justo y lo que no lo es, lo que debemos a nuestros semejantes y lo que ellos tienen derecho a esperar de nosotros, me daba cuenta de que el cerco de su soledad definía también los límites de su grandeza. Porque había algo admirable en la figura de la muchacha inexistente que acataba el destino a su manera, y seguía viniendo a la tienda, sábado a sábado, para pagar indiferencia con indiferencia en aquellas páginas de letra pequeña y apretada, *La novela de un literato,* tomo I, tomo II, tomo III.

Su lectura avanzaba muy deprisa, pero el tiempo corría también a favor de su abuela, de las tallas que faltaban, de los zapatos que se forraban, de los bajos que subían o bajaban a lo largo de las piernas parejas, útiles y sanas de todas las demás. El primer sábado de julio, sólo quedó pendiente la última prueba del traje de novia, y yo no me atreví. Las flores de su vestido chillaban entre mis sienes, se atropellaban en mi garganta, me quemaban la lengua, el paladar, en el desesperado intento de nacer de mis labios, pero no me atreví, y no lo hice por miedo a su abuela, sino por ella. Era tal vez mi última oportunidad, y entonces dudé. Yo también tenía orgullo, y problemas, mucha más suerte que ella y mucha menos, porque apenas poseía el sonido de un órgano electrónico, un pasodoble manso, destrozado, donde cobijarme. Tenía además un don, pero ella no lo había solicitado, tal vez ni siquiera lo necesitara, quizás prefería seguir vestida de oscuro, ocultar su cuerpo de los ojos que no querían mirarla, vivir en el color de las letras de los libros. No la conocía, no sabía nada de ella, pero me caía bien y no quería correr el riesgo de mejorar su imagen para peor, de empeorar su suerte a su favor, de meter la pata para bien o para mal de ninguna de las dos.

Por eso no me atreví, y esa prudencia pudo haber echado a perder mi vida. Pero el sábado siguiente volvieron todas, ella también. Querían ver a la novia, opinar sobre el vestido, asegurarse de que no dejaban ningún error por corregir. Aquella visita no podía tener otro motivo, otro propósito, porque cada una tenía ya colgado en su armario, desde hacía como mínimo una semana, el traje que vestiría en la ceremonia. Por eso no esperaba verla allí, por eso no entendí que hubiera venido. Y todavía entendí menos que se sentara en la butaca de siempre, en la posición de siempre, sosteniendo entre las manos el mismo libro de siempre, mientras su abuela y sus tías, su madre, sus hermanas, y todas sus primas, rodeaban a la novia y le quitaban la ropa para no estropearle el peinado, la última prueba del moño también definitivo. El proceso fue lento, complicado. Había que abrochar todos los botones, asegurar todos los detalles, estudiar con atención cada pliegue, cada sombra, cualquier efecto deliberado o indeseable que aún pudiera arreglarse con la plancha, y después, todavía, fijar el velo, como una espuma de encaje antiguo, a la diadema de plástico que ocupaba el lugar de otra, cuajada de brillantes, que sólo saldría de la caja fuerte del banco la víspera de la ceremonia. Pero el resultado fue espectacular.

Cuando terminaron, Arturo y Alejandra dejaron a la novia sola en el centro de la tienda, y estaba tan guapa que hasta parecía normal, y simpática. Tan guapa que nadie habló, ni siquiera su abuela se atrevió a decir nada mientras la mirábamos como si fuera un cuadro, una estatua, o una foto feliz, de ésas que embellecen a sus modelos. No había tensión alguna en el silencio plácido, uniforme, que colonizó todos los labios y humedeció ciertos ojos en el corro de sus espectadoras, y sin embargo, yo percibí que sucedía algo más a mis espaldas. Nunca sabré por qué, pero al volver la cabeza supe ya por qué lo hacía, aunque todavía no puedo decir si me alegré o me entristecí al ver que la lectora ausente, la muchacha inexistente, la arrogante sombra del margen de las páginas, se había dado la vuelta en la butaca, para unirse por primera vez a las demás. No es lo mismo ver que mirar, y al mirar, no todas las personas ven lo mismo. El mundo es demasiado largo, demasiado ancho, demasiado redondo como para resistirse eternamente a su forma, a su peso, a su tamaño. Eso fue lo que vi yo en sus ojos, y la nostalgia de lo que nunca se ha tenido, que siempre es lo que más duele haber perdido.

–No sé... A lo mejor, aquí...

Cuando la gran frentona encontró por fin una objeción que poner, salí corriendo. Al volver del limbo con dos perchas en la mano, había ya media docena de personas alrededor de la falda de la novia, intentando decidir si el vuelo de la cola hacía algo raro o no. Ella, que seguía apoyada en el brazo de la butaca, mirando hacia fuera, fue la única que me vio venir, y empezó a negar con la cabeza antes de darme la oportunidad de pronunciar una sola palabra, para asegurarse la opción de hablar primero.

–No –dijo solamente.

–¿Por qué?

–Porque no.

–¿No te gusta?

–Sí, me gusta mucho –hizo una pausa, intentó sonreír, no pudo–. Es un vestido muy bonito.

–Es precioso –insistí–, y es para ti. Éste es tu vestido, hazme caso. Yo lo sé, hace semanas que te veo con él... Es difícil de explicar, tendría que contarte mi vida y ahora no tengo tiempo, pero sé que es tu vestido.

–No.

–Sí –ella seguía negando con la cabeza, pero con menos convicción que al principio, como si mi tímida profecía hubiera logrado impresionarla contra su voluntad–. Hazme caso. Inténtalo, por lo menos. Piensa que no tienes nada que perder. Pruébatelo y mírate, y si no te gusta, déjalo en el probador y nadie se enterará de que te lo has puesto. Míralas. No se van a dar ni cuenta. Están demasiado pendientes de tu prima.

–No es mi prima –desvió la mirada para clavarla en sus rodillas–. Es mi hermana.

Durante unos segundos, las dos estuvimos calladas, inmóviles, estudiándonos a distancia, ella a mí en el tejido de sus pantalones, yo a ella en el esquivo escorzo de sus ojos acobardados. *Duelo en O.K. Corral*, recordé, y entonces se incorporó, se levantó tal vez con menos trabajo que otras veces, cogió las perchas y se dejó llevar hasta el probador sin que nadie se apercibiera de su ausencia, como nunca se habían apercibido de su presencia.

Yo la esperé fuera, rezando con los labios cerrados. Lo que pasara detrás de aquella puerta me daba igual, y sin embargo, detrás de aquella puerta me estaba jugando a una sola carta todo lo que tenía, mi memoria y mi herencia, mi futuro inmediato y el más remoto, mi confianza, mi fe. La puerta se abrió enseguida, antes de lo que había calculado, y me pareció un mal presagio, pero en eso, sólo en eso, me equivoqué.

Ella esperó a que yo la viera antes de salir. Sonreía, y nunca la había visto sonreír. Lo demás ya lo sabía, porque su imagen encajaba sobre la que había nacido de la última intuición de mi abuelo con la minuciosa precisión de un calco, aunque su sonrisa subrayaba con un trazo rojo, grueso, rotundo, su belleza.

–Estás guapísima –le dije.

–Sí –admitió, y sus labios se ensancharon un poco más, se tensaron tanto como si pretendieran salir volando, escapar para siempre de su cara.

Se dio la vuelta para mirarse por última vez en el espejo y echó a andar con su pierna izquierda, torneada, bonita, y su pierna derecha, flaca y deforme, invisible a la luz que matiza los atardeceres de verano en las playas del Mediterráneo, bajo el resplandor que endulza la silueta de los bosques después de una tormenta. Yo la veía avanzar, tan coja como siempre y sin embargo más tiesa, más segura en cada paso mientras aumentaba su cosecha de ojos desorbitados, de bocas abiertas, de frases interrumpidas en mitad de una palabra, y aunque no sabía nada de su vida, intentaba calcular cuántas veces habría soñado ella una escena parecida. Hasta que llegó al centro del círculo, y entonces, un solo grito nos paralizó a las dos.

–¿Qué significa esto?

Su abuela la miró, me miró a mí, volvió a mirarla, repartió su indignación equitativamente entre las dos, pero no consiguió amedrentarme. Los toros pesan seiscientos kilos, recordé, tienen dos pitones duros y afilados que terminan en punta, que pueden matar, y velocidad, furia, potencia, pero la fiera que tenía delante estaba tan afeitada que el pelo le crecía en medio de la cabeza. Llevaba muchos meses trabajando en la tienda y siempre había estado callada, casi un año sin pronunciar seis palabras seguidas en voz alta, pero aquéllas manaron de mis labios con la misma naturalidad, la misma tramposa fluidez que un centenar de pañuelos de colores en el hilo trucado que se sacan de la boca los prestidigitadores. Va por ti, abuelo, pensé antes de empezar.

–Bueno, tal vez no debería haber tomado esta iniciativa, pero... Pensé que podría resultar interesante. Al fin y al cabo, se trata de la última tendencia neoyorquina, la definitiva sofisticación del *grunge* –hice una breve pausa dramática para estar segura de que todas las mujeres de su familia me estaban escuchando, y hasta engolé la voz para adornarme antes de continuar–. En Europa estamos muy atrasados, pero los norteamericanos, siempre más frescos, más auténticos, han comprendido que también los defectos son hermosos, porque son humanos. Es un movimiento que empezó con las campañas contra las minas anti-

111

persona, un grito creador contra la globalización –estaba toreando con el pico, pero el público era de sol, y el ganado metía muy bien la cabeza–. La moda es cultura, y no puede ser ajena a los fenómenos culturales que están modelando el espíritu de nuestra época. Créanme, en algunas revistas inspiradas en los movimientos artísticos más recientes, revistas a las que, por supuesto, aquí estamos suscritos, hemos visto propuestas mucho más radicales.

Solté mi discurso de un tirón, sin relajarme al escuchar el primer ¡ah!, sin prestar atención a los que se fueron sucediendo hasta el final. Después, durante un instante, nadie dijo nada. Entonces, la novia abrió desmesuradamente los brazos y soltó un chillido.

–¡Pero qué divino!

Yo me quité de en medio mientras todas las mujeres de su familia enhebraban un adjetivo tras otro como si pretendieran escribir al alimón un diccionario de rimas –genial, ideal, bestial, total–, y sólo después miré a la gran frentona, que me miraba a su vez, sus ojos anclados en un desafío inútil. No la había engañado y no sabía perder, pero ya contaba con eso. También con la jubilosa, exultante felicidad de mis jefes, que tomaron el relevo de los abrazos y las felicitaciones cuando el clan de las extraterrestres enfiló, esta vez compacto, unido, apretado como una piña, la puerta de la tienda. Lo que no esperaba, lo que me dolió en la tarde de mi triunfo, fue que ella no se despidiera de mí, que no me dijera nada, que ni siquiera se volviera a mirarme antes de marcharse.

112

–Ha sido fantástico, Paloma –me dijo Arturo cuando la puerta de cristal se cerró, y me di cuenta de que ni siquiera había llegado a conocer el nombre de mi primera clienta–. Enhorabuena.

–Tú llegarás lejos –corroboró su mujer–. Dame dos besos.

Escuché algunas promesas vagas, frases a medias sobre un aumento de sueldo, un porcentaje de las comisiones, un rutilante futuro en el negocio de la moda, y decidí que no podía seguir trabajando allí durante mucho más tiempo, porque ella no se había despedido de mí, porque no me había dicho nada, porque no me había dado las gracias. Ni siquiera sabía cómo se llamaba, sólo el título del libro donde se escondía, y en el que yo había leído una arrogancia, una soberbia, una admirable determinación que nos igualaba, porque las dos teníamos un sitio propio que nadie entendía y que por eso nadie podría nunca invadir. Pero quizás no era más que cobardía, el deseo de no mirar para no tener que ver, el miedo a comprender lo que se ve cuando se mira. O a lo mejor, lo único que pasaba es que no éramos iguales, que nunca lo seríamos. Yo también tenía orgullo, y problemas, mucha menos y mucha más suerte que ella, un don y una ventaja. Yo sabía que allí todo era mentira, y mis verdades pocas, contadas, frágiles hasta el instante en que salí a la calle.

Nos dieron la tarde libre y me despedí hasta el lunes, pero al salir de la tienda me encontré con que la calle Lista había cambiado. Su perfil se había desplomado, arrastrando consigo las aceras, los coches y los edificios, a lo largo de una pendiente favorable, cómoda, larguísima. Yo sabía que aquella cuesta abajo no era real, que no podía serlo porque una calle es siempre igual, tan plana o empinada a la ida como a la vuelta, pero aquella muchacha había vuelto a existir en su mundo y ya era hora de que yo volviera al mío. Mis pies avanzaban sin esfuerzo después de un día entero de trabajo, el sol calentaba sin quemar, y el metro volaba sobre los raíles. Tirso de Molina me estaba esperando, y en la sastrería de mi abuelo esperaba también un torero muy joven, muy guapo, muy consciente de su ambición, y de su miedo.

–Buenas tardes –decía mi padre en aquel instante–. ¿Qué desea?

No le dejé seguir.

Me acerqué a él, le puse una mano en el hombro y le miré. Cuando me miró, vi que tenía la cabeza grande, el pelo muy corto, rubio oscuro, los ojos dulces, la nariz recta, los labios apretados, y dos manos enormes de labrador, anchas y ásperas, de dedos largos, gruesos. Tenía también un aire decidido e indefenso al mismo tiempo, como si no estuviera muy seguro de haber dejado de ser un niño, como si acabara de llegar de la fotografía antigua de un pueblo andaluz seco y remoto, como si estuviera dispuesto a tragarse el mundo entero de un bocado, y entonces vi el hilo, la línea que separa la vida de la muerte, tendido entre sus ojos y los míos como un puente de luz, tenso, transparente. Primero vi aquel hilo. Después, por fin, un color.

–Tabaco –le dije–. Tabaco y negro. Y el año que viene estás en los carteles de San Isidro, puedes estar seguro...

El capitán de la fil

No sé si estoy en lo cierto,
lo cierto es que estoy aquí.
Otros por menos se han muerto,
maneras de vivir.

Leño, *Maneras de vivir*

Para Ángel y Susi,
que están siempre tan cerca.

Y para Eduardo,
por estar siempre en su sitio.

1

Nunca habría logrado identificar su voz sin la colaboración de mi mujer.

Cuando nos compramos aquella casa –un bajo con jardín en un edificio de tres plantas con más jardín y piscina comunitaria, situado en uno de los extremos de la ciudad–, ella me juró que era la casa de sus sueños, el lugar donde siempre había querido vivir. Sin embargo, en los últimos ocho años la había reformado tres veces, la última con una ambición tan radical que desde el primer momento la llamó «rehabilitación», para diferenciarla de las dos anteriores. El día que me enseñó los planos, me di cuenta de que los tabiques se podían contar con los dedos de una mano. En ese instante, le advertí que yo necesitaba un cuarto para mí.

–¿Para qué?

–Para estar.

–¿Para estar...? Pero si tú no trabajas en casa, ni tienes hobbies, ni nada...

–Para estar solo. –Sonia no se atrevió a oponer ningún argumento a mi confesión, pero cuando el silencio empezaba a ser masticable, decidí portarme como un buen chico–. Me angustia la idea de vivir en una casa sin paredes. Siempre he vivido en pisos antiguos, con pasillo y muchas habitaciones, ya lo sabes. Y además es una cuestión de carácter, necesito estar solo de vez en cuando, no lo hago por molestar. Me da igual que sea un cuarto pequeño, o interior, no pido mucho.

Soy un hombre tranquilo. Por eso, cuando volví a ver los planos y distinguí dos nuevos tabiques en la zona que antes ocupaba un gigantesco dormitorio matrimonial, dejé de poner pegas y hasta de mirarlos.

–Espero que te des cuenta del pasillo tan largo y tan horrible en el que se va a convertir el vestidor por este caprichito tuyo –me dijo mi mujer entonces–. Y todo para que tengas una ventana...

Las noches de los miércoles, Sonia nunca estaba para nada. Era adicta a un programa de televisión líder de audiencia donde, bajo el inocuo pretexto del cotilleo amable, quizás un poco picante, se despedazaba en público a quien se pusiera a tiro, una especie de ordalía civil y barata que a mí me sacaba de quicio no sólo por eso, sino porque además me parecía evidente –¡qué mal pensado eres, Carlos!– que todo, los insultos, los elogios, los piropos, las peleas, las reconciliaciones, los secretos de alcoba, las revelaciones sorprendentes y hasta las venganzas en directo, estaba trucado y previsto de antemano en el guión. Por eso, los miércoles por la noche agradecía más que nunca esos dos tabiques que habían convertido el vestidor en un pasillo largo y horroroso, aunque la noche de aquel miércoles no fueron suficientes.

Cuando entré en el salón, cargado con una pila de carpetas y sobres cuyo contenido sólo lograría desplegar sobre la mesa de comedor, ella ya ocupaba su lugar favorito, frente al televisor. La contemplé a distancia, porque por fin había logrado convertir el salón en un espacio inmenso, y la admiré un buen rato antes de que advirtiera mi presencia. Reclinada en el sofá, con una blusa de seda roja, las piernas cubiertas por lo que yo llamo una manta de viaje y ella un *plaid*, aprovechaba la pausa publicitaria para hojear el último ensayo de un autor al que idolatra desde que leyó en uno de sus libros que conservar la talla 38 más allá de la primera juventud es una señal de inteligencia, de identidad y de dignidad femeninas. Cuando empezó a decir que era su filósofo favorito, se me ocurrió definirla como una frívola de amplio espectro, y eso le hizo tanta gracia que durante una temporada se lo fue contando a todas sus amigas. Lo cierto es que si su maestro la hubiera visto aquella noche, el pelo lacado de negro, liso, brillante, descansando sin llegar a pesar sobre sus hombros, maquillada para simular que iba sin maquillar, una sofisticada sugerencia oriental en los colores, habría estado orgulloso de mi mujer. Irradiaba tanta gracia, tanta personalidad, tanto estilo como si estuviera posando para una foto. Ésa era una cualidad innata en ella. Jamás bajaba la guardia, nunca se descuidaba. Admirablemente decorativa, tenía sólo un año menos que yo, pero aparentaba ser mucho más joven, y encajaba a la perfección en aquel ambiente. Ahora que su talla coincidía con su edad, se había convertido en su propia obra maestra.

—¿Eres tú, Carlos? —me preguntó sin volverse a mirarme.

—Sí, soy yo... —¿y quién iba a ser si no?, pensé—. Tengo que mirar los papeles de la casa de Apodaca.

—No te molestará la tele, ¿verdad?

No me molestaba. Las voces que se interpelaban, se cabalgaban y se increpaban con un acento siempre chillón de indignación o de burla, llegaban a mis oídos muy amortiguadas, como la banda sonora de una pesadilla de otro. Tenía demasiadas cosas que hacer como para prestarle atención a ninguna otra, y sin embargo estoy casi seguro de que pensé en él. Mientras revisaba aquel caos de folios impresos, presupuestos, balances, justificaciones de gastos y actas de juntas anteriores, tuve que pensar en él, porque siempre lo hacía. Desde que le perdí de vista, y de eso debía de hacer ya casi veinte años, la figura de mi primo Carlos se instalaba en mi cabeza con el primer presentimiento de la Navidad, y allí se quedaba, como un demonio benéfico de la juventud y la melancolía, durante un par de meses, hasta que olvidaba lo que mi hermana Bea me hubiera contado de la reunión de la junta de propietarios de la casa de la calle Apodaca, a la que él tampoco asistía.

Ya ni siquiera nos encontrábamos el 22 de diciembre. Mi padre tenía cinco hermanos, y entre todos juntaban tantos hijos que casi nunca lográbamos cenar juntos en Nochebuena. Por eso, el abuelo Carlos nos invitaba a merendar el día de su cumpleaños, y esa fecha tan especial, que coincidía con el Sorteo de la Lotería de Navidad pero no venía marcada en rojo en ningún calendario, llegó a ser la fiesta favorita de todos sus nietos. O, por lo menos, siempre fue mi fiesta favorita.

–Carlos...

Nunca he podido olvidar aquel rito anual, la elaborada liturgia de una ceremonia que se desarrolló sin cambio alguno a mis cinco, a mis diez, a mis quince años, y que sobrevivió incluso a la mudanza de los abuelos a un piso mucho más pequeño para seguir celebrándose casi igual que antes, hasta que la brusca muerte del anfitrión la interrumpió para siempre cuando yo estaba a punto de cumplir los dieciocho. Primero el tumultuoso preámbulo del recibidor, chillidos y carreras, frases entrecortadas que apenas llegaban a su destinatario –¡pero qué alto estás ya, Carlitos!, pues desde luego, esta niña cada vez está más guapa, y su madre también, ¡qué tonto eres!, pero ¿qué has hecho para adelgazar tanto después del embarazo?, pues no sé, qué quieres que te diga, ¡te has quedado estupenda!, es que no consigo quitarme de encima las jaquecas, y tu suegra ¿cómo está?, ¡anda ya!, no exageres, pues pachucha, como siempre, ya, ya, exagerar...–, docenas de besos y abrazos recibidos con una manga de la trenka puesta y la otra colgando en el aire, y lo que para mí siempre será la inmensa *chaise longue* del inmenso recibidor de un inmenso piso de la calle Apodaca desbordándose de bolsos y capotas y bufandas y gabardinas y abrigos de todos los tamaños, mientras una sonrisa infinita, descomunal, tan grande como era todo grande en aquella casa, tensaba los labios de mi abuela Valeria, que siempre recurría al mismo truco para no llorar antes de tiempo, venga, vamos, a merendar, que se va a enfriar todo.

–Carlos...

La mesa era también, y por supuesto, enorme, y todos los años, cuando entraba en el comedor, la veía ya perfectamente dispuesta, con montoncitos de servilletas de papel en las esquinas de un mantel blanco bordado con ramas de acebo verdes y rojas. En el aparador había copas de cristal para los adultos y vasos de parafina para los niños, y cubiertos de todos los tamaños, confundidos los supervivientes de una vieja cubertería de plata con los tenedores de hojalata de la cocina. Éramos tantos que la abuela tenía que sacar platos de tres o cuatro vajillas distintas, pero nunca faltaba nada para ninguno, y así, provistos de las armas más dispares, atacábamos todos a la vez un festín tan excesivo como si un ejército de duendes pasteleros acudiera cada año, en la víspera del 22 de diciembre, a su llamada de auxilio. Durante algún tiempo, yo creí de verdad en la existencia de aquellos duendes con los que los mayores nos tomaban el pelo, aunque ya sabía que ella no era una mujer corriente. Guapa como pocas, y buena como todas las abuelas, siempre llevaba caramelos en los bolsillos, y en realidad se llamaba Valeriana, pero ella misma se había acortado el nombre de niña. ¿Por qué, abuela?, le pregunté una vez. Porque no me daba la gana de llamarme igual que una hierba, me contestó, y yo sentí un regocijo tan grande al escuchar aquella expresión achulada, vulgar, casi prohibida, no me da la gana, que decidí enseguida que tenía que ser una mujer especial. Pero ni siquiera así podía darle tiempo a preparar todo aquello, tortillas de patata con cebolla y sin cebolla, miles de croquetas, gambas con gabardina, hojaldres pequeñitos rellenos de *foie-gras* y de sobrasada, una empanada de bonito, otra de ternera, y otra de chorizo, y las tres enormes, como las montañas de sándwiches de todos los sabores, y las pirámides de mediasnoches untadas con mantequilla por las dos caras, y las catedrales de ensaladilla rusa adornadas con aceitunas, el precioso botín que disputábamos con ansiedad, y la máxima velocidad de la que manos y dientes eran capaces, una multitudinaria tripulación de piratas de todas las estaturas. Todos llevábamos un año entero esperándolo, pero nunca cometíamos el error de hartarnos antes del postre, las coronas de café –*bavaroise* era una palabra demasiado difícil de decir todavía– y las tartas de chocolate que a los duendes les salían cada vez mejor.

–Carlos, mira, ven...

Luego, la abuela, que nunca probaba bocado, como si le alimentara vernos comer, nos ordenaba por alturas en una fila muy larga, que salía por la puerta del comedor y se prolongaba por un tramo del pasillo. Los mayores se colocaban delante, mi primo Carlos, el capitán, a la cabeza, y los pequeños detrás, y todavía más allá, al final, esperaban turno, en brazos de su padre o de su madre, los que aún no habían aprendido a andar. Cuando el séquito de sus nietos formaba ya con una pasable disciplina, la abuela regresaba corriendo al comedor y se quedaba de pie, junto al gran butacón donde el abuelo permanecía sentado y sonriente, con un sobre de papel marrón entre las manos. Entonces, obedeciendo a una señal que yo nunca pude ver, porque la espalda de mi prima María, que me sacaba siete meses y un montón de centímetros, era mi único horizonte, Carlos arrancaba a cantar, aguinaldo te pedimos, si no nos lo quieres dar, te cogemos del fondillo, y te echamos al corral, y la fila comenzaba a avanzar muy lentamente, al ritmo de esa breve canción que se repetía hasta el infinito y del paso irregular de mis primos mayores, que se acercaban por orden hasta el abuelo para recibir un billete de banco a cambio de un beso. La abuela pedía dos antes de entregar a cada uno un regalo pequeño, pero siempre estratégicamente escogido según sus gustos y sus deseos. Nunca se equivocaba, y la expectativa de su acierto me ponía nervioso, pero por suerte yo no tenía que esperar mucho. Ocupaba la octava plaza, un puesto que además de darme derecho a un diminutivo aceptable, Carlitos, entre todos los nietos que habíamos heredado el mismo nombre, me eximía de repetir aquella canción tan rara más de cinco o seis veces. Nunca entendí del todo el sentido de las palabras que cantaba. Pasarían años antes de que me atreviera a preguntar para que alguien me informara por fin de que un fondillo es el fondo del bolsillo de un pantalón, pero nunca he logrado averiguar de dónde salió aquel estribillo rural y remoto, si las tres últimas generaciones de mi familia han vivido siempre en Madrid, y en Madrid las casas no tienen corral. No entendía el sentido de aquella canción, pero eso no importaba, porque me sentía muy bien cantándola, formando parte de aquella fila que no podía existir sin mí, sin la plaza que yo ocupaba, y que me proporcionaba a cambio la certeza de ocupar un lugar preciso y verdadero, mío, como el símbolo de un destino personal. Todos los años, cuando llega la Navidad, echo de menos aquella confortable sensación de integridad, de coherencia, esa complicidad con el mundo que se expresaba en una simple fila india, una línea recta contenida en todos sus puntos, un orden irresistiblemente deseable que me garantizaba que, si yo estaba en mi sitio, todas las cosas pasadas y presentes ocuparían también el lugar correcto, y el futuro, ese horizonte inmenso, inabarcable, se doblegaría sin esfuerzo en la dirección de mi voluntad. Porque eso es lo que ocurre cuando uno pertenece de verdad a algo, a alguien, a alguna parte.

–¡Carlos! –Sonia chillaba ya, incorporada a medias en el sofá.

–¿Qué? ¡Joder!

Yo no suelo gritar, pero estaba repasando los papeles de Apodaca, el abultado envoltorio de una realidad raquítica, la memoria ruinosa y reciente de aquella joya patrimonial que ha acabado convirtiéndose en un engorro para los herederos de mi abuelo Carlos, su constructor y propietario original. No suelo gritar, pero yo fui muy feliz en aquella casa y nunca he podido afrontar su realidad, despojar sus huecos, sus balcones, sus paredes, de la corteza acaramelada y tibia que la seguía envolviendo en mi memoria, hacer mis recuerdos compatibles con las cifras, con los pronósticos, con las pésimas noticias que me asaltaban cada año. Aquel año eran peores que nunca. Hay que vender, en eso estaba pensando mientras mi mujer entornó los párpados un instante antes de volver la cabeza hacia la pantalla, para demostrar que estaba esperando una disculpa. Había que vender y por eso grité, yo, que no suelo gritar nunca.

–¿Qué pasa, Sonia? –pregunté con cierta artificial dulzura, confiando en que el cambio de tono fuera suficiente.

–Es que está tu primo Carlos en la tele.

–¿Qué primo?

No estaba pidiendo una aclaración, y ella se dio cuenta. Aquella pregunta irreflexiva, espontánea, no era lo que parecía, sino la fórmula de una negación radical, todo un manifiesto de incredulidad, porque yo sólo tenía un primo que se llamara Carlos. Los otros, ex Carlangas, ex Carleto, no contaban, y Carlos, mi primo, el abanderado de la fila del futuro infinito, mi capitán, mi cómplice, no podía estar de ninguna manera en la tele, aquella noche, a aquella hora, en aquel programa, así que no estaba pidiendo una aclaración, y Sonia se dio cuenta.

–Pues el héroe de la resistencia antifranquista –me contestó, paladeando su respuesta en cada sílaba–, quién va a ser...

El 9 de agosto de 1972, a las tres y media de la tarde, hacía muchísimo calor. Tanto, que me marché de casa por la puerta de atrás y con las zapatillas en la mano, para que nadie me oyera salir. Ya tenía trece años, y no estaba obligado a dormir la siesta, como mi hermano pequeño, pero Bea, que a punto de cumplir once acababa de librarse de esa diaria tortura veraniega, debía de andar por ahí. Si me veía, se empeñaría en venirse conmigo, y como los dos sabíamos que no la iba a dejar, iría corriendo a chivarse a mamá, para que ella me recordara a gritos desde su dormitorio, en el piso de arriba, que estaba prohibido salir a la calle antes de las cinco.

–¡Un día de éstos se te va a derretir el cerebro, Carlitos! –me dijo la última vez que se me olvidó tomar precauciones–. Adónde tendrás que ir tú, con esta solanera...

Ésa era precisamente la cuestión, que nadie podía saber adónde iba, y el único aliado con el que podía contar para lograrlo era el sol salvaje, feroz, de la hora de la siesta. Y no es que fuera a hacer nada malo, pero tenía que hacerlo solo. Desde que descubrí por casualidad, casi de milagro, aquella trocha escondida que

129

trepaba hasta lo más alto del monte entre jaras pega-
josas, y tan altas que me hacían mágicamente invisible para los que subían por los senderos más transita-
dos, nunca me había encontrado con nadie. Por eso
me gustaba. Porque me parecía increíble que existiera
un lugar donde yo pudiera estar solo, solo de verdad,
en aquel pueblo de la sierra donde me conocía todo
el mundo. Mi padre había pasado allí todos los veranos de su vida, y allí conoció a mi madre, que era la
tercera de los cinco hijos de mi abuelo Miguel. Desde que yo podía acordarme, mi familia entera, mis dos
familias enteras, repetían cada verano aquel breve viaje, cincuenta kilómetros escasos entre Madrid, donde
algunos sólo se veían en Navidad, y aquel pueblo donde, a veces, a la octava o la novena vez que se cruzaban por la calle en un solo día, ya ni siquiera se paraban a saludarse. A mí me parecía que veranear con
tantos primos era una suerte, porque siempre había
tenido amigos de sobra con los que jugar y no conocía la humillante condición de esos chicos que se sen-
tían obligados a hacer méritos para que los admitié-
ramos en nuestra pandilla, pero a veces me agobiaba
la certeza de que cualquier cosa que hiciera o dijera,
incluso entre dientes, habría llegado ya a los oídos de
mi madre a la hora de la cena. Eso era un problema,
y un problema grave, sobre todo porque yo tenía previsto hacer grandes cosas. Estaba decidido a que me
pasara, y pronto, algo importante.

Por eso, un par de años antes, cuando los periódicos de Madrid alertaron a la población de que el Lute,

recién fugado de la cárcel, merodeaba por los pueblos de la sierra de Guadarrama, me lancé a buscarlo por mi cuenta sin vacilar, sin pensarlo siquiera, sin pararme tampoco a decidir qué haría con él, y conmigo mismo, si de verdad me lo encontraba. Fue entonces cuando descubrí aquella trocha oculta, tapiada por el abandono y la maleza, una alambrada de zarzas y las piedras de una valla caída muchos años antes, quizás siglos, me dije con optimismo mientras la atravesaba de un salto. Estaba muy satisfecho del rumbo que había tomado mi expedición y empecé a subir despacio, con cautela, mirando en todas las direcciones. Antes de darme cuenta, ya estaba muerto de miedo, temblando de excitación, pero decidido al mismo tiempo a no dar la vuelta por nada del mundo, porque aquello había empezado bien, y antes o después iba a ocurrir algo grande, importante de verdad. Por eso me tragué el miedo y seguí subiendo, suplí la repentina flaqueza de mis piernas inventándome un pasado de aventurero curtido, tiré de los hilos de mi cuerpo como si se hubiera convertido en una marioneta sometida a mi voluntad, y llegué casi hasta arriba, casi, hasta que un conejo se plantó a mis pies de un salto, sin avisar, y desapareció de otro salto a la misma fulminante velocidad, aunque a mí me dio tiempo a mearme en los pantalones de puro terror. Ahí terminó todo. No vi al Lute, ni a ningún otro ser humano, aquella tarde, ni la siguiente, ni la otra, pero conservé una extraña fe en aquel camino, que seguía prometiéndome mucho más de lo que me daba, y me daba al menos la oportunidad de estar solo, solo del todo, como si el resto del mundo fuera disolviéndose sin pereza y sin dolor al esforzado ritmo de mis pasos.

A las tres y media de la tarde del 9 de agosto de 1972, mientras me ataba los cordones de las zapatillas y echaba a andar por el borde de una carretera desierta, desolada de calor, no esperaba ni siquiera la fortuna de encontrarme con otro conejo. Ninguna de mis excursiones solitarias de los dos últimos veranos me había dado una ocasión para demostrarme a mí mismo que ya estaba maduro para asustarme por tonterías, y sin embargo, era verdad, porque aunque ningún animal quiso aterrizar a mis pies, nunca pasé tanto miedo como aquella tarde, y no me meé al descubrir entre las jaras la silueta de un hombre agachado. No sé cómo logré controlar mi vejiga pero sí recuerdo que el miedo controlaba por su cuenta todos los músculos de mi cuerpo. Clavado en el suelo, como si dos tornillos larguísimos atravesaran mis pies para fijarlos en el mismo núcleo informe del planeta justo en medio de la trocha, no fui capaz de echar a correr, de escaparme, de esconderme, de pestañear siquiera mientras mi imaginación se precipitaba en el vértigo de las hipótesis más aterradoras. Aquel hombre me daba la espalda, pero el movimiento de sus brazos, la insistencia de la mano derecha que intentaba apartar a cada rato un flequillo castaño de unos ojos que yo aún no podía ver, el ángulo de la nuca, sugerían que estaba cavando en la tierra con las manos, o quizás con algo peor, un pico, una azada, un arma mortal... Cuando noté que el sudor empapaba el cuello de mi camiseta, me di cuenta de que estaba helado de frío, y de que dos gotas inmensas, como piedras de granizo, resbalaban muy despacio por mis sienes. Es un criminal, pensaba, un asesino, y ha venido aquí a enterrar un cadáver, o a desenterrarlo, y si me ve, me mata, eso seguro, o es un ladrón, tenía tanto miedo que los dientes chocaban dentro de mi boca produciendo un ruido sordo, metálico, que atronaba entre mis sienes empapadas, está recuperando su botín, y me matará también, eso seguro, me matará para que no le delate, a lo mejor acaba de salir de la cárcel y lo dejó todo preparado antes de que lo cogieran, y a lo peor hasta tiene un compinche por aquí, ay... El miedo subió de golpe hacia arriba y mi cabeza empezó a protestar, a dolerme primero un poco, luego bastante, cada vez más, ay, a lo peor su compinche me está viendo en este momento, ay, ay, se me acerca despacio, por la espalda, ay, me va a matar, ay, madre mía, ay, ay... Sentía ya unos dedos fortísimos, feroces como garras, alrededor del cuello, cuando aquel hombre se levantó, y por un puro instinto de avestruz, cerré los ojos, como si así pudiera conseguir que mi enemigo se marchara andando de espaldas. No se me ocurrió rezar, pero busqué un consuelo casi religioso en aquella verdad que seguía siendo fundamental, aunque hubiera tenido la debilidad de olvidarla. No puede verme, me dije, no puede verme, no puede verme, no puede verme... Estaba a punto de repetirlo por quinta vez cuando escuché al mismo tiempo un ruido sordo, como si los pies de mi asesino hubieran resbalado, y un suspiro. Una milésima de segundo después, mis oídos procesaron una voz familiar.

–¡Coño, Carlitos! –mi primo Carlos era mucho más alto que yo, y por eso podía verme perfectamente desde el otro lado de las jaras–. ¿Qué haces tú aquí? Me has dado un susto de muerte.

¡Pues anda, que tú a mí!, pensé yo, pero no dije nada. Mi cuerpo se estaba ablandando tan deprisa que me habría meado encima con ganas si no hubiera descubierto a tiempo que mi primo, que no me iba a matar, sí llevaba un paquete de papel marrón, asegurado con un cordel y envuelto en un plástico transparente, debajo del brazo izquierdo. Entonces, la curiosidad reemplazó al miedo con una sorprendente naturalidad.

–¿Qué llevas ahí? –pregunté, sin haberle saludado siquiera, y luego ahuequé la voz, para sugerirle que podía confiar en mí–. ¿Dinero?

–No... –Carlos dejó de sonreír y se quedó quieto, mirando al suelo con tanta atención como si allí hubiera algo que leer. Después abrió la boca en vano un par de veces, antes de emitir algún sonido–. No es dinero... Tú...

–Yo ¿qué?

Intentaba animarle, después de un silencio que me había parecido eterno. La verdad es que estaba empezando a ponerme nervioso, tanta y tanta reflexión para nada, pero él no daba muestras de advertir mi impaciencia. Primero estudió su reloj y luego me miró a la cara, fijó sus ojos en los míos con una intensidad dramática, casi teatral, o cómica, porque al principio me dieron ganas de reír. Pero no me reí. Carlos tenía ya veintiún años y no estaba imitando a nadie, por eso aguanté su mirada lo mejor que pude antes de que él volviera a consultar su reloj, y enseguida de nuevo mis ojos, en los suyos esa angustia de chiste que sin embargo parecía auténtica.

–¿Has quedado con alguien para esta tarde? –me preguntó, en lugar de contestarme.

–No.

–¿Te esperan en tu casa a alguna hora?

–A las nueve, para cenar...

–Vale, estaremos de vuelta mucho antes.

Entonces, sin darme más explicaciones, echó a andar hacia abajo, al otro lado de lo que hasta aquella tarde había sido para mí una infranqueable muralla de jaras. Pero yo no me atreví a moverme. Me quedé quieto, tan paralizado como antes, aunque mucho más perplejo que asustado.

–¡Venga! –Carlos, que había vuelto la cabeza para comprobar si le seguía, movió la mano en el aire para pedirme que avanzara–. Te lo explicaré por el camino.

No lo hizo, al menos en el primer tramo, mientras bajábamos del monte más deprisa de lo que yo había bajado nunca, cada uno por un sendero, los dos igual de preocupados por no caernos, y sólo me atreví a preguntar cuando ya estábamos dentro del coche.

–¿Adónde vamos?

135

Carlos arrancó, empezó a maniobrar para salir a la carretera y me contestó por fin, sin dar importancia a su respuesta.

–A Madrid.

A Madrid, me dije a mí mismo, ¡a Madrid!, me repetí con entusiasmo, y pensé que nunca, ni en mis mejores sueños, me habría atrevido a codiciar una fortuna semejante. Ya me habría parecido emocionante que Carlos me llevara en coche a Navacerrada, o a Los Molinos, o a Miraflores, los destinos más exóticos a los que uno podía aspirar cuando le tocaba veranear en un pueblo como aquél, aburrido de puro tranquilo, pero volver a Madrid, en pleno agosto... Aquello sí era una hazaña. Los veraneantes de la sierra sólo mencionaban su ciudad, con el autocomplaciente acento de los nuevos ricos, cuando hacía mucho calor –pues si aquí estamos así, imagínate en la Puerta del Sol, cómo estarán...–, cuando se sentaban a la primera en una terraza llena de mesas desocupadas –fíjate, igual que en El Retiro, quita, quita, no quiero ni pensarlo...–, o cuando decidían ir al cine a última hora y encontraban entradas sin tener que hacer cola –lo mismo que en la Gran Vía, ya te digo...–, pero, por lo demás, se comportaban como si Madrid, a menos de una hora en coche por una carretera perpetuamente abarrotada, hubiera dejado de existir en el instante en que empezaron sus vacaciones, y permaneciera allí, en la nada de las ciudades aletargadas, hechizadas por el calendario, hasta la primera mañana de septiembre. Mis padres cultivaban esa ilusión a rajatabla, con tanta vehemencia que yo nunca había puesto un pie en Madrid durante el mes de agosto. Claro que tampoco había escuchado hablar a nadie como me habló mi primo aquella tarde. Que Franco era un dictador ya me lo olía, porque aquel año había tenido en el colegio un compañero de curso venezolano que me había explicado que en su país había elecciones cada dos por tres, y estaba muy sorprendido de que en España nunca cambiara el presidente. Pero todo lo demás, miseria, injusticia, ilegalidad, tribunales de orden público, ricos riquísimos, pobres hambrientos, policía asesina, torturadores a sueldo del Estado, sentencias de muerte, presos en la cárcel por leer libros, por cantar canciones, por besarse por la calle, por decir en voz alta lo que pensaban, periódicos que mentían todos los días, desde la primera hasta la última página, sin informar nunca de lo que estaba sucediendo en realidad... De todo eso no tenía ni idea.

–Pues vaya mierda de país... –dije en voz alta, y entonces Carlos me explicó por fin lo que había en el paquete que acababa de desenterrar cuando nos encontramos.

Eran armas de papel, palabras explosivas, folletos y octavillas para contarle a la gente la verdad, para convencerles de que había que hacer algo, para animarles a luchar contra aquella realidad odiosa, como estaba luchando él, en secreto, en silencio, sin que nadie se diera cuenta, mi primo el mayor, un chico ejemplar, de tan buena familia, un estudiante sobresaliente, tan responsable, tan amable con todos, tan maduro para su edad, casi abogado ya y con tanto futuro por delante. Y yo, que siempre le había admirado, pensé por una vez que era justo que todos me llamaran Carlitos, porque no estaba a la altura del nombre rotundo, limpio, completo, del capitán de la fila india, y le miré con ojos nuevos, ojos grandes y redondos llenos de amor y de respeto, ojos como manos, como esponjas, como espejos, como las preguntas de quien acaba de renunciar a rezar y sólo siente ya fervor por conocer.

Estaba tan conmovido, tan absorto en mi propia emoción, que no reaccioné cuando dejamos atrás la Puerta de Hierro y entramos en Madrid por la calle Princesa. Luego, cuando doblamos para coger los bulevares, no me atreví a preguntar adónde íbamos, porque me acordé a tiempo de que los mayores dicen siempre que los niños preguntan demasiado. Sin embargo, tendría que haberlo adivinado, porque al dejar atrás la glorieta de Bilbao, doblamos otra vez, y acabamos desembocando en una insólita versión de la calle Apodaca, tan vacía que había sitio para aparcar delante de todos los portales. Cuando Carlos se detuvo ante la casa de los abuelos y me invitó a salir, yo le seguí sin pensarlo, sin preguntar, sin pronunciar palabra.

Así, ciego, sordo, mudo, le habría seguido hasta el fin del mundo.

Aquella noche, cuando acabó el programa y Sonia se levantó del sofá para apagar la tele entre bostezos, desordené de forma sistemática los papeles que había estado ordenando en la última media hora y le advertí que no podía irme a la cama porque todavía tenía mucho que hacer.

–Vamos a tener que vender Apodaca, ¿sabes? –ella sonrió, como si quisiera dejar claro que no se tragaba aquella excusa–. La situación es insostenible. Siéntate un rato conmigo, si quieres, y te lo explico.

–No, gracias –me contestó–. Ya sabes que soy alérgica a los números.

Le agradecí que me dejara solo porque no me sentía con fuerzas para encajar sus preguntas, sus comentarios sobre el espectáculo que habíamos visto juntos. Luego me obligué a mí mismo a concentrarme y recopilé todos los papeles, volví a leerlos uno por uno y no fui capaz de retener nada de lo que leía. Pasé mucho tiempo, más de media hora, sentado en la silla, con las manos sobre las piernas, la cabeza recta y los ojos fijos en la pantalla del televisor, tan densa, tan oscura como un agujero negro. Estaba muy cansado pero mi cabeza no quería enterarse. No era culpa suya. Mi memoria la estaba bombardeando con un aluvión de imágenes intermitentes, desordenadas, fugacísimas, más de la mitad de mi vida descomponiéndose en fragmentos infinitesimales, rostros, cuerpos, olores, sensaciones, paisajes, sentimientos, ideas. También ideas. Rostros, cuerpos, olores, sensaciones, paisajes, sentimientos que eran ideas. Cuando dejé de soportarlo, me levanté de la silla y las piernas me pesaron como si me las acabaran de cortar. Sin embargo, me transportaron lealmente hasta la cama y colaboraron con mis leales manos mientras me desnudaba y me ponía el pijama sin hacer ruido. Sonia no se despertó. Me tumbé a su lado, boca arriba, cerré los ojos y puse en marcha mi propio programa de adormecimiento, la repetición mental y sistemática de cualquiera de las larguísimas listas de nombres en latín que tuve que aprenderme de memoria mientras hacía la especialidad, una técnica a la que recurro mucho más a menudo de lo que me gustaría desde que empecé a tener problemas con el sueño. Solía ser eficaz, pero aquella noche no funcionó. Habría podido mencionar los nombres de todas las especies, subespecies, familias y mutaciones de bacterias de las que he llegado a tener noticia durante los quince años que llevo trabajando en el laboratorio de Anatomía Patológica del Hospital Clínico, y no habría llegado a cerrar un ojo. A las dos menos cuarto de la mañana me levanté, me saqué de la boca la placa de descarga que me obliga a usar mi dentista –eso si no quieres quedarte sin muelas, me advirtió, porque te las estás cargando a fuerza de dormir con las mandíbulas apretadas, están ya muy desgastadas, deberías probar a relajarte de alguna manera, haciendo yoga, o algo por el estilo–, me la metí en el bolsillo del pijama y salí del dormitorio sin hacer ruido.

Mi cuarto era bastante pequeño. El escritorio de mi abuelo demasiado grande, pero me había empeñado en conservarlo aunque ocupara casi la mitad del espacio. El cajón de la derecha tenía un resorte que abría un compartimento secreto. Allí estaba la llave del cajón de la izquierda, y en éste, a su vez, una caja rusa de madera lacada que les compré hace muchos años a los camaradas de Ucrania en una de las fiestas del partido, cuando ambas cosas, la fiesta y el partido, eran importantes, y yo mucho más joven. Dispuesto a relajarme, siguiendo las recomendaciones de mi dentista, sonreí al contemplar mi considerable arsenal, que apenas representaba una modestísima porción del catálogo de existencias del Doctor Muerte.

Empezamos a hablar el primer día de clase, quizás porque los tres estábamos solos, aislados, perdidos en los pasillos de la facultad, y nos hicimos amigos enseguida. Enseguida, también, empezaron las complicaciones. Al terminar primero, yo estaba enamorado de Mila, Mila estaba enamorada de Ricardo, y Ricardo estaba enamorado de mí. Segundo fue un curso confuso, pero en tercero las cosas empezaron a aclararse. Mila cambió de bando –te juro que no sabía que a Ricardo le fueran los tíos, en serio, no es que hayas empezado a gustarme después, eso me dijo y yo no me lo creí, pero tampoco me imaginé que el tiempo demostraría que era verdad–, y Ricardo empezó a salir solo por la noche de vez en cuando para conjugar el verbo «ligar» con un frenesí que yo jamás me había atrevido a imaginar que cupiera en un solo cuerpo. Cuando acabamos la carrera, Mila creía que sí, pero yo ya sabía que no éramos novios. Lo habíamos intentado todo o, más exactamente, yo lo había intentado todo, estaba convencido de que ella era la mujer que me convenía, lo sabía, me lo advertía, me lo repetía a mí mismo con una terquedad que rayaba en la exasperación, en la desesperación quizás, pero no sirvió de nada. La quería, me gustaba, me parecía guapa, atractiva, lista, divertida, una tía de puta madre, pero no. Pero no. Cuando empezamos a trabajar los tres juntos, en el mismo hospital, ella todavía tenía esperanzas y yo no había encontrado aún las palabras justas para explicarle lo que me pasaba, pero ya estaba seguro de que lo nuestro no iba a ser, de que nunca sería. Entonces apareció Sonia, y Mila, psiquiatra clínica, con conocimientos teóricos y prácticos de sobra para comprender las contradicciones del alma humana, me dejó de hablar y se dedicó a contar por los pasillos que yo era un pedazo de cabrón y el mayor hijo de la gran puta que había conocido en su vida. Luego, Ricardo se enamoró locamente de un camarero, nos invitó a cenar para presentárnoslo, y los tres volvimos a ser amigos. Todo fue bien durante algunos años, hasta que el camarero se largó con una estrella del Ballet Clásico Nacional, y Ricardo se vino abajo. Así estaba, derrumbado encima de una mesa de la cafetería del hospital, el día que Mila perdió la paciencia.

–Ya está bien, Ricardito, guapo, ¿me oyes? ¡Ya está bien! –se metió las manos en los bolsillos de la bata y yo creí que se estaba preparando para marcharse, pero se quedó sentada–. Estás buenísimo, eres un pediatra estupendo, no tienes ninguna enfermedad, te quiere todo el mundo, te hartas de follar, vale ya, ¿no? ¿Que te ha dejado? Pues peor para él, y lo demás te lo arreglo yo en un periquete. Mira... –entonces sacó las manos de los bolsillos, y en ellas, tres blisters con cápsulas de colores diferentes–. Te tomas dos de las rojas con el desayuno, una amarilla con la cena, y cuando estés muy, muy mal, o quieras estar muy, muy bien, una de estas blancas pequeñitas, ¿estamos? Y en diez días no te reconoce ni tu madre, fíjate lo que te digo.

Aquella explosión tuvo, de entrada, la virtud de interesar a Ricardo en algo que no fuera el monótono y constante recuento de sus propios pedazos, pero a mí me sorprendió más, y Mila se dio cuenta.

–¿Y a ti qué te pasa? –me increpó, con un acento casi furioso–. ¿Tienes algún problema?

–No –le contesté–. Pero me das miedo. Pareces el Doctor Muerte.

En aquel momento, los tres nos echamos a reír. Luego, Ricardo volvió a ser el rey del mambo, Mila a desanimar a todos sus pretendientes, y yo a pensar que ella era la mujer que me convenía. Y un buen día volvimos a intentarlo, y volvió a ser un desastre, aunque al final, en vez de llorar a ella, nos dio por reír a los dos. Entonces me atreví a preguntarle cómo era posible que yo estuviera hasta los cojones de mi mujer y tuviera siempre ganas de meterme en la cama con ella, y que a nosotros dos, en cambio, nos saliera siempre fatal, estando tan convencidos de lo que nos convenía.

–¡Anda! –y se me quedó mirando con los ojos muy abiertos–. ¿Y yo qué sé?

–Algo sabrás –insistí–. Tú eres psiquiatra...

Nunca volví a sacar el tema, pero ella lo resucitaba a su manera cada vez que me veía desanimado, o triste.

–¿Qué te pasa? –me preguntaba–. ¿Qué necesitas? Algo para dormir, para estar despierto, para que se te levante, para que se te baje, drogas convencionales, de diseño, psicotrópicos en general... Esta vida es una mierda y la otra no existe, así que pide por esa boca. Tengo de todo.

Yo pedía con alegría, pero consumía con moderación, porque no hay nada más peligroso que confiar en el discurso de una psiquiatra enganchada, sobre todo cuando es tan brillante, y tan buena, y tan mujer de la vida de uno como Mila de la mía. Por eso, aquella noche acabé escogiendo una china, una vieja y nostálgica china de hachís que me dejaría frito, esperaba, en menos de media hora.

Cerré la puerta sin hacer ruido y volví al salón, obedeciendo al misterioso reclamo de la televisión apagada, pero antes, al pasar por la puerta de su dormitorio, me asomé a ver a mi hija y la encontré durmiendo boca arriba, destapada, tranquilísima, con un pijama blanco estampado con ositos vestidos de rojo. Durante muchos años yo dormí así, pensé, tuve que dormir así, aunque ahora no me acuerde. Al llegar al salón no encendí la luz. Las persianas a medio bajar filtraban la luz de las farolas del jardín, y no necesitaba más para liarme un canuto. Lo cargué más de la cuenta y me lo fumé despacio, sentado en el sofá que antes había ocupado Sonia. La voz de Carlos parecía flotar todavía en el aire, como si viajara en la densa corriente de humo que se desvanecía antes de llegar al techo. ¿Desde cuándo hablará de esa manera?, me pregunté a mí mismo mientras recuperaba a jirones aquel discurso idiota, fabricado con frases hechas, expresiones cuidadosamente concebidas para no significar nada en realidad, ante todo quiero aclarar, es de todo punto inexacto, hemos venido aquí con ánimo conciliador, ésos no son nuestros parámetros, de ninguna forma pretendemos lesionar los intereses de terceras personas, debo omitir ese dato por respeto a la intimidad de mi representado... ¿Cuándo has aprendido a hablar así, hijo de puta?

Y no era sólo eso. Aún podía verle, la cabeza rapada, dos pendientes en una oreja, el cuello ensanchado, musculado, descomunal, hombros de jugador de fútbol americano, un traje impecable de solapas anchas y chaqueta cruzada, una corbata enorme, demasiado viejo para ser un modelo de Armani, pero con pretensiones. Me había acercado a la pantalla para verle y no había sido capaz de reconocerle con el desamparo de mis propios ojos, pero tampoco pude esquivar la experiencia de los ojos de Mila, la prestigiosa politoxicómana especializada en politoxicomanías. Anabolizantes y cafeína para entrar en el gimnasio, anfetaminas y cocaína para salir. Ése debe llevar ya un tabique de platino, solía resumir ella en estos casos.

145

Yo llevaba una placa de descarga en el bolsillo. Mientras los efectos del canuto empezaban a dejarse sentir, la sostuve en la mano, para que luego no se me olvidara ponérmela. No me importaba usarla, pero mirarla me producía extrañeza, un estupor destemplado, lluvioso, no demasiado lejos de la melancolía. Era sólo un molde de mi dentadura, una barrera artificial, sintética, destinada a absorber la presión de mis dientes para protegerlos de sí mismos, de su ignorada ferocidad, esa enloquecida orgía caníbal a la que se habían entregado por su cuenta todas las noches, durante años, sin que yo me diera cuenta. No tiene ninguna importancia si lo atajamos a tiempo, me había dicho el dentista, sólo hay que hacer un molde de tu dentadura, pero yo también era médico, aunque no curara a enfermos, aunque no tuviera que consolar a sus familiares, aunque nunca hubiera tenido que enfrentarme a la humillación de los cuerpos consumidos. Era médico y conocía bien al enemigo, tan diminuto, tan insignificante en apariencia y más o menos peligroso, pero siempre cruel. Lo conocía tan bien como conozco el lenguaje de los médicos. Aquel artefacto, naturalmente, significaba algo, más allá de su carácter simbólico de la clase de asistencia sanitaria que se pueden permitir unos pocos países donde ya compensa gastar tiempo y dinero en solucionar problemas que hace veinte años ni siquiera eran problemas, placas de descarga para los dientes desgastados, férulas nocturnas para enderezar las piernas levemente torcidas de niños cuyos padres nunca han llegado a fijarse mucho en que ellos tampoco las tienen rectas del todo, ortodoncias completas en bocas sanas para corregir el ángulo antiestético de unas mandíbulas demasiado anchas o afiladas, tratamientos larguísimos para eliminar las manchas de la piel o igualar su color en todo el cuerpo, prótesis de platino para los tabiques nasales desviados de los cocainómanos. Me pregunté si Carlos se habría dado por contento con eso, si aún lograría dormir con las mandíbulas relajadas de las personas satisfechas, y aunque ya no estaba indignado con él, aunque sentía incluso la tentación de incluirle en el balance de una compasión universal que sin embargo empezaba y terminaba en mí mismo, aposté a que sí. Pero me corregí enseguida, porque aquello era una tontería, y además, qué podía saber yo, si hacía más de veinte años que no le veía.

Cuando las ideas empezaron a tambalearse felizmente dentro de mi cabeza como una formación de bolos mal equilibrados, me metí la placa en la boca, escondí debajo de los troncos de la chimenea la colilla aplastada y verdosa –por si mi mujer, a quien la maternidad había vuelto extremadamente conservadora en ciertas cuestiones, se levantaba con ganas de discutir– y volví a la cama. Sonia dormía destapada, con un pequeño pijama de seda de color marfil que contrastaba admirablemente con su perpetuo bronceado mecánico. En aquel momento, con una pierna encogida y la otra estirada, un pecho fuera del escote y la mano derecha a medio cerrar, pegada a la boca como si quisiera besarse en sueños a sí misma, parecía la modelo de un anuncio publicitario. Desde luego es una preciosidad, me dije, y entonces me dio un ataque de risa floja, esa bendita risa tonta del hachís. Eso fue lo último que pensé antes de dormirme, pero cuando me levanté no estaba mejor que cuando me había acostado.

—Esta mañana estás feísimo, papá –sentenció mi hija mientras le ponía delante un tazón lleno de leche y cereales.

—¡Ah!, vaya... –yo me limité a sonreír y la besé en el pelo–. Muchas gracias.

—Es que tienes una cara..., no sé. Horrible –hundió la cuchara en el tazón, se la llevó a la boca y volvió a mirarme, con una expresión casi filosófica–. Y ya sabes que a mí casi siempre me pareces guapo, ¿eh?

Me toqué la cara, como si quisiera aparentar ante mi hija que desconocía las razones de mi repentina fealdad, y me di cuenta de que se me había olvidado afeitarme.

—Voy un momento al baño –anuncié–, te pongo los dibujos, ¿vale?

El espejo se puso de parte de Beatriz al devolverme una expresión distinta de la que esperaba, un gesto que reflejaba mucha menos preocupación que agotamiento, y hasta una imprevista, aunque levísima, mueca de asco en las comisuras de los labios. Los espejos y yo no nos caemos bien. A mí ellos no me gustan, y yo a ellos aún les gusto menos. La hostilidad que me demuestra el que mi mujer encargó a la medida de una pared entera la última vez que redecoró

148

el cuarto de baño afecta a todo mi cuerpo, por más que intente esconderme detrás de los lavabos, escuetos, redondos e impúdicamente empotrados. Cuando los vi, le pregunté a Sonia por qué no podíamos tener unos lavabos con pie, igual que todo el mundo, y me contestó que estaban pasados de moda. Como mi cuarto para estar solo acababa de condenar al vestidor a ser para siempre un pasillo estrecho y horroroso, no me atreví a insistir, pero he seguido odiando ese espejo en secreto, y me imagino que él se da cuenta y por eso me refleja de un color tan blanquecino, con más barriga y menos músculos en las piernas de los que yo estoy seguro de tener, y una imperturbable cara de mala leche que me obliga a recordar todos los días, como mínimo dos veces, el momento exacto en el que dejé de hablar con Sonia, el instante en el que los dos nos dimos la vuelta para empezar a vivir de espaldas.

Los obreros, como de costumbre, se acababan de ir, y el aire del dormitorio aún olía a yeso, a cola, a pintura. Era verano y acabábamos de follar, eso fue lo más gracioso. A mí me hubiera gustado dormir, dejarme caer muy despacio por la pendiente blanda, sudorosa, de una siesta tan larga como el furor del sol. Eran las cinco de la tarde y en Madrid hace mucho calor en verano, pero ella empezó con lo de siempre, ya ni siquiera recuerdo por dónde se agarró a aquel hilo manoseado y sucio, habían pasado cuatro años, quizás cinco, pero me acordaba bien porque todavía me tocaba encajar aquel discurso de vez en cuando, aunque ya no lo escuchara, aunque ya no me importara, aunque hubiera dejado de prestarle atención. Tienes que evolucionar, Carlos, me dijo, tienes que hacerte mayor, no puedes seguir anclado eternamente en la adolescencia, y yo, que la veía venir, objeté que la edad no tenía nada que ver con eso, pero ella no se detuvo a discutir detalles tan insignificantes, yo soy una mujer progresista, ya lo sabes, pero lo tuyo es distinto, tú vives en una contradicción permanente..., ¿y qué?, la interrumpí, ¿es que eso es malo?, ¡pues claro que es malo!, ¿pero es que no te das cuenta?, y entonces empezó a contar con los dedos de una mano, eres un niño bien, vives como un niño bien, ganas un pastón..., eso no es verdad, la atajé antes de que llegara al anular, soy funcionario, bueno, eso no tuvo más remedio que admitirlo, pero tu padre estaba forrado y tú has heredado un montón de dinero, inmuebles, propiedades, eres rico, joder, ¿y qué?, repetí yo, y ella me imitó, ¿y qué, y qué...?, ¿eso es todo lo que sabes decir?, ¿y qué?, pues yo te diré qué, que ya va siendo hora de que aceptes la realidad, Carlos, pero, vamos a ver, Sonia, y me revolví en la cama, y me revolví por dentro, acopiando paciencia para intentar hacerme entender por última vez, aunque ya no tenía esperanzas de que eso sucediera, ¿a ti qué más te da lo que yo piense, lo que yo crea?, ¿es que afecta a tu vida para algo?, ¿es que te impide gastar una parte considerable de mi dinero?, ¡oye!, me increpó entonces, ¡que yo también gano dinero!, lo sé, admití, pero yo gano más, y tengo muchísimo más de lo que gano, y nos lo gastamos los dos, es lógico, ¿no?, porque vivimos juntos y porque además tú tienes mucha más imaginación que yo para eso, se te ocurren muchas más maneras de gastarlo, yo lo único que hago es pagar un par de cuotas al mes y ni en los dos próximos años van a sumar lo que tú acabas de pagar por el pedazo de espejo que has puesto en el baño, estás exagerando, se defendió, no lo creo, volví a atacar, y en todo caso, eso da lo mismo, lo que importa es que yo te dejo vivir a ti, y no voy reprochándote a todas horas que te hayas convertido al neoliberalismo creativo, ¡oye!, parecía furiosa pero yo ya no podía parar, no quería parar, no me daba la gana de parar, ¿o no?, no me insultes, perdona, le dije, y sonreí, no pretendía insultarte, me limitaba a intentar calificarte... Ya no tenía ganas de dormir, y sin embargo me di la vuelta y me tapé a medias con la sábana, a pesar del calor, como una forma de dar por concluida aquella conversación. Pero tampoco tuve éxito en eso. Sonia se estaba moviendo, lo notaba, algo chocó con el pie de la lámpara de su mesilla de noche y luego escuché el ruido que hace un libro al abrirse. Mira, Carlos, es que no te das cuenta de nada, lo que a ti te pasa... Me volví y la encontré con las gafas de leer puestas, recorriendo una página con el dedo índice, como si buscara un párrafo determinado, y me dije que hasta ahí podíamos llegar. ¿Qué haces?, preguntó estúpidamente cuando me vio levantarme. Levantarme, le contesté más estúpidamente aún. ¿Para qué? No respondí a esa pregunta. Al entrar en el baño me di cuenta de que estaba desnudo. El inmenso espejo de Sonia me reflejaba desde la cabeza hasta los pies, el pelo revuelto, el sexo arrugado, y una expresión de mala leche en la boca que no me gustó nada, pero a la que he acabado por acostumbrarme porque no se me ha borrado nunca del todo desde aquel día. Para afeitarme, contesté a mi mujer a destiempo cuando se reunió conmigo, vestida y marcando con el dedo el párrafo del libro que pretendía leerme en voz alta. ¿Y por qué te afeitas?, volvió a preguntar, ¿es que vas a salir?, seguramente, ¿con esta solanera?, ¡sí, con esta solanera! Soy un hombre tranquilo. No me gusta gritar, nunca lo hago. Por eso, cuando ella me lo reprochó, volví a pedirle perdón, pero tampoco esta vez tuvo bastante. La afeitadora hacía ruido, pero no tanto como para ahogar su discurso, hazme caso, Carlos, por una vez, escúchame, en serio, verás... Estoy leyendo un libro de una socióloga californiana sobre el fenómeno de los hinchas de fútbol y es que te encuentro en cada página, de verdad... Es muy interesante, ¿sabes?, ella analiza el tema desde la perspectiva de la psicología masculina en tiempos de crisis, ya sabes, la respuesta del macho tradicional en un mundo donde las mujeres empiezan a escalar posiciones de poder, y establece una serie de conexiones con otros aspectos, la ideología política, la sexualidad, la paternidad, en fin, que leyéndolo he descubierto por qué sigues siendo tan rojo, porque lo tuyo es como lo de los ultrasur, poco más o menos, y no hablo de una pura forofez irracional, no creas, es mucho más complejo, se trata de la necesidad emocional de pertenecer a un grupo, y hasta, si quieres, del prestigio de un ideal romántico, y yo diría que un poco infantil, que te impulsa a apoyar siempre a los que pierden... Entonces dejé la máquina encima del lavabo, volví al dormitorio, me vestí muy deprisa y seguí escuchándola, ¿adónde vas?, te estoy preguntando que adónde vas, ¿quieres decirme adónde vas, Carlos?

El coche estaba en el garaje, y sin embargo ardía. Hacía muchísimo calor, pero di dos vueltas completas a la M-30 antes de serenarme lo suficiente como para decidir qué iba a hacer, adónde quería ir. Al final, conduje hasta aquel pueblo de la sierra donde había veraneado de pequeño, me senté en una de las terrazas de la plaza, me tomé una cerveza y me volví a Madrid para encontrarme con que Sonia había decidido arreglarse. Estaba muy guapa y llevaba un vestido nuevo, blanco, corto, escotado y con tirantes, como esos pijamas suyos que me gustaban tanto. Además, había encargado *shushi* para cenar. No puedo decir que la escenografía me conmoviera, pero acepté la oferta de paz que implicaba. Al fin y al cabo, el único rasgo que me permite estar a la altura del marido que mi mujer se merece, un europeo moderno, elegante y cultivado, es mi afición al *shushi*. Si incluyera en el mismo paquete la placa de descarga que uso para dormir, ella no estaría de acuerdo.

Habían pasado cuatro años, quizás cinco, pero aquella mañana de enero, mientras me afeitaba ante el mismo espejo, con más serenidad y menos bríos que entonces, aún podía recordar perfectamente el calor, el frío de esa otra tarde de verano. Habían pasado cuatro años, quizás cinco, pero yo estaba en el mismo sitio, y sin embargo estrenaba una soledad nueva, más estricta, más abrumadora, más desolada que ninguna. Al cabo de la mitad de mi vida, mi primo Carlos, mi capitán, mi cómplice, había atravesado por su cuenta una selva ajena, para abrirse camino hasta un lugar al que ni siquiera Sonia sería capaz de acompañarle. Creo que estás exagerando, Carlos, me había dicho por la mañana, al despertarse, y yo no abrí los labios para darle la razón ni para llevarle la contraria. Yo creo que no es tan grave, pero, en fin, la verdad es que lo siento, siento que te hayas llevado este disgusto... Me besó en la cara y su beso tampoco logró conmoverme, pero se lo agradecí, quizás porque mi propia debilidad me inspiró la de pensar que la aparatosa deserción de Carlos matizaba con una luz sonrosada, hasta enternecedora en cierta medida, las constantes y moderadas profesiones de mi mujer en la fe de lo que ella entendía por progresismo. De todas formas eso daba igual, porque Sonia no era el problema principal, nunca lo había sido y, con todo lo despreciable que ahora pudiera llegar a resultarle su apoyo, lo cierto es que mi primo estaría de acuerdo con ella en el diagnóstico de mis errores, esa nostalgia de la luz, y del futuro, que me alejaba cada vez más de toda esa gente a la que yo había querido, de toda esa gente que antes me importaba, toda esa gente que me había ido dejando solo sin que yo me hubiera movido jamás del mismo sitio. Porque Carlos había encontrado su propia manera de ser coherente, de abandonar la adolescencia, de aceptar la realidad, de superar las contradicciones.

–¿Qué? –le pregunté a mi hija cuando volví a la cocina–. ¿He mejorado?

–Un poco –me dijo ella–. Pero poco, ¿eh?

–¿De qué estáis hablando? –su madre estaba terminando de peinarla.

–Beatriz opina que esta mañana estoy muy feo –contesté.

–Yo no –dijo ella, y volvió a besarme, y cualquier otra mañana, al verla sonreír de aquella manera franca, ilimitada, habría empezado a sospechar que tenía un cáncer o algo peor.

2

Mi hija se acordó de que tenía que recordarme algo que se le había olvidado, y gracias a la caótica calidad de su memoria no me dejé los papeles de la casa de Apodaca encima de la mesa del comedor. Los recogí y fui echándoles un último vistazo en los semáforos en rojo después de dejarla en la puerta del colegio. Hacía ya muchos años que había pactado con mis hermanos las condiciones de un acuerdo satisfactorio para los tres. Yo recibía fotocopias de todos los papeles, los estudiaba, decidía qué acuerdos nos convenían o nos perjudicaban, hacía una lista de reclamaciones y sugerencias, y les invitaba a comer, a Bea en la segunda semana de enero, a Miguel unos quince días después, para explicárselo todo. A cambio, ellos me representaban en unas reuniones que odiaba con toda mi alma. Ésa era una de las principales secuelas de mi pasado de dirigente político universitario, una actividad en la que, al contrario que mi primo Carlos, adicto a los congresos, siempre había preferido mandar desde la sombra. Bea, que lo sabía, nos representaba a los tres en Apodaca, un edificio antiguo, muy grande y de gestión complicadísima, primero porque mi abuelo había dividido la propiedad entre sus seis hijos, y después, porque figura desde hace tiempo en el catálogo de esos edificios protegidos según todos los criterios imaginables, donde no se puede cambiar ni un azulejo sin la autorización de media docena de oficinas municipales. Miguel, a quien tampoco le parecía mal, hacía lo mismo en Jorge Juan, una casa más pequeña, sin valor arquitectónico y mucho más sencilla de manejar, porque mi padre la había compartido solamente con dos de sus cinco hermanos. Cuando mi prima María, que parecía tonta pero estudió Administración de Fincas para demostrarnos que era la más lista de todos y la única que encontró un trabajo fijo al día siguiente de terminar la carrera, les enviaba las actas de las respectivas reuniones, volvíamos a quedar, esta vez los tres juntos. Entonces invitaban ellos. Yo me quedaba con todos los papeles y, si no se celebraban reuniones extraordinarias, Miguel y yo nos volvíamos a ver sólo en las fiestas de cumpleaños de nuestros respectivos hijos y en la cena de Nochebuena. Con Bea era distinto. Mi hermana y yo no nos parecemos nada, pero siempre nos hemos querido mucho.

Calculé que llegaría a comer media hora tarde y salí del laboratorio con un cuarto de hora de retraso, para no esperar demasiado. Ese plazo fue suficiente para sugerirme que tal vez ella, que se consolaba de su fracaso como actriz trabajando como agente de otros actores, y llevaba la vida desordenada y nocturna que hacía juego con su profesión, podría explicarme qué le había pasado a nuestro primo. Pero mi hermana tenía otras prioridades y no me dio la opción de preguntar primero.

–Lo siento, lo siento, lo siento, lo siento... –me rezó sucesivamente en ambos oídos mientras me besaba–. Estaba en una reunión importantísima y no he podido salir antes, y eso que... –apartó de su muñeca varias capas de las dos o tres vaporosas túnicas que integraban su vestido y miró el reloj–. ¡Qué horror! Me tengo que ir enseguida.

–Quítate el turbante, por lo menos.

–¿Por qué? –me preguntó mientras desenrollaba lo que al final resultaron ser dos enormes pañuelos de gasa que hacían juego con el vestido–. ¿No te gusta?

–Pues... no. Y además, cada vez que te veo con la cabeza tapada me asusto. Pareces una paciente de quimioterapia.

–Qué exagerado.

Llevaba el pelo muy corto y salpicado de mechas rojas, pero eso no sólo le sentaba bien, sino que además le daba un sentido unitario, casi armónico, al exceso consciente de los tonos de su maquillaje, rosas y púrpuras cuya sola contemplación habría llenado de lágrimas los ojos de una madre, la nuestra, que sufría el aspecto de su hija como una condena divina, perpetua y perpetuamente inmerecida. En mi opinión, sin embargo, la favorecían. Ella también parecía mucho más joven que yo, aunque su sistema y el de Sonia no convergieran en ningún punto.

158

–Estás muy guapa, Bea –le dije mientras le alargaba la carpeta con la documentación de la casa de Apodaca.

–Tú no –me contestó con un repentino gesto de preocupación–. Tienes mala cara.

–Lo sé –sonreí–. Eres la segunda mujer que me avisa en lo que va de día.

–¿Sonia?

–No. Beatriz.

–¡Ah, bueno! –y fue ella quien sonrió–. Entonces no es grave.

–No tanto como otras cosas, desde luego –y señalé la carpeta que ella aún sostenía en el aire con dos dedos de cada mano.

–Ya... Ya. Lo sé muy bien, y por eso... –depositó la carpeta encima del plato, apoyó las dos manos en la mesa y se inclinó hacia delante, subrayando con todos sus movimientos la expresión casi solemne de su rostro–. Carlos, tienes que hacerme un favor.

La miré con atención y comprendí enseguida de qué favor se trataba, quizás porque no suelo ver a mi hermana seria, o preocupada, con demasiada frecuencia.

–No.

–No ¿qué?

–Que no voy a ir a la reunión de esta tarde –Bea improvisó un solloze tan logrado que me hizo sonreír, pero me mantuve firme–. Ya hablamos de esto la semana pasada. Hicimos un pacto y ésta es tu parte.

–Si es que esta tarde se va a liar, Carlos, en serio... A mí no me importa ir, voy todos los años, ¿o no? Ni

159

siquiera me quejé el año pasado, y eso que tuve que ir tres veces. Pero es que con lo de la rehabilitación se ha armado una que ni te la imaginas, claro, como todo el mundo sabe que la que va soy yo, pues tú no te enteras ni de la mitad, pero me están volviendo loca entre todos, de verdad, me paso las horas muertas colgada del teléfono... Y yo no aguanto el tirón, no puedo, no tengo carácter, acabo firmando cualquier cosa sólo por no discutir...

–Entonces no sé cómo puedes pasarte la vida negociando contratos.

–Pues te lo voy a explicar. Los productores de cine no son primos míos, Carlos. No he veraneado con ellos, no me he bañado con ellos, no les he cantado cumpleaños feliz todos los putos años de mi infancia... Y además... –no quiso seguir, pero entornó los ojos y me miró de través, para alargar todo lo posible la intriga implícita en aquella conjunción.

–¿Además qué? –le pregunté entonces, obediente.

–Y además, Valeria ha convencido a María.

–¿En serio?

Bea asintió con la cabeza, como si quisiera subrayar la gravedad de esa noticia, y yo ya no supe qué decir.

–Está de su parte por motivos completamente distintos –prosiguió ella después de un rato–, más que nada porque es una pesetera, ya te lo puedes imaginar. El caso es que se ha puesto a hacer números y ha llegado a la conclusión de que si no vendemos y rehabilitamos nosotros mismos, a la larga vamos a hacer

160

mucho mejor negocio. Y tiene razón, no te digo yo que no, porque ya sabemos todos qué cabeza tiene María, y por si a alguno se le había olvidado, le ha mandado a todo el mundo un informe con unos cálculos muy claritos, muy fáciles de entender. Te lo he traído, no creas... –rebuscó un rato en su bolso, grande e informe como un saco, y extrajo un sobre manchado de carmín, de tinta y de una sustancia amarilla que a simple vista me pareció un resto de huevo, aunque su aspecto sin duda también habría hecho llorar a mi madre–, por si te apetece echarle un vistazo. Yo ya me lo he leído y los resultados, a largo plazo, son apabullantes, ésa es la verdad, eso lo reconozco. Pero a mí no me interesa ni invertir ahora ni ser rica dentro de quince años. Yo vivo sola, no tengo hijos, soy sexualmente promiscua y muy inestable en general. No tengo ni idea de dónde voy a estar el año que viene, así que dentro de quince, pues no veas. Prefiero el dinero mañana y los problemas nunca jamás. Y según los estatutos, sólo se puede vender si hay una determinada mayoría, ya lo sabes. Como convenzan a alguien más, aunque sea uno solo, adiós.

–Los hermanos de María están de acuerdo con ella –supuse en voz alta, y Bea asintió–. ¿Y los de Valeria?

–Ésos ya no pintan nada porque les ha comprado su parte, bueno, comprado y cambiado por otros pisos... Se ha desprendido de todo lo demás, ¿comprendes?, de todo lo rentable. Ya no tiene nada, sólo una sexta parte de Apodaca, de un edificio superprotegido y además ruinoso, pero eso sí, para ella sola. El día que me lo contó, creí que se había vuelto loca. El piso de los abuelos lleva casi un año vacío porque es suyo y no lo ha querido alquilar. Dice que se quiere ir a vivir allí cuando el edificio esté rehabilitado, que la casa es preciosa, histórica, bien construida, que merece la pena, y que está harta de nosotros, de que sólo pensemos en el dinero, de que la única solución que se nos ocurra sea siempre tirarlo todo, venderlo todo, olvidarlo todo... Y el caso es que a mí me cae bien, eso es lo peor, que me cae bien –hizo una pausa, me miró–. Y a ti te caería mejor.

–Yo no la conozco, Bea.

Era verdad que no la conocía, porque no la habría reconocido si me la hubiera encontrado por la calle. Recordaba mis viejos veraneos en la sierra, las meriendas en los cumpleaños del abuelo, algunas comuniones, algunas bodas y, mezclada entre muchas otras figuras, siluetas más brillantes, rostros más hermosos, sonrisas más felices, a una niña pequeña, muy gorda y prácticamente cejijunta, que solía estar sola y ser antipática, quizás de puro acomplejada, y a quien no se le podían gastar bromas porque no tenía sentido del humor. Ésa era mi prima Valeria la última vez que la vi, cuando nadie imaginaba que después de haberse casado muy joven para irse a vivir a Palma de Mallorca, después de haberse divorciado y haber vuelto a vivir en Madrid, se iba a dedicar a hacerle la puñeta a toda su familia.

–Es una tía de puta madre, en serio –Bea volvió a la carga–. Lo que pasa es que yo creo que está un poco... aturdida. Ya te conté que dejó a su marido, y por lo visto el tío reaccionó mal, y volvió aquí, después de muchos años, sola, y... Bueno, yo creo que necesita algo a lo que agarrarse, ¿comprendes?, vive sola, no tiene hijos, no tiene novio, y le ha dado por la casa de los abuelos como le podía haber dado por el hockey sobre patines. Yo he intentado hablar con ella un par de veces, pero no he podido convencerla. Tú, en cambio, a lo mejor podrías.

–No sé por qué.

–Pues porque ella habla muy bien de ti, Carlos, y porque se te parece. Es fuerte, es lista, es responsable –hizo una pausa, cruzó las manos como si estuviera a punto de rezar, me miró de frente–. Mira, no estoy intentando quitarme de en medio, te lo juro, no es eso. Yo voy a la reunión, es mi parte del trato y lo cumplo, eso no me importa. Lo único que te pido es que me acompañes, que estés delante, que hables tú si hace falta. No vas a ser el único. Por lo que sé, nos vamos a juntar casi todos. Pero tú eres fuerte, eres listo, eres responsable. Yo no. Y además no quiero pensar que Valeria pueda tener razón, porque a veces, cuando la oigo hablar, no sé... Habla muy bien, en serio, está tan convencida de lo que dice, le importan tanto las cosas que dice, que llega un momento que ya no sé... Y por mucho que quiera vender, y por mucho que me guste el dinero, y por mucho que siempre haya intentado mantener una buena relación con todos mis primos, hasta con los que no me caen bien del todo, y no como el arrogante e intransigente de

163

mi hermano mayor, por cierto, pues tampoco quiero pensar en la pandilla de gilipollas que me va a cubrir de besos si me enfrento a ella, porque en la familia que nos ha tocado no hay mucho donde elegir, ya lo sabes, y Valeria es de lo mejor, es la mejor. En fin, que prefiero no pensar. Porque me recuerda mucho a ti. Y a Carlos.

—A Carlos...

—Sí, bueno, al de antes.

—No tienes remedio, Bea.

—Lo viste anoche en televisión, ¿no? —Asentí con la cabeza—. Me lo imaginé, y me imaginé que no te iba a gustar...

Hasta ese momento todo fue bien. Hasta ese momento me sentía seguro, a salvo, tan convencido de lo que me convenía que, mientras escuchaba a mi hermana, me entretenía diseccionando su discurso, identificando sus trucos, subrayando sus trampas, clasificando los elogios progresivamente astutos que iban tramando una súplica que se había convertido luego en una amenaza que se había transformado después en una elegía moral para volver a ser una súplica antes de desembocar en los prosaicos términos de un pacto. Hasta ese momento todo había ido bien, pero cuando los dos Carlos, el de antes y el de ahora, se asomaron a nuestra conversación, mi ánimo empezó a tambalearse. Ni siquiera entonces dejé de comprender a Bea, de creer que me estaba contando la verdad sin dramatizar más de la cuenta. El conflicto al que se refería era cierto, los riesgos también, y las probabilidades de que la reunión de aquella tarde desembocara en una bronca monumental invadían de sobra los márgenes de cualquier otra hipótesis. Pero si al final acepté, no fue por eso. Mi hermana, que no conoce la condición de los impulsos infantiles y románticos que son mi especialidad, nunca podrá imaginar el verdadero motivo que me empujó a aceptar su oferta.

–¿Quién tiene las llaves del piso de los abuelos? –le pregunté antes de confirmarle nada, mientras se liaba alrededor de la cabeza los dos grandes pañuelos que la cubrían al principio–. ¿Lo sabes?

–Pues... Valeria seguro, y después... –me miraba con los ojos muy abiertos–. Supongo que Venancio tiene que tenerlas todas, ¿no? Es el portero.

–¿Y tú crees que me dejará subir?

–Claro. Vamos, digo yo que sí, te conoce de toda la vida, ¿no? Pero... ¿para qué vas a subir? Debe de estar hecha polvo y ya no puede quedar nada de aquella época, la habrán empapelado catorce veces desde que la empezaron a alquilar...

–¿A qué hora es la reunión?

–A las ocho.

–Entonces nos vemos allí –Bea, que seguía sujetando las puntas de sus pañuelos por encima de su cabeza, no sonrió, ni me dio las gracias, ni se lanzó hacia delante para besarme. Todavía no. Seguía mirándome con los ojos muy abiertos, los labios indecisos, las cejas arqueadas–. Eso era lo que querías, ¿no?

–Sí –y por fin terminó de hacerse el turbante, se echó a reír, se levantó, rodeó la mesa, se echó encima de mí, me besó en las mejillas, en la frente, en la cabeza–. Eres un cielo de hermano, Carlos, te lo juro, el mejor hermano del mundo, y no sabes cómo te lo agradezco, te debo una, de verdad, por los siglos de los siglos... ¡Uy, es tardísimo! Me tengo que ir...

Hacía muchos años que no sucumbía tan desesperadamente a un impulso. Hacía muchos años que mis impulsos no eran tan desesperadamente románticos, tan desesperadamente infantiles como la repentina necesidad, más instantánea que un deseo, más honda que un recuerdo, más grave que una razón, de volver a estar dentro de aquella casa que iba a perder para siempre. En ese momento, mientras pagaba la cuenta, y me ponía el abrigo, y volvía andando al hospital, no me daba pena vender. Había perdido tantas cosas que conservar aquélla no tenía sentido, y sin embargo necesitaba volver, despedirme de esa casa vacía que en mi memoria seguía teniendo ojos y brazos, y el mismo pasillo que había mecido a un niño único entre otros muchos niños, las mismas paredes que habían fundido el miedo de un adolescente solitario y deslumbrado, los mismos balcones que me habían enseñado para siempre el camino de la luz. También nos despedimos de los moribundos, les besamos, les hablamos, les lloramos aunque no nos escuchen, aunque no nos entiendan, aunque ya ni siquiera nos reconozcan, y lo hacemos por nosotros, no por ellos. Y por mí, sólo por mí, había decidido yo ir a aquella reunión. Por mi propio interés, una ventaja que no podía calcularse en cifras, había decidido que mis espaldas podrían aguantar las palmadas de todos mis engominados primos, que mis mejillas podrían soportar los besos de todas mis enjoyadas primas, que mis labios podrían sonreír a una infinita cadena de reproches falsos, falsamente dolientes, ¡vaya, Carlitos, qué alegría!, ¿pero dónde te metes?, dichosos los ojos... Todo eso podría resistir, y hasta los ojos de mi primo Carlos, sus palmadas, sus reproches, su cabeza rapada, sus pendientes, sus músculos, sus solapas, su corbata, su chaqueta cruzada, su debilidad, su manera de hablar, sus parámetros, su traición. Su traición a sí mismo, que al fin y al cabo era asunto suyo, y su traición al niño que yo fui y que nunca le perdonaría. Podría resistirlo todo, hasta eso, a cambio de una señal o ni siquiera tanto, apenas la certeza de que una vez existió de verdad un lugar exacto y verdadero, que era mío, como el símbolo de un destino personal.

Es verdad que en Madrid hace mucho calor en agosto. Muchísimo. Eso fue lo primero que pensé al bajar del coche, porque la temperatura del asfalto recalentado de las cinco de la tarde traspasó sin dificultad la suela de caucho de mis zapatillas para sorprender a mis pies, como cuando andaba descalzo a mediodía por las losas de granito que bordeaban la piscina de mi casa de la sierra, ese chalet que en aquel instante estaba tan lejos. Pero en el portal de la casa de Apodaca, un atrio oscuro, amplio, de muros altísimos, el aire era tan fresco que al atravesarlo sentí que acababa de ingresar en otro mundo, como una noche o un invierno imprevistos. Carlos no encendió la luz. El piloto rojo del ascensor parpadeaba como una señal de alarma y el miedo respondió a su llamada regresando bajo una especie distinta, un temor tenue y paciente, casi asombro, porque nadie recorre cincuenta kilómetros para visitar una casa vacía, y en la de los abuelos ya no vivía nadie. Hacía casi dos años que se habían mudado a un piso más pequeño, más fácil de limpiar, con los techos bajos y un cuarto de baño dentro del dormitorio, todo a gusto de sus hijas, que no habían parado de darles la lata hasta que consiguieron salirse con la suya. Desde entonces, en la casa de Apodaca no había nada, sólo trastos, unos pocos muebles demasiado grandes y anticuados que no habían merecido el indulto del traslado. Y sin embargo, el ascensor se detuvo en el cuarto, y Carlos salió al descansillo con el rostro tranquilo de quien no teme a nadie, y abrió la puerta con su llave, como un vecino cualquiera que repite una escena que representa todos los días.

–Hola...

Yo estaba a su espalda, cerrando la puerta con mucho cuidado para no hacer ruido, y me asusté tanto al escuchar aquel saludo que sonaba como una advertencia, que ya no resistí la tentación de hacer preguntas, aun a riesgo de parecer un niño pequeño.

–¿Con quién hablas?

168

–Con unos amigos que están aquí, pasando unos días.

–Pero... –él hablaba con una seguridad asombrosa, en el tono de las cosas que carecen de importancia, pero los dos pertenecíamos a la misma familia, su padre era hermano de mi padre, y yo podía ser pequeño, tonto no–. ¿Has pedido permiso?

Entonces, mi primo el mayor, que nunca me había parecido tan mayor, se me quedó mirando con una sonrisa que dejé de interpretar como un signo de condescendencia cuando, un instante después, me pasó un brazo alrededor del cuello como a un igual, un compañero.

–Bueno, mis padres saben algo... Todo no. Pero tú no vas a contar nada, ¿verdad?

–No, no –le aseguré, muy serio–. Nada de nada.

–Estás seguro, ¿no?

–Claro.

Entonces echamos a andar, hombro con hombro, nuestras piernas acompasadas, marcando un solo paso, por el mismo camino que hasta aquel día habíamos recorrido siempre en fila india, él delante de todos, destacado, en cabeza, yo detrás, mezclado entre los demás y mucho más bajo que mi prima María, hasta que al doblar la esquina del pasillo distinguimos a lo lejos una confusa acumulación de ruidos, y sobre todos ellos, el denteroso estruendo de un metal que chirriaba, que gritaba con voz de óxido. Carlos frenó en seco al escucharlo, reteniéndome por los hombros con firmeza.

–¡Joder con la siesta! ¿Estáis sordos o qué? –ahora chillaba, como si estuviera enfadado, aunque una sonrisa estiraba completamente sus labios–. ¡Que estoy aquí, coño, y he venido con mi primo!

–¿Con quién...? –preguntó una lejana voz de hombre.

Carlos se adelantó unos pasos y entró en el salón del fondo.

–Con mi primo Carlitos –dijo desde allí, y cuando se dio cuenta de que no le había seguido, asomó la cabeza y la movió para pedirme que avanzara, y yo lo hice, sin sospechar que el pasillo de las viejas alegrías de mi infancia iba a desembarcarme de golpe en la dulce y amarga incertidumbre del futuro.

El salón de los abuelos, tan inmenso como siempre y protegido del furioso sol de la tarde por las persianas, que tras los visillos ya grises pintaban a rayas el cristal de los balcones del mirador, parecía el decorado de una película. El difuso resplandor amarillo sobrevivía en tiras largas y delgadas que proyectaban sombras imposibles, como líneas de luz, sobre la tarima de pino desgastado que recobraba así, a trechos, una engañosa apariencia de barniz. En las paredes sucias, unas huellas ligeramente más claras guardaban la memoria de esos antiguos tresillos isabelinos de respaldo rígido, tan elegantes, tan incómodos, que la abuela se había empeñado en llevarse al piso de la calle Luchana. Todo lo demás, vitrinas, consolas, veladores, butacas, maceteros, lámparas, había desaparecido también. A cambio, en el centro del salón, la gran cama de mis abuelos, con su cabecero y sus pies de barrotes dorados, rematados en las esquinas por cuatro bolas de metal tan grandes como esa que lleva en la mano el Niño Jesús, acogía a un desconocido desnudo, de pelo largo y barba, que me saludó con la mano antes de hablar.

–Hola, yo soy Emilio –tenía acento andaluz–, y ésta... –metió la cabeza debajo de la sábana y bajó la voz, pero le escuchamos de todas formas–. ¡Sal de ahí, tonta...! –ella se reía–. Ésta es Carmela.

No pude verle la cara antes de que su novio la anunciara. Sólo después emergió una cabeza pequeña, con el pelo corto, castaño, un flequillo despeinado que acentuaba sus rasgos de niña, la cara muy redonda, los ojos también redondos, grandes, los labios gruesos, la nariz levemente aplastada en la base, una chica corriente, más guapa que fea, pero en la que no me habría fijado si me hubiera cruzado con ella por la calle.

–Hola –repitió ella por fin, con ese acento propio que los madrileños opinamos que no es acento y un aplomo que desmentía cualquier previa sospecha de timidez, y me dedicó una gran sonrisa antes de dirigirse a Carlos–. No te esperábamos tan pronto.

–Ya –mi primo se rió–. Ya me lo imagino...

–¿Queréis tomar algo?

Emilio nos hablaba como si la casa fuera suya. Ese rasgo de ironía, nunca sabré si voluntaria o no, rompió mi bloqueo, el pasmo profundo, equitativamente alimentado de escándalo, de regocijo, y de una extra-

ña envidia todavía sin forma, en el que me había sumido la contemplación de aquellos dos desconocidos
que se acostaban juntos en la cama de mi abuelo Carlos,
de mi abuela Valeria. Entonces me pareció que estaba empezando a comprender, a creer que lo que estaba
pasando, lo que me estaba pasando, era verdad.

–Dos cocacolas muy frías no nos vendrían mal,
¿verdad, Carlos? –mi primo me elevó sobre el diminutivo de mi propio nombre y yo respondí asintiendo con un gesto grave, de adulto–. Hemos pasado
mucho calor...

–Ahora mismo.

Eso dijo Carmela.

Y entonces se levantó.

Y luego cruzó el salón.

Y lo cruzó ante mí, por mí, contra mí, para mí,
hacia mí, frente a mí, junto a mí, hasta mí, y, sobre
todo, a través de mí, para perderse después por el pasillo. Y sin embargo, yo la seguí viendo en la pared
vacía, y en el violento contraluz de los balcones, y en
los barrotes de la cama de mis abuelos, y he seguido
viéndola en cualquier parte, desde entonces y durante toda mi vida, allá donde he mirado, la he visto,
como si la silueta de su cuerpo pequeño, las piernas
quizás un poco cortas, pero bonitas, el culo duro y
redondo, la tripa elástica, los pechos grandes, perfectos, se hubiera fundido para siempre en la lisa transparencia de mis ojos.

Nunca antes había visto una mujer desnuda de
verdad. En fotos sí, pero era distinto. Las mujeres des

nudas de las fotos no daban calor, pero Carmela me ardía en la frente, como si tuviera fiebre. Las mujeres desnudas de las fotos se estaban quietas, pero Carmela se movía, desprendiendo a su paso un extraño aroma sin olor que me recordaba los merengues de fresa de algunas pastelerías muy buenas, muy caras, esas pálidas y crujientes cúpulas de azúcar que ocultan una realidad esponjosa y tierna, aérea y mullida, rosada y dulce. Las mujeres desnudas de las fotos iban muy pintadas y eran de mentira, pero Carmela era insoportablemente parecida a mí, tenía pelos en las axilas, y en los brazos, y a lo largo de una estrecha línea oscura que le nacía en la base del ombligo, era de carne, y estaba ahí, había pasado a mi lado casi rozándome, habría podido tocarla sólo con estirar los dedos a tiempo. Las mujeres desnudas de las fotos estaban buenas, pero Carmela estaba buenísima, eso me dije, buenísima de verdad. Entonces volvió, vino derecha hacia mí y, al detenerse para ofrecerme la cocacola que llevaba en la mano, sus dos pechos botaron a la vez, como la locomotora de un tren que ha llegado al final de su trayecto. Yo sentí algo parecido porque, antes de dar el primer sorbo, a despecho de la sonrisa de mi abuela, de los crímenes del tirano y hasta de la urgencia de la revolución, estaba ya empalmado. Vacié la botella en un instante, como si aquella dosis de frío líquido pudiera equilibrar mi temperatura, templar mi vergüenza, pero eso tampoco sirvió de nada y acabé poniéndome colorado cuando mi primo me demostró en voz alta que se había dado cuenta de todo.

–Venga, Carmela, tía, ponte algo encima, que me vas a soliviantar a éste –todos se rieron, yo también–, y vamos a trabajar, que tenemos prisa...

Y eso fue lo que hicieron, abrir el paquete, examinar su contenido, confeccionar una lista con personas y direcciones, fechas y lugares que no identifiqué bien, nombres y apellidos que yo no conocía, y discutir luego un par de asuntos de los que tampoco llegué a entender gran cosa. Pero al terminar, se despidieron con una ronda de abrazos que sí me incluyó y bastó para borrar cualquier impresión de extrañeza, porque aquellos gestos, que no se parecían en nada a los pasos de baile que solían ejecutar mis tíos, mis tías, los amigos y amigas de mis padres en el instante de despedirse, no fueron una manera de decirme adiós, sino una calurosa ceremonia de bienvenida a una nueva clase de felicidad, la alegría de quienes viven desnudos en el territorio de la luz y conspiran para extender la luz mucho más allá de las puertas de sus casas. Aquellos abrazos de verdad, estrechos, fuertes, auténticos, eran las palabras de unos brazos capaces de volcarse sobre el cuerpo del otro, un signo de fraternidad desprovisto de protocolo cuyo sentido sí pude descifrar y cuya intensidad bastó para decidirme. Acababa de mudarme al lado de la luz, y en una nueva ciudad, un nuevo país, pude abrazar a Carmela sin ningún contratiempo, y besarla en las mejillas sin sentir siquiera la tentación de mencionarla en el viaje de vuelta.

Aquella tarde volví a casa a las ocho y cuarto. Carlos me dejó en la puerta del jardín y yo la atravesé silbando, para estar ocupado en algo cuando mamá me preguntara de dónde venía, sin haber merendado, y tan temprano.

–Bah, he estado por ahí –contesté, señalando el monte con dedos perezosos–. He encontrado un sitio nuevo.

Y eso era verdad.

Cuando salí del hospital estaba bien, sereno. Los funerales relajan el ánimo, lo peor viene después, aunque para mí no habría nada peor, no habría nada después. Había perdido ya tantas cosas que la casa de Apodaca ni siquiera me pertenecía en realidad. Poseía un trozo de suelo edificable en la zona más cara de uno de los barrios que estaban de moda en el distrito centro, un porcentaje determinado de ladrillos, de tablones de pino, de molduras de escayola, de patios, de paredes. Algunas ruinas son más rentables que otras, y unas pocas terminan convirtiéndose en auténticos chollos. La casa de mi abuelo y yo pertenecíamos a esta segunda categoría, y mi mujer conmigo ya tenía bastante. No me daba pena vender, pero cuando salí del aparcamiento de la glorieta de Bilbao al frío pesimista y sin matices de una tarde de enero, sentí un escalofrío que tenía poco que ver con la saña de ese viento demasiado limpio que cruje como el celofán para presentir las heladas. Era muy pronto aún, las seis y cuarto, y por eso, y a pesar de la crueldad del aire, escogí el camino más largo.

Pero la memoria juega malas pasadas. No me di cuenta al entrar en el portal, caliente y bien iluminado, ni al golpear con los nudillos en el cristal del chiscón donde Venancio hacía crucigramas, ni al comprobar cómo había menguado la estatura de aquel hombretón que me había enseñado a bajar las escaleras sentado en la barandilla. Él sí se alegró de verme, y me puso unas llaves en la mano sin preguntar para qué quería subir al cuarto, pero antes de cerrar la puerta del ascensor, me recordó que los plomos estaban cerca de la puerta, en la pared de la derecha, y entonces comprendí que me iba a tragar la reunión para nada, porque un error gravísimo inutilizaba sin remedio todos mis cálculos. Los calendarios estaban detenidos en el último 16 de enero del siglo XX, y señalaban que el sol se había puesto ya. El escenario más luminoso de mi vida estaba a oscuras.

Tuve que dejar la puerta abierta y palpar un buen trozo de pared antes de encontrar el interruptor general. Cuando lo conecté, apenas se encendió una bombilla lejana. Su resplandor bastó para revelar la silueta del casquillo vacío, abandonado, que flotaba justo encima de mi cabeza, precediendo a otros tantos situados a trechos regulares a lo largo del pasillo. En el despacho de mi abuelo, las paredes tapizadas con una arpillera que parecía tela de saco, había luz. En la habitación contigua, que había servido de cuarto de estar, no, aunque se distinguían las siluetas de una especie de coliflores aterciopeladas en relieve que destacaban sobre el fondo oscuro del papel pintado. A los últimos inquilinos de Valeria no les debían de gustar los suelos de madera, y habían enmoquetado todas las habitaciones en tonos oscuros, tristes. Todo era triste, y feo, y estaba tan polvoriento, tan abandonado, que si hubiera tenido algún sitio al que huir me habría marchado de allí enseguida, pero todavía no eran las siete, la reunión era a las ocho, y el fracaso, que sabe pesar sobre los músculos, es capaz también de tomar sus propias decisiones. Las piernas me pesaban. Tardé una eternidad en recorrer el pasillo hasta llegar al salón y antes de lograrlo gasté mi última bala. En el techo del comedor, donde antes estaba la araña de cristal de mi abuela, había una bombilla en buen estado. A la luz pobre y oblicua que conseguía colarse por las puertas correderas, comprobé que del gran plafón de escayola que apenas se distinguía en el techo del salón, colgaba sin embargo un mísero trozo de cable que ni siquiera conservaba la esperanza del casquillo.

Las persianas no estaban bajadas del todo, pero los cristales transparentaban la debilidad de unos haces quebradizos, fragilísimos, la luz de las farolas de la calle, un resplandor blanco, artificial y acuático, tan desnaturalizado como los neones de los pasillos del hospital. Me acerqué a los balcones sin embargo, los toqué y hasta llegué a abrir uno para cerrarlo enseguida. Hacía frío, eran las siete menos cinco de la tarde. Recorrí el salón con pasos lentos, circulares, y pensé en Carmela, en Emilio. No les había vuelto a ver des-

177

pués de aquella tarde, pero me pregunté dónde estarían ahora, a qué se dedicarían, a quién votarían, qué pensarían de Carlos si le habían visto en la televisión. El suelo estaba duro y casi helado pero no había ningún otro sitio donde sentarse.

Lo viste anoche, ¿no?, me lo imaginé, y me imaginé que no te iba a gustar... Al final, Bea me había contado muchas más cosas de las que habría querido saber, ahorrándome el trabajo de hacerle preguntas. Tenía que pasar antes o después, me dijo, ahora está todo el rato saliendo por la tele, se ha hecho famoso, ya sabes, yo me lo encuentro bastante, por la noche, en estrenos, inauguraciones de bares de moda, fiestas de Halloween, en fin, esa clase de cosas, pero no te he querido contar nada porque no me gusta dar disgustos, él... Bueno, tampoco es que pase nada, ya sabes, sigue siendo un buen tío, es simpático, y muy cariñoso, lo que pasa es que está en un rollo muy distinto al de antes. En un lugar distinto, por lo menos, sí que está, le había contestado yo, porque no debe salir del gimnasio, supongo que los camellos y los clientes irán a verle allí. No seas puritano, Carlos, me había reprochado mi hermana, lo único que pasa es que le gusta cuidarse. ¿Cuidarse, a eso le llamas tú cuidarse? Pues sí... A lo que me refiero es a que hace pesas, va bien vestido, esas cosas. No va bien vestido, Bea, va hecho un payaso, y yo no soy puritano, y lo sabes de sobra, y sabes muy bien de lo que estoy hablando... Ya, pero también se pueden contar las cosas de otra manera, ¿no? No, contesté. Sí, insistió ella, mira, lo que pasa es que se hizo muy amigo de uno de sus clientes, un representante de jugadores de fútbol extranjeros, de los carísimos, y entonces empezó a salir todas las noches con él, y acabó liándose con una azafata de televisión, una tía de esas de las que nadie sabe muy bien a qué se dedican pero que acaban saliendo desnudas en el *Interviú*, y le cogió el tranquillo a la cosa, y... Bueno, dejó a su mujer y se lanzó de cabeza, a la vejez viruelas, ya sabes... Ahora es el representante legal de un montón de famosos y como esa gente se pasa la vida metida en pleitos, pues se ha acabado haciendo famoso él también. Y si eso es lo que quiere, si eso es lo que le gusta, muy bien, pues ya está. Cada uno tiene derecho a elegir su propia manera de vivir, su camino para ser feliz, ¿o no? Eso me lo enseñaste tú, acuérdate... Sí, eso te lo enseñé yo, admití, pero lo usaba para defenderte delante de mamá cada vez que te despelotabas encima de un escenario, y si llego a saber que ibas a repetirlo hoy, para defender a Carlos, me habría quedado callado. Ya, pero ¿qué quieres? Así es la vida...

El suelo empezaba a estar más helado que duro, porque además, y por supuesto, todos los radiadores estaban cerrados. A las siete y ocho minutos, a punto de tiritar, recobré la sensatez, y ya no fui capaz de explicarme qué hacía yo allí que no fuera darle la razón a Sonia y a la sociología californiana. El camino de vuelta lo hice muy deprisa porque no volví la cabeza ni una sola vez, y apenas me detuve para apagar las luces. Porque apagué todas las luces, las pocas que había podido encender, antes de asegurarme de correr tantos cerrojos como los que había descorrido al entrar. En aquel momento, cuando la última llave entró en la última cerradura, me alegré por fin de haber tomado la decisión de vender aquella casa. Los asesinos y los generales derrotados, los estafadores y los capitanes de barcos naufragados, saben que no conviene dejar testigos vivos.

Bajé las escaleras andando, para acabar antes, y enganché las llaves en el picaporte del chiscón. En la calle hacía menos frío que en casa de mis abuelos, y en el bar que estaba justo enfrente, más bien calor, aunque mi cuerpo tardó demasiado en procesarlo. Pedí una copa y me la bebí en menos de diez minutos, con el abrigo puesto. A las siete y veinticinco me lo quité, lo doblé con mucha parsimonia y pedí otra copa, advirtiéndome a mí mismo que sería la última. Lo único que me faltaba era aparecer borracho en aquella reunión a la que no iba a asistir con más ánimos que a mi propio entierro. No me habría costado ningún trabajo levantarme, pagar la copa que me había bebido y la que ya no me iba a beber, salir del bar, coger el coche e irme a mi casa. Bea quizás lo hubiera hecho, pero yo no. Yo no hago esas cosas. Soy así de gilipollas.

Pensaba en eso y jugaba a hacer chocar los hielos dentro del vaso, cuando la puerta del bar se abrió y una breve ráfaga de estrépito se impuso durante un instante a la dulzura de la música brasileña que me consolaba desde hacía un rato. Reflejada en el espejo, a la distancia que separaba la barra de los escalones que salvaba con cuidado, como si tuviera miedo de caerse, parecía una mujer corriente, y no me habría fijado en ella si hubiera tenido algo mejor que hacer. Pero estaba cansado de contemplarme a mí mismo, y por eso la miré, la seguí con los ojos hasta que llegó a mi altura, y se colocó delante del taburete contiguo al que permanecía vacío a mi derecha. Tuve la impresión, casi la certeza, de que la conocía, pero no logré adivinar cuándo y dónde nos habíamos visto antes. Tenía el pelo castaño, ni corto ni largo, la cara redonda, los ojos grandes y, bajo la mole informe de una especie de capa negra con muchos pliegues, unas piernas muy bonitas. Pidió un café con leche, se quitó el abrigo y me dejó ver un vestido gris, de punto, que se le pegaba al cuerpo como si fuera elástico, seguramente porque era elástico aunque eso ya no me dio tiempo a pensarlo. Era un vestido gris, liso, con un escote horizontal que desnudaba sus hombros, sólo sus hombros, de punta a punta. Era un vestido gris. Gris, me dije a mí mismo cuando se sentó a mi lado y un destello de color rosa pálido acarició mis pestañas a traición, gris, insistí, pero un extraño aroma sin olor, el que sabe atravesar los escaparates de algunas pastelerías muy buenas, muy caras, flotaba ya sobre mi cabeza para envolverlo todo en la tibieza de una luz antigua, que filtraba la realidad como si yo ya sólo pudiera mirarla a través de la reluciente corteza de un caramelo.

No podía apartar los ojos de ella y se dio cuenta, y se echó a reír, y descubrí que la risa le favorecía.

–¿Qué pasa? –me preguntó.

–Nada... Nada, es que... –intenté serenarme, ponerme serio, pero al final yo también me eché a reír–. Mira, vas a creer que estoy intentando ligar contigo, pero la verdad es que yo creo que nos conocemos... –esperaba un gesto de burla más o menos cómplice, alguna protesta frente a la vulgaridad de mis palabras, pero ella se limitó a asentir con la cabeza–. Estoy seguro de que nos hemos visto antes.

–Es posible. Tu cara me suena mucho.

–¿Eres médica? –Negó con la cabeza–. ¿Enfermera? –Volvió a negar–. ¿Representante de material de laboratorio, de una multinacional farmacéutica, estás casada con un médico, con un enfermero, con un representante...? –Negaba sin parar, sin dejar de reír, y me di cuenta de que estaba jugando conmigo pero no me importó, porque cuanto más tiempo tardara en compartir conmigo la solución de aquel enigma, más posibilidades tendría yo de llegar a compartir con ella cualquier otra cosa–. ¿No serás paciente del Hospital Clínico?

–No. Y no sigas por ahí.

–¿Vives por aquí, en este barrio?

–No exactamente. Pero lo conozco bien. Era el barrio de mi madre.

–¡Ah, pues igual me suenas de eso! –exclamé, como si de verdad pudiera creerlo–. Mi padre también vivía aquí al lado antes de casarse...

–Ya, pero no creo –me interrumpió–. Hace muchos años que no vengo por aquí.

–¿Sí? Pues no sé... –y entonces me acordé de Bea–. ¿Eres actriz?

Se echó a reír de una manera casi escandalosa, y mientras la miraba me encontré pensando que era una mujer con suerte, con capacidad para divertirse, para disfrutar de las cosas, para ser feliz.

–¿Tengo pinta de actriz?

–Bueno, eres muy guapa. Las actrices suelen ser guapas.

–Creía que no querías ligar conmigo –sonreía.

–Yo no he dicho eso –sonreí–. Pero si no tuviera la sensación de conocerte, habría encontrado algo más brillante para empezar.

–¿Por ejemplo?

–No sé... Te habría preguntado si querías tomar algo.

Volvió a reírse, y la risa volvió a favorecerla, y la favoreció su propio perfil, cuando se inclinó sobre la barra para mirar dentro de mi copa.

–¿Qué estás tomando tú? –se lo dije y aprobó con la cabeza–. Pídeme lo mismo.

Mientras hablaba con el camarero, me di cuenta de que ahora era ella la que me estudiaba a través del espejo.

–La verdad es que para ser médico –y señaló con la barbilla mi copa, y el cenicero–, no das muy buen ejemplo.

–¿Y cómo sabes que soy médico?

–Bueno, por lo que me has preguntado antes. Si fueras arquitecto, no habrías supuesto en primer lugar que yo fuera médico. Está claro, ¿no?

183

–Ya, pero la verdad es que no soy médico del todo. Soy patólogo, que es más o menos como ser médico a medias. No curo a los enfermos. Sólo averiguo por qué están enfermos.

–¿Sí? ¿Y cómo lo haces?

–Pues... básicamente, con un microscopio.

–No parece muy divertido.

–No creas, tiene su encanto... –hice una pausa para mirarla y me dije que, al fin y al cabo, era ella la que había empezado a interesarse por mi trabajo–. El laboratorio forja el carácter. Estar días enteros pendiente de la evolución de un cultivo, haciendo algo que parece lo mismo que no estar haciendo nada en realidad, enseña a esperar, a medir las propias fuerzas, a controlar los nervios. Por eso, los patólogos somos muy tranquilos, muy pacientes... –hice otra pausa, una más, idéntica a todas las que antes, en otras épocas, en otros bares, con otras mujeres, Sonia ni la primera ni la última, habían resultado mayoritariamente eficaces– y muy buenos amantes.

–Ya... –se reía, moviendo la cabeza de un lado a otro, como si no encontrara nada que objetar, y ni siquiera me sentí culpable al calcular lo mal que lo iba a pasar la pobre Bea, sola en aquella reunión–. ¿Y no has pensado en dedicarte a la política?

–Me dediqué durante una buena temporada, no creas.

–No me extraña. Con esa habilidad que tienes para venderte a ti mismo...

–¿Tú me habrías votado?

Hizo una pausa, se mordió el labio inferior, me miró. Tenía las mejillas coloreadas, los ojos brillantes y, supuse, las ideas claras.

–Seguramente.

–¿Cómo te llamas?

–Eso no te lo puedo decir.

–¿Por qué?

–Porque entonces sabrías quién soy.

–Porque tú sí sabes quién soy yo.

–Claro.

Me había inclinado hacia ella al preguntarle su nombre y ella había acercado su cabeza a la mía en cada respuesta, pero la revelación de su ventaja me paralizó, y ella fue quien se alejó primero.

–Creía que ibas a besarme –dijo, en un tono indeciso entre la broma y el reproche.

–Yo también, pero no me atrevo... A lo mejor estás casada con un policía celoso.

–No estoy casada.

–Eso me tranquiliza.

–Pero tú sí estás casado.

–Sí, yo sí –no pareció sorprenderse–. Dime por lo menos a qué te dedicas.

–Soy abogada.

–Eso no ayuda mucho, ¿sabes?

Entonces sí estuve a punto de besarla. Lo habría hecho si no se hubiera apresurado a indicarme que aquello, fuera lo que hubiese sido, se había terminado ya, porque hizo todos los movimientos de las personas que se marchan, en la secuencia más previsible.

Miró el reloj, se enderezó en la silla, se arregló el pelo con las manos, cogió el bolso, guardó dentro su teléfono, se levantó y se puso el abrigo.

–Es una pena que no me hayas besado, antes –me dijo, y tuve la sensación de que me decía adiós como si los dos estuviéramos solos en una estación de tren, un apeadero pequeño en un pueblo perdido, triste, mal iluminado, hace mucho tiempo, en invierno y para siempre–, porque ahora vas a pensar mal de mí. Y no es justo, porque la verdad es que no había previsto esto. He entrado aquí para hablar contigo, eso sí, pero de otras cosas. Venancio me ha dicho que le habías pedido las llaves, que has subido a la casa del abuelo, y... Pero como al verme te has quedado mirándome con esa cara, y luego has empezado a decirme esas cosas, pues... Me estaba divirtiendo y no me pasa muy a menudo, por eso te he dejado seguir. Pero no te preocupes. Ya sé que tú también quieres vender, que hasta tú quieres vender. Bea me lo ha dicho hace un rato, me ha llamado para decirme que ibas a venir, y yo me he acordado de ti, de cómo eras antes, de las cosas que decías, de lo que hacías, de cómo te admiraba yo, aunque fuera mucho más pequeña... –en ese punto, cerró los ojos, frunció los labios, adoptó una expresión de desagrado hacia sí misma–. Vale, estoy jugando sucio. Esto es jugar sucio, vale, lo siento, te pido perdón. De todas formas, el caso es que he pensado... ¡Bah!, no sé lo que he pensado. Gilipolleces románticas, supongo. En fin, que es una pena. Por mí, habría seguido ligando contigo toda la noche, que

186

conste, pero no puedo llegar tarde a la reunión, a ésta no, ya sabes por qué.

–No puede ser –estaba atónito, tan asombrado que apenas lograba escucharme a mí mismo–. Tú eres... –ella asintió con la cabeza, y sonrió, y la sonrisa embelleció instantáneamente una cara que no estaba hecha para la melancolía–. ¿Y...? –me llevé un dedo al entrecejo y se echó a reír, y la risa le sentaba todavía mejor.

–Depilación eléctrica. Nunca más volveré a tener una sola ceja.

–Pero tú eras gorda...

–Y lo sigo siendo.

–No –le dije, y casi podía escuchar el estrépito de la locomotora que se ponía en marcha, casi veía la columna de vapor que se elevaba desde la chimenea de un tren que me llevaba lejos, y el ala de un sombrero sobre mi cabeza, y la plata helada que se resquebraja en la superficie de las viejas fotografías en blanco y negro–. Ahora eres un merengue de fresa.

Mi prima cerró los ojos, insinuó una sonrisa, volvió a abrirlos.

–Eso es lo mejor que me han dicho en mucho tiempo –se acercó para darme un beso en una mejilla, luego en la otra, le puse las dos manos a la vez en la cintura, ella apartó primero la izquierda, luego la derecha, las dos con cuidado–. La próxima vez que me cene un huevo duro y medio melocotón en almíbar me acordaré de ti.

Y se fue. Empezó a andar despacio, sin volver la cabeza, y yo me quedé sentado, mirándola. Se fue, y cuando llegó hasta arriba me miró, me sonrió un momento antes de salir a la calle, y su sonrisa sólo duró un instante, pero siguió iluminando su rostro cuando cerró la puerta y yo la seguí viendo, veía la cama de mis abuelos, los barrotes limpios, las bolas tan relucientes como si el mismísimo Niño Jesús las hubiera frotado con sus propias mangas, el sol del verano hiriendo de luz los resquicios de unas persianas apenas abiertas, sombras tenaces, largas y estrechas, sobre las arrugas de las sábanas, y a mi prima Valeria sonriendo para mí, las piernas dobladas, los brazos abiertos, la crujiente dulzura de su piel de merengue, la estaba viendo, veía sus labios, y sus dientes, y sus ojos, tenía el pelo revuelto, abría la boca, y me llamaba, sus manos se extendían en el aire para reclamarme, sus párpados caían muy lentamente... Soy un hombre tranquilo. No me gusta gritar, ni siquiera para mí mismo, pero en aquel momento empecé a jurar en un murmullo. Tiene cojones, dije, y el camarero, que en la última media hora no le había quitado el ojo de encima a mi prima, me miró como si me comprendiera muy bien.

Sonia necesitaría muchas menos palabras que yo para explicar lo que pasó después, aunque su alergia a los números la dejaba en una situación de desventaja que sus lecturas no lograrían equilibrar del todo. A ella nunca se le habría ocurrido tan deprisa que los dos pisos y el local que había heredado en el edificio de Jorge Juan, la parcela de la sierra y la tercera parte de la finca donde vivía mi madre, compensarían casi del

188

todo a Bea y a Miguel en el caso de que decidiera quedarme en solitario con nuestra sexta parte de la casa de Apodaca. A mí me dio tiempo a calcularlo antes de salir del bar, y calculé también que si me diera por apoyar a mi prima en sentido literal, decisión que tendría la virtud de apoyar considerablemente el sentido metafórico, mi mujer no podría destinar el dinero que teníamos en el banco a la rehabilitación de la casa rural que acababa de comprarse en Formentera. Luego, además, me sentiría obligado a explicarle que por fin había encontrado una fórmula para ser coherente con las ventajas que me deparaban mi clase social, mi fortuna y mis propiedades, sin renunciar a la necesidad emocional de pertenecer a un grupo, ni traicionar mi lealtad hacia los ideales románticos, y hasta un poco infantiles, que me impulsan a ir siempre con los que pierden. Me partía de risa sólo de pensarlo, y sin embargo, no hice lo que hice por eso.

Cuando estaba a punto de cruzar, vi llegar a mi primo Carlos, con su traje de gángster, sus solapas de gángster, sus zapatos de gángster y su cara de gángster. Quizás Bea tuviera razón, quizás lo que hubiera hecho con su vida fuera asunto suyo, pero yo nunca había tenido tantas ganas de pegar a nadie. No necesitaba que ninguna mujer de mi familia me informara de que él era uno de los más interesados en vender. La gente como él siempre necesita dinero y la posibilidad de negárselo ponía en mis manos una venganza incruenta, elegante, eficaz. Es posible que hubiera acabado haciendo lo que hice sólo por eso si hubiera estado en condiciones de valorar esa posibilidad, pero mi primo se paró delante del portal, sacó un móvil de un bolsillo, marcó un número, miró a su alrededor, y me di cuenta de que, si me reconocía, no perdería la oportunidad de saludarme a solas. Por eso eché a andar por la acera de enfrente, avancé hasta estar seguro de haberle dado la espalda, fingí estar esperando a alguien, miré el reloj, giré la cabeza a un lado, luego a otro, levanté la cabeza, y entonces lo vi.

La casa de mis abuelos hacía esquina y la luz del salón estaba encendida. Allí no había bombilla, sólo un cable pelado, sin la esperanza del casquillo, yo lo sabía, acababa de verlo, y sin embargo un resplandor tenue y difuso se colaba por las rendijas de las persianas para sugerir calor, movimiento y ruido, la contraseña de las casas que están vivas. Es imposible, me dije, y no me di cuenta de que estaba sonriendo, era imposible, será un reflejo, un rastro de una lámpara encendida al otro lado del patio, un fenómeno en apariencia extraño y en realidad muy fácil de explicar, eso tiene que ser, eso será. Pero la luz no se apagó, no se debilitó, no perdió intensidad, estoy seguro porque me quedé mirándola mucho tiempo, hasta que mis orejas empezaron a quejarse del frío. Cuando crucé la calle, me iba riendo solo, qué cosa más rara, pensé, qué raro todo, lo de anoche, lo de hoy, Carlos, Valeria, qué raro.

Subí los escalones sin prisa hasta la casa de mi prima María y llamé al timbre, pero nadie vino a abrirme. Deduje del volumen de las voces que llegaban hasta el descansillo que la puerta estaba abierta. La empujé y me encontré en un vestíbulo desierto, pero las luces, y el humo, y los gritos, me guiaron hasta el salón donde se encontraba casi toda mi familia, hombres engominados y mujeres enjoyadas que ni siquiera levantaron una ceja para saludarme, como si la escena que representaban acaparara toda su atención. Carlos, apoyado en la chimenea, levantó su vaso al verme aparecer, pero yo no respondí a ese saludo. Bea me llamó con la mano desde un banco donde cabíamos los dos, pero no quise sentarme a su lado. Mi prima, mi única prima, la única que contaba, ocupaba un sillón de orejas cuyo diseño me resultaba familiar. Me miraba como si ya estuviera segura de que no me atrevería a aparecer por allí, una expresión de derrota que fue cambiando, iluminándose, a medida que cruzaba el salón para acercarme a ella.

–¿Puedo? –le pregunté, señalando el brazo del sillón.

–Puedes –y me sonrió, como si ya no estuviera segura de lo que iba a pasar en aquella reunión.

Me senté a su lado y bajé la cabeza para hablarle al oído. Cuando mis labios rozaron el borde de su oreja, sus hombros se encogieron un instante.

–Dime una cosa, Valeria –murmuré–. Si yo te apoyara, si este edificio no se vendiera, si después de rehabilitarlo te instalaras de verdad en el piso de los abuelos... ¿Me dejarías regalarte la cama?

Primero se echó a reír, luego se apartó, se me quedó mirando y volví a pensar que le sentaba mal la tristeza, como si su propia cara la obligara a combatir la

191

melancolía. Y creo que en ese momento todo empezó a parecerme normal, corriente, razonable, hasta el punto de que me encontré pensando que quizás, después de todo, mis planes nunca funcionarían, y si funcionaban más allá del estreno de la cama, lo cual era tan deseable como inverosímil, teniendo en cuenta que Valeria me convenía mucho más que mi mujer, jamás podría confesarle la verdad, que mientras parecía que estaba jugándome algo importante, el guiño tramposo de una simple bombilla me importaba más que vengarme de Carlos, y vengarme de Carlos me importaba más que acostarme con ella. En aquel instante me dolió más que nunca haber perdido aquella confortable sensación de integridad, de coherencia, esa complicidad con el mundo que se expresaba en una simple fila india, una línea recta contenida en todos sus puntos, el orden irresistiblemente deseable que una vez me había garantizado que si yo estaba en mi sitio, todas las cosas pasadas y presentes ocuparían también el lugar correcto, y el futuro se doblegaría sin esfuerzo en la exacta dirección de mi voluntad. Pero el futuro se había consumido ya y era tan pequeño que cabía en los estrechos límites de una cama dudosa, imaginaria. Cuando Valeria se giró en la butaca para corresponderme, y sus labios rozaron mi oreja, sí, claro que te dejaría, su escote se ahuecó como si pretendiera terminar de convencerme.

Nuestro primo Carlos nos miraba, no había dejado de mirarnos mientras los demás gritaban, discutían, se interpelaban los unos a los otros. Le devolví por fin esa mirada y levantó las cejas en un gesto sombrío, preocupado, mientras me hacía una señal con la barbilla que interpreté sin ninguna dificultad. Más allá del paso del tiempo y del rumbo de la historia, de las solapas de sus trajes y la rutina de mi laboratorio, le conocía muy bien, tan bien como me conocía él a mí. Los dos habíamos aprendido en la misma escuela, habíamos participado en la misma clase de reuniones, dominábamos el mismo lenguaje, la misma sintaxis, los mismos gestos. No irás a joderme, ¿verdad?, me estaba preguntando. Yo sonreí, me mordí el labio inferior, ensanché la sonrisa, entorné los ojos y afirmé varias veces seguidas con la cabeza, muy despacio. Sí, te voy a joder. Eso le respondía cuando mi hermana Bea, que lo estaba pasando tan mal como había pronosticado en la comida, nos pidió a todos y a ninguno que dejáramos de discutir porque no podía soportar ni un grito más.

–Vamos a votar –propuso– para dejar las cosas claras de una vez. Si hay alguien más que se oponga a vender, que levante la mano.

Carlos torció una esquina de la boca en una mueca agria, que no quería ser una sonrisa ni conseguía dejar de serlo, mientras mi mano derecha se elevaba en el aire. Cabeceando, como si quisiera darse una amarga razón a sí mismo, se marchó sin despedirse de nadie, mientras los demás se recuperaban lentamente del pasmo. Valeria chilló, se echó a reír, se golpeó las piernas con los puños cerrados, se puso de pie, me abrazó, me besó muchas veces, y ya no dudé del color de su vestido, ni logré percibir el extraño aroma de los merengues de fresa de algunas pastelerías muy buenas, muy caras, esas pálidas y crujientes cúpulas de azúcar que ocultan una realidad esponjosa y tierna, aérea y mullida, rosada y dulce. Ella no tenía la culpa, yo tampoco. El futuro se había consumido ya, y ningún deseo, ningún amor, ninguna venganza, ninguna traición, ni siquiera la del tiempo, podría apagar jamás el destello más luminoso de mi vida.

Receta de

Para mi amiga Estrella Molina.

Y para Irene, que lo eligió entre todos.

La primera vez me salió fatal.

Era el plato favorito de mi padre, una receta tan sencilla que nadie se había molestado en apuntarla en un cuaderno. No hacía falta, mi madre me recitó los ingredientes de memoria mientras se arreglaba para ir a trabajar, dos kilos de patatas, tres huevos, pan rallado, salsa de tomate, tres latas de atún al natural...

–¿Cuánto pan? –le pregunté.

–Pues no sé... –me contestó, sin apartar la vista del espejo–. Un par de puñados.

–¿Y cuánto tomate?

–El tomate se echa a ojo.

–¿Cómo que a ojo?

Yo no había escogido cocinar. Habría preferido encargarme de limpiar, pero María, como es la mayor, eligió primero. Y tampoco es que la limpieza me guste, qué va, el trabajo de casa no me gusta nada, pero quitar el polvo y barrer es mucho más fácil, y además, si un día te escaqueas, y mi hermana se escaquea todo lo que puede, no se nota. Con quitar los trastos que haya por en medio y estirar las camas, das el pego. En cambio, yo tengo que enfrentarme dos veces al día,

197

cada día, con cuatro personas cansadas y hambrientas, y darles de comer. No es fácil. Nada es fácil aquí desde que papá tuvo el accidente, pero yo no había escogido cocinar y mi madre debería haberlo recordado aquella mañana, cuando se volvió hacia mí con dos lágrimas al borde de los párpados y de la ruina de su maquillaje.

–¡Pues a ojo! –chilló–. ¿Qué pasa, es que eres tonta? ¿Es que no llevas toda la vida comiendo ese budin, no sabes de qué color es, qué pinta tiene?

Entonces, papá me salvó. Entonces gruñó, o gritó, o lloró, o llamó, o protestó, o se quejó, o preguntó, o nos dijo algo. Era imposible saber qué, por qué, para qué, porque no podía hablar. Sólo hacía un ruido, siempre el mismo, como si intentara pronunciar una *g* muy honda y muy ronca, su voz débil resonando bajito desde la cueva incomprensible en la que su cuerpo se había convertido. Mamá se desesperaba, pero a mí me gustaba oírlo. Yo prefería el fracaso de su garganta al triunfo de la inmovilidad, esa quietud mineral de otras veces, días enteros suspendidos del interruptor de sus pestañas, el piloto automático de su respiración, y mi padre convertido en una máquina tonta que ni siquiera sabe que la han dejado encendida. Pero aquella mañana estaba despierto, inquieto, dijo mamá, que llamaba tranquilidad al pestañeo de sus ojos abiertos y olvidados de mirar. Seguramente era ella quien tenía razón, porque los médicos habían descartado ya hasta los milagros, y yo sabía que era mejor que no pensara, que no sintiera, que no nos recordara ni se recordara a sí mismo, al hombre que había sido antes de caer en la cárcel de su propio cuerpo inútil, de músculos inútiles y carne inútil, brazos y piernas inútiles, boca y dedos y ojos y pies inútiles, mi padre, que ya no era mi padre, yo lo sabía y sin embargo prefería verle así, sufriendo con un último vestigio de algo parecido a la conciencia, intentando expresar cualquier cosa que no significaba nada excepto que tal vez, perdido como estaba, aun conservaba algún indicio de voluntad, que estaba vivo.

–Ven... –mi madre se había aflojado, se había derrumbado de golpe sin menguar de tamaño, sin cambiar de cara, esforzándose por sonreír se había venido abajo, como siempre que le oía gritar–. Vamos a moverle, no vaya a ser que esté incómodo.

Mis hermanos pequeños se peleaban en la cocina por la última dosis de sus cereales favoritos y María, incapaz de reducirlos con amenazas, empezó a reclamar a mi madre en voz alta, pero ella atravesó su dormitorio sin volver la cabeza, como si no la escuchara. El lecho matrimonial estaba deshecho, hecho a medias, porque ella, que no tenía esperanzas, había querido seguir durmiendo sola en una cama para dos, conservar intacto el vacío de media sábana tirante en verano, media manta impecablemente remetida un invierno tras otro. La habitación no era muy grande, y la cama metálica, articulada, hospitalaria, donde vivía mi padre, estaba encajada entre dos pasillos tan estrechos que al principio no sabíamos acercarnos a él sin golpearnos las piernas con las barras que sobresalían a cada lado. Pero habíamos aprendido. Mientras mis hermanos empezaban a pegarse en la cocina, mamá y yo destapamos el cuerpo de mi padre, que ya no era mi padre. Luego, sin necesidad de hablar, ningún gesto, ninguna señal convenida de antemano, le cambiamos, le lavamos con una esponja muy escurrida, el agua tibia, y le pusimos de lado, ella empujándole primero, yo sujetándole después hasta que, dando un tirón a la sábana bajera, igual que se hace para desplazar un mueble pesado, mamá aseguró su posición. Entonces volvimos a arreglar su cama, lo tapamos, y dejó de quejarse.

Al principio, cuando él todavía era él, y era joven, y guapo, y aún tenía la piel tersa, marcada por el sol de aquella primavera desde la que habían pasado ya tres años, a mí me daba vergüenza tocarle. Yo tenía catorce, y nunca le había visto desnudo del todo, sólo de cintura para arriba, como solía trabajar cuando hacía buen tiempo, como le sacaron aquella mañana de mayo de debajo de la cabina del camión que se le cayó encima. Rober le contó a mi madre que ya había terminado de arreglarlo, se había lavado incluso, estaba secándose las manos cuando le miró y le dijo, no sé, voy a echarle otro vistazo a las transmisiones, hay un cable ahí abajo que me tiene mosqueado... Y entonces ocurrió. Ni un minuto antes ni un minuto después, precisamente entonces se dobló un vástago de uno de los gatos, y el peso de aquella mole desequilibró a los demás o algo por el estilo, porque nunca me he molestado en preguntarlo. El caso es que mi padre estaba debajo, y el hombre que salió de allí nunca volvió a ser mi padre, aunque al principio lo parecía. Ya no.

Eso procuraba recordarlo todos los días, cuando me tocaba participar en el ritual cotidiano de sus humillaciones. Lo recordé también aquella mañana, mientras le cambiaba el pañal, y le limpiaba la barbilla de babas resecas, y le peinaba, y le ponía colonia como a un bebé. Era mi padre, pero ya no lo parecía, ya no era joven, ni guapo, era un hombre distinto, un cuerpo blando, una piel pálida, fofa, que desprendía una sustancia que era y no era sudor, gotas de un líquido transparente, impreciso, con un olor amargo y dulce a la vez, a medicinas. Eso era lo peor, porque antes papá olía muy bien, a jabón, y a madera, y a una crema sin perfume que se ponía en las manos para que no se le hicieran grietas. Entonces daba gusto estar cerca de él. Ahora también me gusta. Al principio no, al principio habría preferido mantenerme a distancia, pero también en eso María escogió antes que yo, porque al día siguiente de que lo trajeran del hospital, le escuchamos quejarse por la mañana, y mamá la mandó a ver qué pasaba. Mi hermana obedeció sin rechistar, pero al acercarse a la cama, no se fijó en el relieve del cuerpo de mi padre, una sombra imprevista en la sábana de arriba, sólo en sus ojos, encogidos por el esfuerzo de chillar o hablar o llorar o protestar o decir o gemir, y en sus labios crispados, entreabiertos, secos, y cuando le destapó, soltó un grito tan descomunal que mamá y yo fuimos corriendo, y la encontramos hecha una histérica, tapándose la boca con una dando saltitos, mientras señalaba a mi padre ... ndice de la otra. Entonces, mi madre corrió ... marido, se tiró encima de él y se echó a llorar. Aquella noche me dijo que a partir del día siguiente prefería que la ayudara yo con papá, porque María era demasiado impresionable.

Lo que tiene María es un morro que se lo pisa, pero a veces se equivoca, por más que elija siempre antes que yo. Ella ni se lo imagina, y la verdad es que es difícil de explicar, pero aunque mi padre ya no sea mi padre, creo que es mejor estar cerca de él, verle, mirarle, tocarle, que seguir viviendo en su casa como si él no estuviera, como si fuera un secreto, o una habitación cerrada, o un armario que nadie puede abrir porque hace muchos años que se perdió la llave. Y yo sé que se ha convertido precisamente en eso, en un armario cerrado que no podemos abrir, pero está aquí, su corazón late, su sangre circula, su pecho sube y baja porque sus pulmones se llenan de aire y luego lo expulsan, y la sábana de arriba se ahueca sobre su cuerpo por las mañanas. Eso no es culpa suya, no es culpa de nadie, pero está aquí, y está así, y no es él, pero quizás podría volver a serlo si alguien encontrara en alguna parte una llave capaz de encajar en la cerradura de un armario cerrado, perdido, desahuciado. Porque en estos casos nada es completamente imposible, imposible del todo. Eso es lo que dicen los médicos.

Ahora también me alegro de haber aprendido a cocinar, porque me he dado cuenta de que por lo menos he aprendido algo, un trabajo útil, difícil, y no como

el de mi hermana, que es el más tonto del mı
todos los días el mismo. Pero para comprenc
necesité más tiempo que para reconciliarme con el
cuerpo de mi padre. Quizás porque todo sucedió muy
rápido, y más a traición que por sorpresa. Yo ya sabía
que mi madre trabajaba antes de casarse, y que lo dejó
cuando María y yo éramos pequeñas para volver a
fichar después, sólo por las mañanas, en la gestoría de
su hermano. Pero cuando yo tenía ocho años volvió
a quedarse embarazada y nació Belén, y luego enseguida Alvarito, y llegué a creer que nunca volvería al
trabajo por segunda vez. Mi padre era el dueño de su
taller, y Rober lo mantenía abierto, le pagaba un alquiler a mamá todos los meses, y ella estaba tan triste,
tan volcada en su marido por un lado y tan hundida
por otro, y pasó así tanto tiempo, más de un año, que
cuando me lo dijo le pregunté por qué.

–¿Por qué? –repitió ella, y me miró con extrañeza–. Pues porque no me queda más remedio. Porque
se me están acabando los ahorros. Porque con el alquiler del taller y la pensión de papá tenemos lo justo
para ir tirando. Porque me gasto un dineral en la farmacia todos los meses, y María terminará el bachiller
el curso que viene, y tú un año después, y las dos
querréis ir a la universidad, y los pequeños seguirán
siendo muy pequeños... ¡Yo qué sé! Porque tengo que
hacer algo. Porque no puedo seguir así toda la vida,
sentada en una butaca, mirándole.

Entonces fue cuando nos dijo que tendríamos que
ayudarla, que ella sola no iba a poder con todo, y se

quedó mirando a María, y luego me miró a mí, y nos hizo una sola pregunta, la misma para las dos, ¿limpiar o cocinar? Pero ya casi nunca me acuerdo de eso. Sólo cuando se me quema la comida, o cuando mamá se enfada conmigo, como aquella mañana en la que papá me salvó al ponerse a gritar, mientras ella me preguntaba si era tonta. Por aquel entonces llevaba más de un curso entero cocinando, casi todas las recetas fáciles me salían bien, mamá decía incluso que mejor que a ella, y ya me había atrevido con algunas difíciles. Pero nunca se me había ocurrido hacer ese budín de atún que antes era el plato favorito de mi padre. A lo mejor por eso se puso tan nerviosa. Por si acaso no me atreví a volver a preguntar, no hacía falta. Era mi último curso en el instituto, y sólo tenía clase por la mañana. Los ingredientes, mi arrogancia de cocinera inexperta en el primer lugar de la lista, eran pocos, baratos y fáciles de encontrar. No necesitaba más para encerrarme una tarde en la cocina y fracasar.

Se me olvidó engrasar el molde, cocí las patatas más de la cuenta, no desmigué bien el atún, me cansé antes de tiempo de remover la masa. Lo que salió del horno era una especie de tarta demasiado salada de dos colores mal mezclados, que se había pegado a las paredes de acero inoxidable como si les hubieran dado una mano de cemento antes de empezar. La tiré a la basura sin decir nada y murmuré por última vez que yo no había escogido cocinar.

La segunda vez me salió demasiado líquido.

Un mes, quince días, quizás sólo una semana antes, me habría desanimado lo suficiente como para renunciar a seguir intentándolo, pero las cosas habían empezado a cambiar. Había algo nuevo, distinto, en el aire que me rodeaba, y no era sólo el calor, el sol que nos había hecho esperar hasta mediados de mayo igual que si hubiera estado ensayando con el cielo tras un telón de nubes, un fondo oscuro y espeso, tan enemigo de la luz como esas paredes que se recubren de cemento gris antes de pintarlas. Eso sí cambió de repente. Una mañana, al salir a la calle, respiré algo parecido al crujido del papel de regalo, un brote verde en la rama de un árbol, el olor de las páginas de un libro que se abre por primera vez. De momento sólo percibí eso, algo nuevo y bueno, pero antes de llegar a la esquina empezó a sobrarme el abrigo, y me habría quitado también el jersey si esa operación no me hubiera obligado a perder unos minutos que ya no tenía. Llegué a clase tarde, sudando, pero encontré una silla libre junto a una ventana y seguí disfrutando del sol a través del cristal. Al principio fue solamente eso. Luego, y por más que los exámenes finales se me estuvieran viniendo encima, mis piernas se tensaron, y se tensaron mis brazos, la piel alerta. La luz estallaba contra el muro transparente que me aislaba del aire, y mis piernas, mis brazos, gritaban la angustia de los animales enjaulados, porque el mundo acababa de nacer y yo estaba en clase, fuera, al margen. Esa sensación de novedad sobrevivió al cambio de clima, a la estabilidad del calor, al destierro de jerséis y calcetines, al imperio de los vestidos de tirantes, como si la primavera me estuviera estrenando a mí, y no al revés, como si cada mañana, al abrir el armario, una voz desconocida me desafiara en un idioma que yo no era capaz de entender del todo. Aquella primavera tuve que aprender a estrenarme a mí misma, y eso fue más difícil que aprender a cocinar.

Lo único que no cambió fue mi padre, su helada palidez, una cama de hospital, una respiración regular, un simulacro de sudor con olor a medicinas, el cuerpo inútil y los ojos abiertos, perdidos. Su inmovilidad era tan absoluta que parecía contagiarlo todo de lentitud, y sin embargo también en su cuarto hacía calor, y la penumbra de las persianas entornadas creaba una sensación de vapor tan sofocante como si estuviera prevista, cuidadosamente calculada y mantenida por el termostato de una sauna. Aquel calor era triste, mustio, peligroso, como el que deshoja los capullos de las rosas antes de que lleguen a abrirse y miente a los espejos empañados en noches de helada. Quizás por eso yo me reblandecí también, y me volví impresionable, como mi hermana María. Quizás por eso se me escapaban las lágrimas al cambiar a papá, o quizás fuera porque ya no entendía muy bien las cosas que me pasaban.

–Hazme un favor, Maite... –mi madre estaba sentada a la mesa del comedor, clasificando un montón

de recibos, y empezó a hablar sin mirarme–. Acércate al taller y...

Entonces me miró. Se quitó las gafas de leer. Se
las volvió a poner.

–¿Adónde vas con ese vestido?

Yo también me miré. Me había puesto un vestido
de mi hermana, de algodón naranja, con tirantes y
unos espejitos bordados en el escote, María lo llevaba
cada dos por tres y a ella nunca le había dicho nada.

–Pues... no sé –contesté–. A donde vaya...

–A ninguna parte –sentenció con voz seca, como
si yo hubiera hecho algo malo–. Quítatelo, y luego...

–No me lo pienso quitar –le corté, y mi propia du-
reza me sorprendió tanto que me sentí obligada a dar
explicaciones–. ¿Por qué? Me queda muy bien, y es
muy fresquito. María me ha dado permiso, y ella se
lo pone todo el tiempo y nunca le dices nada...

–A ti te queda mucho mejor que a María.

–¿A que sí?

–Sí, y por eso te lo vas a quitar ahora mismo y te
vas a ir al taller a cobrar el alquiler. Aquí tienes el
recibo.

Dejó un papel en una esquina de la mesa pero yo
no lo cogí, no me moví, no dije nada. Las dos estuvimos un rato quietas, mirándonos a los ojos. Yo medía
casi diez centímetros más que mi hermana, tenía las
piernas mucho más largas, el cuerpo redondo y un
aspecto que hacía imposible creer que fuera la más
joven de las dos. Pero no era culpa mía.

–¿No me has oído?

La había oído pero no quería entenderla. Yo me había mirado mucho tiempo en el espejo antes de salir de mi cuarto aquella mañana, me había admirado sinceramente al verme así, como si no fuera yo, sino la foto de un catálogo, la modelo de un anuncio, la portada de una revista ilustrada con una chica que no podía acabarse de creer que ella misma fuera lo que estaba viendo. No era la primera vez que lo hacía, siempre me había gustado probarme la ropa de mi madre, me sentaba mejor que la mía, pero aquel vestido naranja era distinto, y no sólo porque supiera apoderarse de mi cuerpo para convertirlo en otro, el cuerpo de una mujer mayor, mucho más atractiva, más seductora que yo, mientras lo llevaba puesto, sino porque además era de María, ella se lo ponía, mamá la dejaba, y eso lo convertía en una especie de arma legal. Aquel día era sábado, y yo tenía planes. No me importaba ir a cobrar el alquiler, pero a la vuelta, quizás a la ida también, pensaba dejarme caer por el parque, donde todas mis compañeras del instituto que no tenían un padre inútil, sembrado en una cama de hospital como una planta en su maceta, llevarían ya un rato intentando ligar con los amigos de David, quizás con el propio David, mientras yo dejaba preparado el sofrito del arroz de la comida. El vestido naranja no era un precio demasiado alto por llegar la última a todas las citas, pensé mientras me lo quitaba. Luego me puse unos vaqueros, una camiseta rosa, y me lavé la cara con agua fría para intentar borrar las señales de la cólera. No lo conseguí, y con el rostro enrojecido, los ojos echando chispas, volví al salón.

–¿Qué tengo que hacer? –le pregunté a mi madre con el recibo en la mano.

Ella me miró de arriba abajo, cabeceó un par de veces, como diciéndose a sí misma que nada tenía remedio, se levantó y me besó en la frente.

–Pues nada... Dale esto a Rober y él te dará un talón. Muchas gracias, hija...

Desde que papá tuvo el accidente, me costaba trabajo pelearme con mi madre, y a ella le debía pasar algo parecido porque todos los enfados terminaban así, deprisa y con un beso. Aquél me había hecho perder demasiado tiempo, sin embargo, y por eso renuncié a mis planes y me fui derecha al taller.

Rober estaba en la puerta, despidiéndose de un cliente que celebraba a carcajada limpia el próximo chiste, cualquier chascarrillo que sólo empezaría a circular por las calles dos o tres semanas después, aunque el antiguo aprendiz del taller lo conociera ya desde hacía tiempo. Rober era el hombre más simpático del mundo, ésa era su especialidad, y ése había sido también su seguro de vida muchas veces, cuando era más joven y metía la pata, pero mi padre se sentía incapaz de despedirlo, porque es tan divertido, decía, y tan buen chico... Entonces, María y yo estábamos todavía en el colegio, los pequeños eran dos bebés llorones permanentemente adheridos a mamá, y ella estaba tan atosigada, y nosotras tan quejosas de pasarnos el fin de semana entero metidas en casa, que mi padre a veces nos llevaba con él al taller los sábados por la mañana, para que el pobre Rober pagara el pato de su familia numerosa. Pero en aquella época él era casi un crío, le gustaban los niños y sabía manejarlos, podía entretenernos durante horas sin dejar de trabajar, y nos contaba chistes, nos enseñaba cuentos, trabalenguas, adivinanzas, mientras manejaba las máquinas y nos explicaba cómo funcionaban, por qué había que equilibrar las ruedas, cambiar el agua del radiador, acechar al óxido en los bajos de los camiones, y lo hacía tan bien, con tanta gracia, que obtenía de nosotras a cambio una entrega total. Cualquiera que contemplara nuestro silencio de entonces, compacto, embobado, solemne, habría creído que de verdad estábamos interesadas en el mantenimiento de los motores.

–¡Maite! Cómo me alegro de verte, qué guapa estás, qué tal te va, dame un beso, anda...

Seguía hablando igual que antes, sin pararse a tomar aire ni esperar respuesta a las preguntas que él mismo acababa de hacer, sin dejar tampoco de sonreír, el mismo Rober de siempre y otro distinto, mayor y más lejano, porque ya no estaba en el mismo sitio, o yo no era capaz de verle donde estaba antes, a la altura de mis ojos. Llevaba un mono rojo con listas negras en los brazos y en las piernas, la cremallera abierta hasta la cintura, las manos manchadas de grasa, mi madre solía decir que era muy guapo, a mí nunca me lo había parecido, porque era peludo y estaba sucio, siempre tiznado de negro, igual que los deshollinadores de los cuentos, huellas oscuras y brillantes en su cara, en sus manos, en sus brazos, estaba acostumbrada a verle así, como le vi aquella mañana, y sin embargo, y de repente, me encontré con que no sabía dirigirme a él, no sabía adónde mirar, cómo enfocarle, así que me examiné los pies y empecé a hablar yo también a toda velocidad, sin pararme a tomar aire ni a pensar en lo que decía.

–Bien, bien, estamos todos bien, yo he venido, bueno, mi madre me ha mandado a traerte el recibo, porque en la gestoría están muy liados con lo de la renta, parece que la gente no se acaba de aclarar con lo de los euros y eso les da el doble de trabajo, así que... –saqué el recibo del bolsillo, lo alisé un poco con los dedos, se lo tendí y le miré por fin, y él me sonrió–. Bueno, aquí lo tienes.

–Pero pasa adentro, ¿no? Espérame un momento en la oficina, ya sabes dónde está, voy a limpiarme un poco, no puedo tocar nada con estas manos...

La oficina seguía siendo un despacho pequeño, como un mirador de paredes acristaladas que se abría a una nave diáfana donde en aquel momento había cuatro camiones, dos intactos y otros dos a medio desmontar. Del único muro donde podían clavarse escarpias colgaban dos carteles enmarcados donde se enumeraban los servicios y las tarifas del taller, y dos calendarios ilustrados con fotos de mujeres. En uno de ellos, de papel satinado, caro, la primavera estaba detenida en una imagen en blanco y negro de una actriz española que parecía desnuda sin estarlo. El otro era mucho más feroz. Mayo correspondía a una rubia teñida y muy maquillada que tomaba el sol desnuda hasta de su propio vello y en una postura incomodísima, encima de una peña, con un río al fondo. Tenía las piernas abiertas, una pañoleta blanca sobre los hombros, el cuerpo arqueado, los labios fruncidos y los ojos fijos en la cámara. Debajo de sus pies, y en el mismo tono rojo que había escogido para pintarse las uñas, se leía el nombre del taller, mi propio apellido. Eso tampoco era nuevo. Había visto antes muchos calendarios parecidos, y sin embargo, aquél también me pareció distinto. Y atroz.

Rober apareció cuando estaba empezando a ponerme colorada. Se había vestido, se había peinado y se había echado colonia, porque la pude oler antes de verle.

–Siéntate, ¿no?

Elegí la silla que estaba más cerca de la puerta para darle la espalda a la rubia del calendario, y él rodeó la mesa para sentarse enfrente de mí. Todavía tenía el recibo en la mano y se lo puse delante, pero no lo cogió. Me miraba y sonreía, siguió mirándome durante un buen rato, sin dejar de sonreír, hasta que a mí me dio la risa.

–¿Qué? –le pregunté, con un acento situado a medio camino entre la curiosidad y la guasa.

–Nada. Es que te miro y no me lo puedo creer... Si hace nada eras una enana, ¿no? Parece increíble, cómo pasa el tiempo.

–Menos para papá –añadí, porque no podía evitar recordarle cada vez que escuchaba comentarios parecidos.

–Sí, menos para él.

Sólo en aquel momento se puso serio, abrió un cajón, sacó un talonario, tomó el recibo, rellenó un cheque, me lo tendió.

–Sigue igual, ¿no? –preguntó luego.

–Igual –repetí.

Entonces debería haberme guardado el cheque en el bolsillo, debería haberme levantado, haberme despedido de él con una broma, como siempre, y haberme marchado. Eso es lo que debería haber hecho, pero no lo hice, y tampoco llegué a saber por qué. Había algo que me mantenía pegada a aquella silla, y yo no sabía qué era, a qué se debía, cómo se llamaba, pero lo sentía, podía sentirlo y por eso seguí allí, quieta, callada, mirándole o, quizás, dejándome mirar hasta que sus labios volvieron a curvarse. Su sonrisa desbarató el hechizo sólo al precio de hacerlo más sólido, más potente y peligroso al mismo tiempo, lo bastante como para convocar un sentimiento conocido que pronto se hizo más fuerte que la tentación de aquella misteriosa pero placentera inmovilidad, porque era miedo, un miedo nuevo, extrañamente misterioso y placentero pero, más allá de cualquiera de sus cualidades, miedo.

–Bueno, pues me voy a ir... –dije por fin, sin llegar a preguntarme qué era exactamente lo que temía.

–¿Sí? –él no parecía dispuesto a creerlo.

–Claro.

Y me fui muy deprisa.

Aquella tarde quedé con mis amigos del instituto para ir al cine, y David se las arregló para sentarse a mi lado, y hasta me invitó a palomitas. A mí me gustaba David. Me gustaba desde hacía más de un año, y mucho más ahora que entonces. Eso creía yo, y sabía que llevaba todo el curso esperándole, vigilándole a distancia, provocándole con cautela, calculando el significado de sus palabras, de sus silencios. Sin embargo, cuando apagaron las luces de la sala, seguí viendo a Rober con un mono rojo con listas negras en los brazos y en las piernas, Rober manchado de grasa, y luego limpio, con una camisa blanca, sonriendo en el despacho, Rober apoyado en la puerta del taller para seguir mirándome, tal como lo vi al final, cuando giré la cabeza sin querer, antes de doblar la esquina, como si mi cuello ya no me perteneciera.

El domingo por la mañana, cuando me levanté, estaba tan cansada como si no hubiera dormido. Por eso, por distraerme haciendo algo, me encerré a solas en la cocina después de desayunar tostadas con desconcierto. Pero tampoco aquel día me salió bien el budin.

El tomate se echa a ojo, ya me lo había advertido mi madre, y mis ojos no debían andar muy finos, porque tuve que vaciar una lata entera sobre la mezcla de patatas y atún antes de convencerles. Al meter el molde en el horno, el conjunto tenía un estupendo color salmón. Cuando lo volqué sobre la fuente, una especie de puré rosa y caliente se desparramó en todas las direcciones, inundando la encimera para precipitarse sobre el suelo, sin ahorrarse el esfuerzo de chorrear sobre las puertas de los blancos armarios de mi madre.

Aquel día ni siquiera tuve que tirarlo a la basura, pero cuando acabé con la fregona, ya sabía que iba a seguir intentándolo.

La tercera vez me salió demasiado espeso.

Ya no podía pasarme nada más. Estaba segura de que no podía pasarme nada más, y decidida además a que no me pasara. Por eso me tiraba las tardes estudiando, y cocinaba mucho más de lo imprescindible. David seguía estando ahí. Seguía siendo rubio, seguía siendo alto, seguía siendo el más chulo de la clase. Me seguía gustando, pero no me apetecía que se me declarara. No sabía por qué, pero sabía que el mundo, esa pequeña parcela del planeta a la que hasta entonces yo había llamado con ese nombre, estaba creciendo. Las calles, las clases, mi barrio, mi casa, seguían siendo los mismos, y sin embargo hablaban con voces distintas. Espera, me parecía escuchar a cada paso, tienes que esperar, no seas tonta, estate quieta, espera. Cada mañana, cuando salía de casa, intuía que iba a ocurrir algo distinto, grande, nuevo, y me sentía al mismo tiempo muy joven y muy mayor, consciente por una parte de que todavía no había empezado del todo aquello que alguna vez yo consideraría mi propia vida, cansada por otra de que todo siguiera siendo igual, por más que siempre prometiera estar a punto de empezar a ser diferente.

—Es la primavera —decía mi madre, mientras me veía deambular por la casa, vaciar el armario sin encontrar nada que ponerme, pelearme con mis hermanos, quedarme amodorrada en el sofá las noches de los sábados—. La primavera vuelve loca a la gente...

Si era la primavera, a David no le sentaba bien, porque cada día me parecía un poco más pequeño, más ingenuo y más torpe, más ridículo. Por eso le esquivaba, porque intentaba convencerme de que me seguía gustando, de que seguiría gustándome cuando volviera a entender las cosas que me pasaban, por qué lloraba al cambiar a papá, por qué no había podido levantarme de la silla aquella mañana en el despacho de Rober, por qué los sábados por la tarde, cuando estaba a punto de empezar a arreglarme para salir, cambiaba de opinión y decidía quedarme en casa. Eso era raro, pero más raro todavía era que el cuerpo se me llenara de hormigas cada vez que pasaba por delante del taller, incluso cuando él no estaba cerca de la puerta para decirme adiós con su voz grave y zumbona, moviendo la mano en el aire con una amenazadora lentitud. Me daba miedo, pero yo necesitaba ese miedo, porque obtenía de él mucho más placer que el que me procuraban las cosas agradables. Eso era lo más raro de todo, así que intentaba estar ocupada, estudiaba mucho, cocinaba mucho, e iba a la compra con mi madre todos los viernes por la tarde.

Solíamos repartirnos el trabajo, ve tú a por los huevos mientras yo compro la carne, ponte en la cola de la charcutería para ir adelantando, acércate a la pescadería y mira a cuánto están las gambas, pero aquella tarde habíamos dejado la fruta para el final, el mercado estaba vacío. Mi madre se adelantó para pedir y yo me quedé sola, en medio del pasillo, mirándola. La miraba sin fijarme en ella, la escuchaba sin prestar mucha atención a lo que decía, cuando de repente, entre un kilo de manzanas golden y medio de plátanos de Canarias, un brazo rodeó mi cintura, una mano grande se posó en mi estómago como si quisiera tomar posesión de él, y una cabeza desconocida se pegó a la mía desde la izquierda. Sus labios respiraban contra mi oreja, podía sentir la punta de su nariz entre el pelo, el contacto de su mejilla en el cuello, pero todo fue tan rápido que ni siquiera me asusté.

–Podríamos comprar naranjas de zumo, ¿no?

No conocía esa voz, y sin embargo no era una voz desconocida. No sabía a quién pertenecía, pero en aquel momento supe con certeza que el futuro pertenecería a una voz como aquélla. Entonces sentí un escalofrío difícil de explicar, mientras una avalancha de imágenes sueltas, dispares, luminosas, remotas, se precipitaban a toda velocidad por la pendiente de mi imaginación, víctimas de un vértigo que yo no era capaz de gobernar. Duró sólo un instante, pero cerré los ojos y vi una casa pintada de blanco, una pareja en una cama deshecha, un sábado por la mañana, el sol entrando por la ventana para convertir el suelo de madera barnizada en un estanque color de caramelo, las arrugas templadas de las sábanas, el cuerpo de un hombre joven, desnudo y sonriente, que se levantaba a preparar el desayuno mientras una mujer joven, desnuda y sonriente, se giraba con pereza para mirarle marchar, todo eso vi en un instante, con una claridad, una nitidez casi dolorosa, nada que ver con el romanticismo bobo de las películas, con los besos en los bancos de los parques, con los escaparates de las tiendas de vestidos de novia. Aquella voz brotaba de la cara oculta y más pura de lo que yo hasta entonces había creído que era el amor. Aquél era el sonido de la intimidad, y la voz de un desconocido acababa de entregármelo en un pasillo del mercado de mi barrio, entre un kilo de manzanas golden y medio de plátanos de Canarias.

Cuando giré la cabeza, su cara estaba tan pegada a la mía que ni siquiera pude verla entera, calcular su edad, decidir si era guapo o feo. Nuestras narices se rozaban, mis labios estaban tan cerca de los suyos como si fueran a besarlos. Aunque luego no fuera capaz de creerlo, esa proximidad no me pareció turbia, violenta o desagradable, pero sí imposible. Era imposible que sucediera lo que estaba sucediendo, y por eso me aparté, di un paso atrás casi al mismo tiempo que él, que me soltó de golpe como si mi cintura le quemara, y retrocedió un buen trecho sin dejar de mirarme con ojos muy abiertos, como de niño asustado.

–Lo siento, lo siento muchísimo, yo... –no era ni guapo ni feo, ni mucho más alto que yo. Tenía los ojos claros, el pelo castaño, una barba discreta y pinta de profesor–. Me he equivocado.

No dije nada, no habría sabido qué decir, pero vi antes que él a una chica alta y morena, de veintitantos años, que llevaba un vestido de tirantes de algodón rojo largo hasta los pies, igual que el mío. Ella se acercó a él, le abrazó, se reía, y sólo al escucharla me di cuenta de que mi madre estaba a mi lado, riéndose también.

—Te ha confundido conmigo —llevaba el pelo un poco más largo y lo tenía más rizado, pero aunque de cerca no nos pareciéramos tanto, de espaldas debíamos de parecer la misma mujer—. Es lo que tiene comprarse la ropa en Zara...

—Sí —mi madre estaba de acuerdo—. La verdad es que vamos todas de uniforme.

—Lo siento muchísimo —insistió él, mirándome con una expresión seria, casi preocupada—. Te habrás llevado un buen susto.

—No —yo tampoco tenía ganas de reírme—, no ha sido para tanto. No importa, de verdad.

Mientras mamá recogía las vueltas, mi doble pidió una bolsa de naranjas de zumo, y al escucharla, sentí una punzada de melancolía que no cedió al esfuerzo de volver a casa cargada con la mitad de la compra.

—La verdad es que, de lejos, os parecíais mucho —me dijo mi madre por el camino, y sus palabras no significaban nada, no decían nada, no servían de nada—, pero de cerca no, de cerca tú eres mucho más guapa, hija, adónde va a parar...

No se pueden sentir celos del delirio blando y caliente de una vida ajena, pero ella tenía los sábados

añana, las sábanas templadas, la cama deshe-
mo de los desayunos y una sonrisa cuyo ori-
o alcanzaba siquiera a imaginar. No se puede añorar lo que no se conoce, pero aquello debía de
ser algo tibio y dulce, anaranjado y tierno, tan suave
y nuboso como una larga convalecencia con la complicidad de unas décimas de fiebre. No se puede
sucumbir a la nostalgia de lo que aún no ha comen-
zado, y sin embargo eso fue lo que hice yo aquella
tarde al completar la última de mis tareas, tirarme en
la cama, cerrar los ojos e imaginar que no estaba sola,
que sabía por qué suceden las cosas y que no echaba
nada de menos.

Permanecí en la misma postura, atareada por dentro e inmóvil por fuera, durante más de una hora.
Luego, hacia las ocho y media, mi madre golpeó la
puerta de mi cuarto con los nudillos de una mano
mientras empujaba el picaporte con la otra.

–¿Pero todavía estás así? –parecía sorprendida.

–No sé qué quieres decir... –contesté, intuyendo que
debía protestar aunque no supiera muy bien por qué.

–¿No te vas a vestir?

–¿Para qué?

–Pues para salir... –se acercó a la cama, se sentó en
el borde, y me puso una mano en la frente como si
sospechara que podía estar enferma–. Es viernes.

–Ya, pero no voy a salir.

–¿No? –me peinaba con los dedos, igual que si
fuera una niña pequeña pero con un gesto de preocupación que nunca le había visto antes de entonces–.

220

No te pasa nada, ¿verdad, Maite? ¿No te habrás peleado con tus amigas, o con algún novio? –se detuvo un momento para tomar aire y frunció las cejas–. ¿No habrás suspendido alguna asignatura y te da miedo decírmelo, o algo así?

–No, mamá. ¿Por qué lo dices?

–No sé... Estás muy rara últimamente, hija.

–Es que tengo mucho que estudiar –intenté tranquilizarla–, pero no me pasa nada, en serio.

No me pasa nada porque no sé explicar lo que me pasa, pensé, mientras le sostenía la mirada, y la veía sonreír, y le devolvía la sonrisa, no me pasa nada porque no sé cómo se llama, de qué se trata, si es algo de verdad o no lo es, si entiendo mal las cosas o son ellas las que no se dejan entender. No estoy bien, pero no sé por qué estoy mal, y ni siquiera sé si esto es estar mal o es estar bien, y enseguida me duele la cabeza cuando lo pienso, y sin embargo no puedo dejar de darle vueltas a lo que me pasa, a lo que de repente me gusta y a lo que me ha dejado de gustar.

–Bueno, pues..., si no vas a salir... María se ha ido ya, y yo he quedado, así que si no te importa voy a llamar a Milagros para que no venga.

–Claro. Yo me ocupo de papá.

–Y de tus hermanos.

–Sí –y me levanté de la cama para animarla, aunque no tenía intención de ir a ninguna parte–. Tú arréglate y pásatelo bien, mamá, no te preocupes.

Antes de terminar de hablar, ya me había arrepentido de recomendarle que se divirtiera, porque bajó los ojos para despedirse de mí con dos besos muy rápidos, sus labios rozando mis mejillas sin llegar a apoyarse en ellas, y se marchó de mi cuarto tan deprisa que cuando le pregunté qué le daba a los niños de cenar, me contestó desde el pasillo. En el congelador hay pizzas, dijo, y esa incondicional adhesión a la comida preparada, que de costumbre había que arrancar de sus profundos prejuicios acerca de la naturaleza de los conservantes, me confirmó que había metido la pata.

Ella había empezado a salir de noche justo después de Navidad, en enero sólo de vez en cuando, luego una semana sí y otra no, después todos los fines de semana, planificando sus salidas con una cautela miedosa y gradual hasta que juzgó que había llegado el momento de incorporarse a la rutina nocturna de sus hijas mayores. Sus sistemáticas escapadas de cada viernes y cada sábado habían coincidido casi exactamente con el principio de mis deserciones, la inexplicable desgana que desviaba mis pasos del camino del cuarto de baño cuando creía que de verdad iba a arreglarme, para acabar dando conmigo en el sofá del cuarto de estar, la televisión encendida, cualquier película estúpida que ver sin mirar, los pequeños dormidos y la casa en silencio. Ella no se había atrevido a preguntarme si existía una relación entre sus ansias y mi cansancio, y yo tampoco había sabido contestarle que no aunque fuera cierto, quizás porque al principio no había llevado bien la idea de que estuviera saliendo con otro hombre.

222

–Mamá tiene un novio, ¿sabes, no? –María lo había comentado como de pasada, a primeros de abril.

–¿Cómo lo sabes tú? –le respondí, con una furia para la que luego no supe encontrar explicación–. ¿Lo has visto?

–No, pero está clarísimo. Y además, la he escuchado hablar por teléfono muy bajito, tapando el auricular con la mano y así –la imitó, y al hacerlo, se imitó a sí misma cuando hablaba con su novio–, como riéndose, un par de veces...

–Ya.

–A mí me parece muy bien –insistió–. ¿A ti no?

–No lo sé –había sido sincera, pero me corregí enseguida–. Sí, claro, a mí también...

Mi madre seguía pareciendo una mujer joven al cumplir cuarenta y un años, y mi padre no iba a mejorar con su fidelidad. No iba a mejorar de ninguna manera, y sin embargo, yo sentía que el novio de mamá, quienquiera que fuese, nos robaba esperanzas, certificaba un grado definitivo en su desahucio, se lo llevaba más lejos aún de lo que estaba. No era justo, y por eso, durante algún tiempo, yo me permití el lujo de ser también injusta, y besaba a mi padre, le acariciaba, le hablaba, le abrazaba más que antes y sólo cuando mi madre estaba delante. Pretendía que se sintiera culpable, pero no lo conseguí. A ella le gustaba mirarme, y me devolvía multiplicados, con una intensidad deliberada, cómplice, los besos y las caricias que yo había invertido en su marido. No se sentía culpable, no tenía motivos, y cuando lo comprendí, el ejer-

223

cicio de la injusticia me resultó insoportable. Entonces me acostumbré a pensar que mamá no estaba saliendo con otro hombre, sino sólo con un hombre, y descubrí el poder consolador de un simple artículo indeterminado después de descubrir que hasta lo peor podía empeorar, hacerse más duro, más difícil.

Aquella noche, cuando los pequeños se quedaron fritos después de hartarse de pizza precocinada, volví a besar a mi padre. Pero nadie me miraba en la casa dormida, el ruido del tubo de escape de alguna moto lejana incapaz de perturbar una intimidad de la que el eco de una voz desconocida me había hecho repentinamente consciente. Podríamos comprar naranjas de zumo, ¿no? Mientras me acercaba a papá, y le apartaba el pelo de la cara, y seguía con la punta de un dedo el ángulo de su nariz, la forma de sus cejas, la línea de su boca, aquella pregunta seguía resonando dentro de mi cabeza sin convocar ninguna respuesta. Él dormía boca arriba, los ojos cerrados, los labios sólo ligeramente separados, pero hasta en la débil penumbra que creaban las persianas entreabiertas, la delgada línea de una sonda transparente destruía cualquier ilusión de normalidad. Para él la vida nunca volvería a ser como antes. Para mí tampoco, y en el frío desamparo de aquella certeza le eché de menos como nunca lo había hecho. Porque ya nunca podría saber qué clase de hombre había sido mi padre, porque lo había perdido antes de poder pensar en él como necesitaba hacerlo ahora. Podríamos comprar naranjas de zumo, ¿no? Una colonia de hormigas vivía debajo de mi piel, y mis oídos escuchaban sin cesar la misma pregunta, y él debía saber, él había sabido, se había bajado hasta la cintura la cremallera de un mono rojo con listas negras en los brazos y en las piernas, había posado una mano grande en el estómago de una mujer como si pretendiera tomar posesión de él, había susurrado preguntas tontas en un oído capaz de desnudarlas de la cáscara inútil de las palabras para retener solamente el calor de las mañanas de sábado en una casa sin niños, mi padre había hecho esas cosas, las había dicho, y ahora no podía oírme, ni hablarme, ni mirarme, y yo estaba sola, y oía, y hablaba, y miraba, pero nada de eso me servía para entender lo que me pasaba.

Cuando me cansé de estar de pie, me tumbé en la cama, a su lado. Había pasado mucho tiempo desde la última vez que lo hice, y sin embargo me quedé dormida enseguida. Menos mal que él se movió y empezó a quejarse antes de que llegara mamá, porque a ella no le hubiera gustado verme allí, y a mí tampoco me hubiera gustado que me viera. El reloj de la mesilla marcaba las tres menos veinte de la mañana. Me las arreglé para cambiarle de postura yo sola hasta que se quedó tranquilo, y luego me fui a la cama.

Tardé mucho tiempo en dormirme y me desperté muy pronto, antes de que mi hermano Álvaro se levantara con el dedo extendido, apuntando directamente al mando de la televisión. La cocina estaba limpia, fresca, recogida, el sol del sábado calentaba las baldosas a través de la ventana, en la casa se escucha-

ba un silencio que se podría confundir con la armonía, y cuando puse las patatas a hervir estaba segura
de que aquella vez iba a poder con él.

En cierto sentido, así fue. El budin se desprendió
del molde sin quejarse y conservó su forma sobre una
fuente redonda, aunque su volumen había disminui-
do aparatosamente dentro del horno. Al mirar su aspecto achatado, como aplastado por el aire, aposté
conmigo misma a que estaba duro como una piedra.
Acerté, y sin embargo, mis pequeños logros me ani-
maron a probarlo. No sólo estaba duro, era peor. Parecía un puré de patatas recalentado con incrustaciones
de un fósil de atún. Ni rastro del tomate, que aquella
vez había incorporado con una prudencia que resultó ser tan necia como mi previa magnanimidad.

Cuando lo tiré a la basura, mi madre todavía no
se había levantado.

La cuarta vez me salió demasiado soso.

Entretanto, aprobé segundo de bachiller con las
mejores notas de mi vida. Había estudiado más que
nunca, para no pensar, para no salir, para dejar pasar
los días y las noches en una situación que controlaba
yo sola, sin más interferencias que las que cortocir-
cuitaban mi cabeza en el instante en que cerraba un
libro. Entonces abría otro, y otro, y otro más, hasta que
los ojos se me cerraban solos de puro cansancio, pero

hasta en la dudosa vigilia que se confunde con el sueño, la cabeza se me disparaba por su cuenta, y me imaginaba a un David de treinta años con un mono de mecánico que no le favorecía nada, y a Rober con barba y pinta de profesor equivocándose de mujer mientras hacía la compra, y al desconocido de la voz soleada en clase, sentado a mi lado con quince años menos, y me preguntaba qué ventaja me sacaba mi propia imaginación, qué sabía ella sobre mí que yo ignoraba. Hasta que terminaron los exámenes.

Las vacaciones, aunque las de aquel año fueran relativas, un horizonte de agonía con la Selectividad al fondo, me encontraron exhausta. Estaba cansada de dudar, de medirme, de probarme, de conservar en la memoria indicios mínimos, promesas falsas de historias imposibles.

–Lo que te pasa a ti es que eres demasiado exigente, Maite, no pones nada de tu parte. Y así no ligarás nunca, tía...

No era la primera vez que María me decía esas cosas. Lo hacía con una frecuencia desproporcionada en relación con el interés que sentía por mí, que era más bien escaso, y aún más cuando cambiaba de novio, como sucedió aquel año, a finales de mayo. Supongo que le venía bien oírselo decir, porque sus exigencias eran tan mínimas que se limitaban al interés que el pretendiente en cuestión pudiera sentir por ella. Mi hermana decía que ligaba mucho, y en casa todos lo creían, y quizás fuera verdad, porque llevaba años empalmando un novio con otro mientras yo todavía no había encontrado al primero, pero todos ellos eran de esa clase de chicos a los que hay que mirar un par de veces, y hasta tres, antes de verlos, con la excepción de dos, que eran guapos pero tontos de remate. A ella le daba igual, porque estaba convencida de que suya era la virtud y mío el defecto, y además tenía un montón de teorías al respecto que yo, desde mi radical inexperiencia práctica, no me atrevía a rebatir.

–No se trata de que te guste todo, ¿comprendes? –y dibujaba un círculo en el aire con las manos, para subrayar esa totalidad que despreciaba–. Eso no pasa nunca, eso es imposible, y además no hace falta... Hay que valorar otras cosas, hacer como un promedio, ¿no?, compensar lo malo con lo bueno y tener en cuenta el resultado, la nota final, como si dijéramos... Ésa es la única forma de ligar, hazme caso. Porque nadie se desmaya cuando le besan en la boca.

Yo me callaba, pero sabía que no tenía razón. No podía decirlo en voz alta, claro, porque se habría reído de mí, le habría contado a todo el mundo que me estaba volviendo loca, me habría interrumpido entre carcajadas sin dejarme terminar siquiera, pero yo había estado a punto de desmayarme con mucho menos que un beso, una simple frase susurrada en el borde de mi oreja, podríamos comprar naranjas de zumo, ¿no...? Y si hubiera podido, habría contestado que sí a gritos, sí, sí, sí, un sí rotundo, sí sin parar, sí a todo y sí para siempre, sí a cambio de un solo instante de emoción, de la luz de los sábados por la mañana, del sol que pinta de color caramelo el suelo de madera de ciertas casas de paredes blancas y sábanas templadas, sí. Yo no conocía nada, excepto eso, no tenía ninguna experiencia, excepto aquélla, no podía hablar, pero sabía.

Y sin embargo, mientras aquella primavera se acercaba a la frontera del verano, acabé haciéndole caso a María, aunque las palabras que me convencieron no fueron suyas.

–¿A que no sabes a quién me he encontrado hoy en la gestoría?

Junio acababa de empezar, pero hacía ya tanto calor que, cuando mi madre volvió de trabajar, me encontró haciendo la comida medio desnuda, con una camiseta, unas bragas y las chanclas de la piscina.

–No –me volví para mirarla, muy extrañada de que no hubiera empezado por regañarme.

–Al chico del otro día, al del mercado, el que te confundió con su novia, ¿te acuerdas? –parecía divertirse, tanto que me alargó los pantalones que estaban encima de una silla sin dejar de sonreír–. Ponte esto, Maite, hija, no sé cómo puedes estar así. ¿Y si entra alguien?

–¿Y quién va a entrar, mamá? –pero ella estaba demasiado entusiasmada como para contestarme.

–Pues ha estado muy simpático, ¿sabes? Me ha reconocido, se acordaba de mí, me ha dicho que le había llamado la atención que tuviera una hija tan mayor... –sonrió, como si aquel hombre tan serio, tan sensible a su propio estupor, y al mío, se hubiera

229

dedicado a coquetear con ella a través del mostrador–. ¡Uy, pues es la segunda!, le he dicho, la mayor está a punto de cumplir diecinueve...

Y se empeñó en contarme todo lo demás, que se llamaba Miguel, que tenía treinta y un años, que vivía en una calle con nombre de Virgen que hacía esquina con la calle con nombre de Virgen donde vivíamos nosotras, que era profesor de dibujo en un instituto de Moratalaz, que había ido a la gestoría porque acababa de comprarse un coche nuevo en el concesionario de al lado, que había logrado vender el viejo bastante bien y estaba muy contento, que necesitaba tener coche para ir a trabajar porque por la M-30 no tardaba ni diez minutos, que vivía con su novia aunque no estaban casados, que ella se llamaba Marta y trabajaba en el Ayuntamiento, que le había dado muchos recuerdos para mí, que había vuelto a decir que lamentaba lo del otro día, que esperaba que yo no me hubiera asustado...

Aquel día hice gazpacho y filetes de cinta de lomo empanados con patatas fritas, pero toda la comida me supo a lo mismo, y conservé un regusto amargo en el paladar hasta la hora de la cena, y aun después.

–¡Qué acalorada estás, hija mía! –comentó mi madre mientras servía la carne–. Baja la persiana, anda, que pareces una loca de esas que se embadurnan con colorete.

Agradecí la compasión de la penumbra, aunque no tenía calor, sólo vergüenza. Después de tanto tiempo, toda una primavera de incertidumbres, de descubrimientos aterradores y terrores placenteros, de confusiones imposibles, de esperanza, de fe, todo había encajado de repente en los vulgares límites de un simple malentendido. Y la que había entendido mal era yo, mientras alardeaba ante mí misma de no estar entendiendo nada. Yo la presuntuosa, yo la vanidosa, yo la imbécil, yo. Imaginándome lo que no podía ser y por eso no era. Cambiando de acera con precaución cada vez que pasaba por delante del taller para tener en vilo a un hombre guapísimo que me sacaba diez años. Aferrándome a una pregunta tonta que un hombre todavía más mayor había deslizado en mi oído por un simple error sin importancia. Convenciéndome de que un compañero de clase que sólo unos meses antes me parecía demasiado bueno para mí era en realidad muy poca cosa. ¿Cómo he podido ser tan tonta?, me pregunté mil veces, y mil veces fui incapaz de encontrar una respuesta, pero comprendí todo lo demás con la deslumbradora claridad que iluminaba los muebles de mi habitación cuando era más pequeña y me despertaba de golpe en medio de una pesadilla. Rober me había mirado porque me conocía desde que nací, le hacía gracia que me hubiera hecho tan mayor, siempre había sido simpático y cariñoso conmigo. Lo del profesor desconocido al que no me atrevía a llamar por su nombre ni siquiera en silencio, había sido todavía más lógico, una confusión y un repentino ataque de responsabilidad, no emoción, no asombro, no desconcierto, sólo responsabilidad, lo que cualquier señor consciente y respetable sentiría en un momento como aquél ante una cría como yo. El sol de los sábados por la mañana viajaba en su voz, recordé, pero él piropea a mamá. Qué idiota. Qué idiota. Qué idiota.

Si aquel vestido naranja de tirantes con espejitos bordados en el escote hubiera sido mío, lo habría cortado en pedacitos minúsculos con unas tijeras. Si hubiera sabido dónde lo había comprado mi hermana, habría ahorrado para comprarle uno igual y habría destrozado al culpable con mis propias manos. Eso fue lo único que pude pensar durante algunos días, y que no iría a la cena de fin de curso. Pero todo había cambiado a la vez para volver a ser igual que antes, y por eso le pedí prestado el vestido naranja a María, y quedé con mis amigas para ir con ellas a un restaurante chino que está enfrente del tanatorio, y cuando llegamos, David estaba en la puerta con otro grupo, y yo habría apostado cualquier cosa a que estaría mosqueado conmigo por llevar tanto tiempo desaparecida, pero me sonrió como si se alegrara mucho de verme y luego me lo dijo, me alegro mucho de verte, ¿dónde te has metido?, y yo no le contesté y él no volvió a preguntar, pero nos sentamos juntos, y estuvo muy simpático, toda la noche contando chistes, y haciéndome caso, y pegándose a mí con todo el cuerpo. La verdad es que me lo pasé bien con él, hacía mucho tiempo que no salía. Luego, echó a andar a mi lado como si estuviera clarísimo que me iba a acompañar a casa, y yo me dejé acompañar. Me gustas mucho, Maite, me dijo. Tú también me gustas, le contesté. Entonces, me apoyó contra una pared y me besó. Cerré los ojos y lo intenté con todas mis fuerzas, pero no me desmayé.

Tampoco sé cómo explicar lo que pasó después. No sé si la realidad se puso de mi parte o en mi contra, si fue maligna o espléndida, si me dio su bendición o sólo la razón, un asentimiento que me maldijo a la vez y para siempre. Sé que yo había escogido, que había renunciado a pensar cosas que no pudiera contar en voz alta, y que ya no aflojaba el paso al pasar por delante del taller, pero aquella tarde él me estaba esperando, y me llamó.

–Cruza, anda, que tengo una cosa para ti...

No habría querido moverme tan deprisa, pero antes de que mi cabeza pudiera tomar una decisión, mis pies estaban ya en la mitad del paso de cebra. Rober me recibió con una sonrisa y un beso en cada mejilla. Estaba moreno, limpio, y se había cortado el pelo.

–¿Vas a la piscina? –y señalé con un dedo su peculiar uniforme de verano, una camiseta negra y unos bermudas del mismo color que parecían un bañador.

–No. Es que ahí dentro hace mucho calor –me contestó, y curvó los labios en el ángulo más terrorífico que yo hubiera podido imaginar nunca–. Ven.

Dijo solamente eso, ven, pero no me esperó. Giró sobre sus talones y echó a andar, pisando el suelo de cemento recalentado con decisión, sin mirar hacia atrás para comprobar si le seguía. Yo le seguí a cierta distancia, la que necesitaba para recordar que me conocía de toda la vida, que siempre había sido simpático y cariñoso conmigo, que habíamos estado a solas tantas veces que ni siquiera me atrevía a calcular el número. Cuando llegué al despacho, él estaba apoyado en el borde de la mesa. Tenía entre las manos algo que parecía un libro, envuelto en una bolsa de plástico blanco doblada por la mitad.

–El otro día estuvo aquí tu madre, ¿sabes?, vino a traerme el recibo y estuvimos hablando de ti. Le dije que parecía increíble lo deprisa que habías crecido, que no me podía creer que fueras tan mayor, y ella me contó que la ayudabas mucho, más que María, que eras tú la que cuidabas de tu padre y que hacías la comida todos los días... –se echó a reír, como si le hiciera mucha gracia imaginarme en la cocina, y yo reí con él, porque era el Rober de siempre, hablador, bromista, inofensivo–. ¿Eso es verdad?

–Sí –contesté–. Soy una cocinera estupenda, mejor que mi madre. Lo dice hasta ella, no creas.

–Entonces me acordé... Toma, te lo regalo.

Dentro de la bolsa había un recetario con muy buena pinta, un libro moderno, bonito, con dibujos a lápiz y una funda de plástico transparente del tamaño de una doble página, pensada para poder mirar las recetas sobre la marcha manteniéndolas a salvo de las salpicaduras. Al final tenía un glosario de términos técnicos con definiciones fáciles de entender. Eso fue lo que más me gustó, y se lo dije.

–Lo compró mi mujer en la Feria del Libro del año pasado, ¿sabes? Siempre hace lo mismo, se empeña en llevarme al Retiro, mira las casetas una por una, se compra dos o tres libros de recetas y luego no sale del filete con patatas... Éste ni se lo llevó a casa. Lo dejó en el coche y no ha vuelto a preguntar por él. Seguro que tú le sacas más partido.

Le escuché sin interrumpirle, sin dejar tampoco de hojear el libro. Luego le miré, me sonreía, le sonreí, y pensé que debería darle dos besos para agradecerle el detalle, pero no conseguí moverme. Era la misma extraña parálisis de la primera vez, pero no llegué a reconocerla. No tuve tiempo. Cuando él dio un paso hacia mí, mis pies le respondieron acortando la distancia en la misma medida. Cuando extendió los brazos hasta posarlos en mis hombros, mis manos dejaron caer el recetario al suelo. Cuando colocó el brazo derecho a la altura de mis omóplatos y rodeó mi cintura con el izquierdo, mis dedos ya se estaban tocando detrás de su nuca. Cuando me besó, le besé, y él me besó, y yo le besé, y me besó, y le besé, y el mundo se hizo líquido, caliente, pequeño, tenía la piel áspera, la lengua dulce, todo era áspero y dulce, y cabía en la frontera simétrica de nuestros labios pegados, que se despegaban a veces, y se volvían a pegar para encontrar otro sabor que era fresco y a la vez ardía, y yo nunca había besado a nadie así, nunca había sentido esa necesidad implacable de besar, y de besar más, de seguir besando, como si me jugara la vida al borde de la boca, como si más allá del cuerpo que abrazaba no existiera nada, como si los brazos que me estrechaban me protegieran de un vacío negro y compacto que codiciaba la fuerza de mis propios brazos. La intimidad tenía un sonido, pero también un tacto, y un gusto especiado, goloso, tan placentero como ningún sabor. Lo sé porque cuando sonó el teléfono, Rober me soltó, se separó de mí con cierta precipitada brusquedad, y yo estaba vestida, y nunca me había sentido tan desnuda como entonces.

–Es mejor que te vayas... –se apoyó en el borde de la mesa, miró el teléfono, no lo descolgó, me miró a mí, y estaba muy serio de repente aunque sus ojos brillaban–. Vete, anda. Tengo cosas que hacer...

Pero no se movió. Yo tampoco. Me quedé quieta, inmóvil, en el mismo sitio donde me había dejado, incapaz de pensar, de calcular, de decidir ninguna cosa. Sólo sabía que quería besarle, besarle más, seguir besándole, y que la magnitud de mi propio deseo me paralizaba. Por eso le miré sin decir nada, con los ojos muy abiertos, y él cerró los suyos, vino hacia mí, y me besó.

El teléfono sonó dos veces más, pero en un sitio diferente del lugar donde nos besábamos. Yo estaba apoyada en la pared y Rober, que había dejado de murmurar que aquello era una locura, una locura, se apretaba contra mí, recorriendo mi cuerpo con las manos como si estuviera ciego, cuando un claxon tan potente que vibró en el cristal para que yo lo sintiera en toda la espalda, nos devolvió de golpe al mundo real donde los teléfonos sólo saben sonar de una manera. Recuperamos la compostura muy deprisa. Los dos estábamos completamente vestidos, porque el hecho de que Rober hubiera dejado de repetir que aquello era una locura no significaba que hubiera dejado de pensarlo, y yo no tuve que hacer más que bajarme la camiseta, pero un orden más profundo se había trastocado ya, y para siempre.

–¿Dónde te has metido? –un camionero bajo y rubio entró en el despacho con aires de estar muy enfadado–. Te he llamado por lo menos...

Entonces me vio, y se quedó callado. Recogí el libro del suelo, me acerqué a Rober, le besé en la mejilla y me fui sin decir adiós. La luz de la calle me deslumbró, y sonreí a la hora que marcaba el primer reloj que vi en una acera. El tiempo no podía evaporarse, y sin embargo me había engañado. Era mucho más tarde de lo que pensaba, y me fui a casa. Tenía los ojos empañados, la piel erizada, las piernas huecas, y ninguna sospecha de adónde había podido ir a parar mi voluntad.

Aquella vez lo hice todo de un tirón, sin mirar la receta. No presté mucha atención al punto de las patatas, desmigué el atún sin perder el tiempo en mirarlo, batí los huevos como si les tuviera manía, y adopté la justicia salomónica –medio bote de tomate frito, ni más ni menos– para no pensar en nada que no fuera lo que me había sucedido aquella tarde y no había acabado de sucederme todavía. El resultado tenía un aspecto, un color y una consistencia inmejorables, pero después de meterlo en el horno, al colocar el tarro del pan rallado en su sitio, me encontré con el de la sal, que no se había movido de su lugar, dentro del armario.

–Se me ha olvidado echarle sal –murmuré, y me eché a reír en lugar de desanimarme–. Se me ha olvidado echarle sal –repetí, y no podía creerlo, y sin embargo lo había hecho–. Se me ha olvidado echarle sal...

Luego, me senté en una silla y allí me quedé, sonriendo como una boba, hasta que sonó la alarma del horno.

La quinta vez me salió perfecto.

Era verdad que no me había desmayado mientras Rober me besaba en la boca, pero si pensaba en él con los ojos cerrados me asaltaba una especie de mareo silencioso y circular que sólo se resolvía cuando volvía a mirar a mi alrededor. Entonces lo que sentía era tristeza, una nostalgia dulce y profunda, una ambición sin nombre que no señalaba tanto a lo que me faltaba como a lo que tenía. Seguía dándole vueltas a las cosas hasta que mi cabeza protestaba y no las entendía mejor que antes, pero eso ya no me inquietaba, quizás porque mi vida había empezado por fin a cambiar, porque la única fórmula posible para disolver mi confusión era aceptar que el mundo es a la fuerza un lugar confuso. De todas formas, tenía preocupaciones más urgentes.

Pensaba en él. Todo el tiempo, a todas horas, pensaba en su boca, en sus manos, en su forma de abrazarme, en su sed, en mi propia sed, e iba cada vez más lejos. Sabía que no debía hacerlo, que era una tontería malsana, peligrosa, pero no podía evitarlo porque me encantaba, me encantaba pensar qué habría sucedido aquella tarde si nos hubiéramos encontrado en cualquier sitio menos inhóspito que el despacho del taller, en su casa, por ejemplo. Me encantaba imaginar qué habría hecho él entonces, seguro de que nadie podía vernos, e imaginar qué habría hecho yo, porque yo no habría hecho apenas nada, levantar los brazos para que pudiera quitarme la camiseta, mover un poco las piernas para desprenderme de la falda después de que él me hubiera bajado la cremallera, abrazarle y abrir los ojos de vez en cuando para ver sus manos encima de mi cuerpo, dejarme llevar hasta la cama y no hablar porque no habría hecho falta. Me encantaba imaginármelo, imaginarlo a él, desnudo conmigo entre las sábanas e imaginarme a mí, sucumbiendo a vértigos sucesivos, sucesivamente intensos, porque sería así, con él tendría que ser así, mi cuerpo lo sabía y yo no podía dudar de mi cuerpo. Mi cabeza no estaba muy de acuerdo, sin embargo.

Yo no podía enamorarme de Rober. Y no sólo porque tuviera diez años más que yo y estuviera casado, sino porque la fantasía se me atascaba al llegar al final y ya no podía imaginar nada más, ni qué le diría, ni de qué hablaríamos, ni cómo nos despediríamos hasta la próxima vez. Ni siquiera era capaz de imaginar que hubiera una próxima vez. Sabía por los libros, por las películas, que no todas las historias que se llaman de amor incluyen necesariamente el amor, que a veces basta con mucho menos, pero yo acababa de terminar el bachiller e intuía que Rober no daría un solo paso hacia mí si yo no le invitaba a hacerlo antes. De eso no sabía nada, y sin embargo sería tan fácil como ir a verle y decirle, quiero acostarme contigo. Eso bastaría, y él lo haría, y a mí me encantaría. Pero no era fácil. Nada era fácil excepto pensar, darle vueltas a las cosas agradables, porque las desagradables estaban muy claras.

David fue la primera de ellas. Cuando le dije que no podíamos seguir, que no podía explicárselo, que era por mi culpa, que no me hiciera preguntas y que lo sentía mucho, al principio no hizo nada, ni siquiera me miró. Tenía la vista clavada en el suelo, donde su pie derecho se movía sin cesar, de un lado a otro, trazando en la arena un arco cada vez más amplio, hasta que su suela dio con la base de tierra dura, apelmazada, que ya no cedía a su presión.

–Eres una gilipollas –dijo entonces, y levantó los ojos.

–Sí –murmuré, porque en aquellos ojos había mucha más humillación que dolor, más que sorpresa, más que indignación, más que el daño que producen las ofensas–. A lo mejor tienes razón.

No la tenía, pero no se me ocurrió otra solución para huir de la tortura de sus ojos humillados. Cuando me fui, sentí un alivio inmenso, aunque la última mirada de mi primer novio me acompañó a casa, y subió conmigo por las escaleras, y se tumbó a mi lado en la cama. No estaba contenta, no estaba satisfecha, ni siquiera estaba segura de haber hecho lo más correcto, pero seguí sintiendo un alivio inmenso, como si me hubiera desprendido de golpe de una carga que las tardes en el parque habían convertido en un suplicio insoportable, porque cada vez me costaba más trabajo besar a David, dejarme besar por él, asistir con naturalidad a los avances que él se creía con derecho a imponer por el simple paso del tiempo, ya llevamos dos semanas saliendo juntos, decía, ya llevamos casi un mes, y yo no sabía cómo decirle que no, que así no, que no sabía besarme, que no sabía abrazarme, que no sabía por qué, pero que con él no me gustaba. Estábamos juntos, sentados en un banco, hablando con los demás, y de repente se abalanzaba sobre mí y yo podía verlo desde fuera, como si no estuviera con él, aunque tuviera los ojos cerrados me veía, y le veía, y podía hablarme a mí misma, describirme aquella escena igual que si perteneciera a la vida de otra chica, otra chica a la que no le gustaba David y que ya no podía pensar en el hombre mayor, malsano, peligroso, que sí le gustaba, porque ese truco, sencillamente, había dejado de funcionar. Porque quitármelo de encima, frenarle, distraerle, mientras pensaba al mismo tiempo en la cara que Rober pondría cuando me escuchara decir, quiero acostarme contigo, hoy, ahora, ya, me hacía sentir demasiado miserable.

No volví a ver a David ese verano. A primeros de julio se marchó a Guadarrama con su familia. El taller seguía abierto, sin embargo. Mi padre nunca había cerrado antes de agosto, yo lo sabía, pero a veces me acercaba hasta la esquina para echar un vistazo, aunque nunca me atreví a ir más allá. Me acostumbré a dar un rodeo para no pasar por delante de la puerta porque no estaba muy segura de lo que quería, ni de lo que temía, pero a cambio tenía la certeza de que si volvía a encontrarme con él, si volvía a sonreírme y a pedirme que le siguiera con una sola palabra, sin volver la cabeza para asegurarse de que estaba haciendo lo que él quería, mis deseos desplazarían en un instante a mis temores, y después sucedería lo peor. O lo mejor. O lo mejor y lo peor al mismo tiempo. A veces me preguntaba de qué tenía tanto miedo. A veces tenía tanto miedo que no me atrevía ni a hacerme preguntas. A veces recordaba que la idea de acostarme con David nunca me había dado miedo, sólo pereza, y me alegraba mucho de haberle dejado, aunque esa satisfacción no me ayudara a progresar en ninguna dirección. El estancamiento de mi voluntad me reconfortaba. Mientras siguiera aplazando cualquier decisión, podría seguir disfrutando por anticipado de un placer inocuo y sin aristas, ninguna decepción, ningún peligro. Mi padre seguía igual. Quieto, inútil, vegetal. Yo seguía queriéndole mucho, de todas formas. Y entonces cumplí dieciocho años.

Mi madre me preguntó dónde me apetecería ir. Elegí el restaurante, pedí mis platos favoritos y recibí regalos, un vestido y unos zapatos de su parte, un disco de mis hermanos pequeños y un bolígrafo con una rana de goma en la punta, de la rácana de María, a la que yo le había regalado un bolso un par de meses antes.

–Pero es monísimo, mira... –me explicó, arrebatándomelo de las manos sin detenerse a contemplar la dolida incredulidad de mis ojos–. Cuando aprietas esta palanquita... ¿ves?, la rana abre la boca y croa...

–¡Qué gracia! –mi madre cogió el bolígrafo y estimuló a la rana tres o cuatro veces, después miró el reloj, luego a mí, y otra vez a la rana, y al reloj, y a mí, y por fin a María–. He invitado a un amigo mío a tomar café, ¿sabéis? Le he hablado mucho de vosotros, y os quiere conocer...

El novio de mi madre también me trajo un regalo. Una pluma estupenda, cara, de esmalte rojo, con mi nombre grabado en el clip. Me gustó mucho más que él, pero antes de sacarla del estuche ya me había prometido que no la usaría nunca. Era una tontería, pero más tonto había sido regalármela. Por lo demás, era un hombre vulgar, más bajo que mamá, un poco calvo, guapo de cara, dijo María, yo no sé si tanto. Trabajaba en una constructora, tenía un Volvo, no había visto *El señor de los anillos*, ¿no?, dijo Belén, como si no se lo pudiera creer, tenía dos hijos mayores, uno casado ya, no le gustaba mucho el fútbol, ¿no?, dijo Alvarito, pues qué raro... Estaba muy nervioso, más que ella, y si mis hermanos pequeños no se hubieran liado a hacerle preguntas, creo que ni siquiera se habría atrevido a abrir la boca. Nadie llegó a hablar mucho, de todas formas, porque cuando nos trajeron los cafés, el cielo se cubrió de golpe y empezó a tronar.

243

–Va a llover... –pronosticamos todos a la vez, con esa alegría íntima que produce hablar del tiempo cuando no se puede hablar de otra cosa.

–¿Has traído el coche? –mi madre se volvió hacia él, posó la mano derecha sobre uno de sus brazos, lo apretó un poco, él asintió con la cabeza–. Pues podrías llevarnos a casa. Si nos vamos andando, seguro que nos empapamos.

Él, contentísimo de poder hacer algo útil, se ofreció enseguida y sin condiciones. Yo le di a mamá mis regalos y dos besos, para que no se mosqueara, y le dije que prefería volver andando.

–Todos no cabemos –le dije– y a mí no me importa mojarme. Al revés, con el calor que hizo ayer, y anteayer, casi me apetece...

Ella no dijo nada, pero se quedó mirándome con una expresión tan suspicaz que volví a besarla y renuncié a mis planes. Al fin y al cabo, me daba igual. Ella lo había elegido, y aquel viaje sólo era la primera etapa de otro más largo al que no me quedaría más remedio que incorporarme, antes o después.

–Bueno, pues voy con vosotros.

–No, no... –mi madre sonrió por fin–. Allá tú. Vete andando si quieres...

El camino no era largo, diez minutos andando deprisa, quince al ritmo que yo escogí, lento, descansado, complacido en un desafío que las nubes se obstinaron en desdeñar hasta que llegué a aquella esquina, la última, tan cerca ya de mi casa. Esa calle era su calle, pero yo no me acordaba. Ya no pensaba en él y sin embargo mi cuerpo lo presintió, porque no se alarmó al detectar que alguien se acercaba por la izquierda. Mis oídos fueron más allá, y lo reconocieron como si el cielo se acabara de abrir en el instante en que se abrieron sus labios, para que el sol brillara sobre mí, y sobre el mundo.

—Hola —dijo solamente, y ya supe quién era—. ¿Vas al mercado?

—No —le miré y me pareció que estaba sonriendo también con los ojos—. Voy a mi casa. Vivo allí... —señalé el portal con el dedo y él asintió, como si ya lo supiera.

—Lo sé. Estuve con tu madre, en la gestoría. Me acabo de comprar un coche...

—Eso también lo sé yo —le corté—. Me lo contó todo.

—¿Sí? —preguntó, se reía.

—Claro. Sobre todo que le dijiste que parecía mentira que tuviera una hija tan mayor.

—¡Oh! —se limitó a murmurar, cabeceando como si todo aquello le hiciera mucha gracia.

—Eso fue lo que más le gustó.

Me miró, y no dijo nada. Sonreía con los ojos y con los labios al mismo tiempo, me miraba y ninguno de los dos hablábamos. Entonces una gota gorda y templada cayó sobre mi cabeza, otra me acertó en el hombro, una tercera en el empeine de un pie.

—Nos vamos a mojar.

—Sí —admití—, pero no me importa.

—A mí tampoco.

El semáforo estaba verde, se puso rojo, y todavía no nos habíamos movido. La lluvia era tibia, agradable al principio, pero empapaba la ropa con voluntad de frío. Empecé a frotarme los brazos, y él se dio cuenta antes que yo. Por eso, cuando el semáforo volvió a ponerse verde, acercó su cabeza a la mía, frotó un instante su nariz sobre mi sien, y acercó su boca a mi oreja hasta rozarla.

–Me llamo Miguel.

Yo sonreí. Recuerdo eso, la tensión de mis labios estirados al límite, mis brazos tiritando, mis pies avanzando a través del asfalto rayado. Creí que iba a seguirme, pero no lo hizo. Cuando llegué a la mitad del paso de peatones, me volví y le encontré en el mismo sitio donde le había dejado.

–Yo me llamo Teresa –le dije, y él asintió con la cabeza, como si yo hubiera hecho mucho más que decirle mi nombre, mi viejo y nuevo nombre, el que acababa de decidir que sería mi nombre durante el resto de mi vida–. Teresa –repetí, y él volvió a asentir, como si nos hubiéramos puesto de acuerdo en algo.

Llegué a casa chorreando y sintiéndome mejor de lo que recordaba haber estado en mucho tiempo. Mientras me cambiaba de ropa y me secaba el pelo, descubrí que además ya no me hacía falta pensar. Mis hermanos pequeños estaban sentados delante de la tele. Mamá había salido. María también.

Antes de encender el horno, puse el congelador a tope. Mi madre me lo tenía prohibido, porque decía que así se descuajeringaba el termostato, pero yo no podía tener en cuenta esa clase de menudencias, aquella tarde no, ya no. Mezclé el resto de los ingredientes mientras hervía las patatas para ganar tiempo, y dosifiqué el tomate con el aplomo que había nacido de la suma de todos mis errores. No se me olvidó nada, ni engrasar el molde ni añadir la sal, y estaba tan segura de que aquella vez triunfaría, que me concedí la licencia de hacer la mayonesa antes de sacar el budin del horno, desde donde viajó, perfectamente desmoldado, redondo, liso y uniforme, derecho al congelador y a la ruina del termostato.

Luego, fui a ver a papá. Estaba sudando, porque a nadie se le había ocurrido abrir la ventana para que entrara la herencia de aire fresco que nos había dejado la tormenta. Le limpié con una bolsa entera de toallitas húmedas, le puse colonia por todo el cuerpo, le incorporé en la cama y le peiné. Tenía muchas ganas de darle la noticia, pero me mordí los labios y conseguí perder el tiempo de diversas maneras, ninguna muy interesante, hasta las ocho en punto. Entonces saqué el budin del congelador, corté una porción regular, la machaqué con un tenedor y añadí tres cucharadas de mayonesa, porque a él le gustaba así, con mucha mayonesa.

–Verás, papá... –dije en voz alta al entrar en su cuarto, removiéndolo todo con una cuchara–. Hoy es un día especial, ¿sabes? Porque hemos celebrado mi cumpleaños, aunque fue el martes pasado, y porque no hay potito para cenar...

Antes, le había puesto boca arriba, y no se había movido ni un centímetro en más de dos horas, pero cuando le puse el babero, giró ligeramente la cabeza hacia mí. Eso no era nada nuevo, lo hacía todos los días porque sabía que le iban a alimentar, era su hora de cenar y tenía hambre.

–Hoy no hay potito –seguí hablando, mirándole a los ojos, empeñándome en creer que al fijar los suyos en los míos, él también me estaba mirando–, nada de eso. ¿Y sabes por qué? Porque te he hecho tu plato favorito, papá, budin de atún con mayonesa... Y no sabes lo buena que me ha salido la mayonesa, ¿eh?, buenísima me ha salido, ya lo verás, porque tienes que acordarte, papá, tienes que acordarte, era tu plato favorito, y...

No llores, imbécil, me dije a mí misma cuando empecé a ver borroso, ¿por qué vas a llorar? Y no lloré, no todavía. Llené la cuchara a medias del puré rosado y delicioso que había en el plato y lo acerqué muy despacio a la boca de mi padre.

–Te vas a acordar –insistí, antes de metérselo en la boca–, porque esto no es una idea, ni un nombre, ni nada de eso... Esto es un sabor, no tiene nada que ver con la inteligencia, es sólo un sabor, tu sabor favorito, y tienes que acordarte, papá, tienes que acordarte, ¿cómo no te vas a acordar?

Se tragó la primera cucharada con la misma disciplinada insensibilidad de todos los desayunos, todas las comidas, todas las cenas de todas las noches. Y así siguió comiendo, hasta acabar con el contenido del plato, cucharada a cucharada. Al terminar, no movió la cabeza, y sus ojos siguieron perdidos en los míos, fingiendo que me miraban desde el país oscuro, remoto e inexpugnable que se extendiera más allá de las puertas de un armario cerrado, cuya llave estaría perdida hasta el final de los tiempos, lejos de una cerradura que nada ni nadie podría forzar, ahora que mi amor había fracasado.

–¿Pero es que no te acuerdas, papá? –insistí por última vez–. ¿Cómo puedes no acordarte?

Y entonces sí lloré. Lloré como hacía mucho tiempo que no lloraba, como quizás no pudiera volver a llorar nunca más, como una niña pequeña, sola, huérfana, desamparada, lloré de un solo golpe, sin esperanza, sin freno, todas las lágrimas de aquella misteriosa primavera, de aquel verano despiadado y magnánimo que no había terminado todavía, lloré hasta que mis ojos se secaron solos, de su propio cansancio, y dejé de llorar, y él no se había movido ni un centímetro, toda expresión ausente de su boca, de su frente, de su mirada.

–¿Por qué es tan difícil, papá? –tenía una mancha en la barbilla, se la limpié con una toallita, le quité el babero, le acaricié la frente, volví a ponerle boca arriba, le miré–. ¿Por qué es todo tan difícil?

Él no podía contestarme. Yo tampoco. Por eso bajé la persiana, le besé en la frente, y me fui a recoger la cocina.

Mozart, y Brahms, y

Para Adolfo Llamas,
que me regaló una historia sin darse cuenta,
entre cerveza y cerveza.

–Esto es lo único glorioso, lo único heroico, lo único digno que hemos hecho los españoles en toda la puta historia, fijaos en lo que os digo, lo único, esto y la defensa de Madrid, punto final. Todo lo demás, una basura. Acordaos bien cuando os enseñen política en el instituto ese al que vais.

–Adolfo...

–¿Qué?

–Que nosotros no damos política –y Miguel, que le había conocido antes que los demás y era quien tenía más confianza con él, se echaba a reír–. Eso es de tu época, macho...

–¡De mi época, de mi época! –y por un instante, Adolfo dejaba de mirar a Fernanda para volcar sobre nosotros el azul purísimo de sus ojos–. ¿Qué pasa, que no os enseñan la Constitución a vosotros?

–Sí, eso sí –a Miguel no le quedaba más remedio que admitirlo–. Pero no es lo mismo.

–¿Qué no es lo mismo? Hala, vete, chaval, que a cualquier cosa la llaman Constitución después de la del 31, ¡no te jode!

Adolfo, que tenía la edad de mi padre, unos cuarenta y muchos, quizás cincuenta y pocos años, era el único hombre que venía andando a la Casa de Campo para ver a la reina. El único, porque Basi, un viejecillo inofensivo que andaba tan encorvado como si siempre estuviera buscando algo que se le acabara de caer al suelo, no era un hombre para ellas, y nosotros tampoco, la verdad. Ramón había cumplido diecisiete años en enero, pero Miguel y yo seguíamos teniendo dieciséis y ni siquiera nos dejaban entrar en todos los bares. Menos mal que en la loma donde Adolfo había instalado su observatorio, nadie, ni siquiera la policía municipal, que solía venir de visita un par de veces al día, parecía interesado en pedirnos el carnet, o el horario de esas clases que nos fumábamos para ir a ver a la reina.

—¡Fernanda, guapa!

Adolfo chillaba con todas sus fuerzas y ella, después de abrir la puerta, a punto de entrar en el coche del que nunca sería su último cliente, levantaba la cabeza, nos buscaba con los ojos y sonreía.

—¡Qué buena estás, Fernanda, cojones, pero qué buena estás, joder!

Eso le decía, y se quedaba corto, porque la reina era mucho más que una tía buena, aunque yo tampoco podría explicar muy bien qué era exactamente. Sólo sé que el día que la vi, sentí lo mismo que la primera vez que escuché con atención, con oído de músico y no de pasajero de ascensor, *Las cuatro estaciones* de Vivaldi, la misma mezcla de alegría y de asombro y de placer y de inquietud y de soledad y de envidia y de espanto que me inspiró esa música perfecta. Porque Fernanda también era perfecta, y más que eso. Fernanda era música.

–¿Qué, Tomasín? –cuando Miguel me dio un codazo, conseguí por fin cerrar la boca–. ¿Qué me dices?

Ellos habían empezado a hacer pellas antes que yo, a finales del primer trimestre, pero nunca me habían querido contar adónde iban. No era la primera vez que me mantenían al margen de sus planes. Ramón y él son mis mejores amigos, pero yo no me parezco a ellos. Yo soy gordo, y bastante feo, y llevo gafas, y tengo casi acabada la carrera de solfeo, y estudio armonía, y toco el violín, y suelo estar entre los primeros de la clase. Soy también el único que sé que todo lo bueno que hago, o sea, lo de estudiar tanto, y ser tan formal y tan buen chico, se debe más que nada a la mala suerte que tengo. Si yo fuera guapo, como Miguel, o alto y delgado, como Ramón, estoy casi seguro de que haría más pellas y estudiaría menos, pero eso no lo sabe nadie más, sólo yo. Lo de la música es distinto.

–¡Pero di algo, Tomás, joder!

Mi profesora de violín, que estudió solfeo con el mismo maestro que mi abuelo y fue la profesora de mi padre mucho antes de que yo naciera, me dijo una vez, después de hacerme jurar que no se lo contaría nunca a nadie, que estaba convencida de que yo soy el primer músico con verdadero talento de toda mi familia. Sin embargo, a veces me interrumpe cuando no llevo ni cinco minutos tocando. No la estás sintiendo, Tomás, me dice entonces, no comprendes lo que tocas, no interpretas, estás deletreando la partitura igual que un niño pequeño, la *p* con la *a* pa... Concéntrate o vete a casa, porque así no vamos a ninguna parte. Cuando se enfada mucho, me dice que acabaré tocando pasodobles en Las Ventas, como mi abuelo, o romanzas de zarzuela en el quiosco del Retiro los domingos por la mañana, como mi padre. A mí me da tanta rabia escuchar eso, que cierro los ojos e intento desesperadamente pensar en las armonías del silencio, recuperar imágenes, sensaciones, colores mudos que logran empujarme a través de las notas, como si los acordes fueran caballos y yo pudiera cabalgarlos, en lugar de correr detrás de ellos con la lengua fuera. Entonces, a veces consigo olvidarme de mis dedos, de la obligación del arco, del peso de la caja, de la presión de la madera contra mi barbilla, y la música fluye a través de mí para convertirme en su instrumento, porque mi garganta, mi boca, mi pecho, vibran como las cuerdas de un violín genial, más sabio que el que sostengo entre las manos sin sentirlo, y mis ojos miopes ven formas y colores deslumbrantes más allá de la cortina de sus párpados cerrados, y mi cuerpo es ligero, esbelto, hermoso, y no lo cambiaría por ningún otro mientras, en alguna parte, Mozart, y Brahms, y Corelli, me bendicen con la nostalgia de mi edad, y de mi vida. Entonces sí, entonces sé que cuando termine de tocar, doña Paula tendrá los ojos húmedos, y cabeceará un instante antes de murmurar, tú tienes talento, Tomás, bendito seas, tienes mucho talento...

En esos momentos, desde que la conocí, siempre pienso en Fernanda.

–Es... –sabía que se iban a reír de mí, siempre se ríen, pero por más que lo intenté, no encontré nada más vulgar que decir–. Es como la música.

Y mientras mis amigos se reían, aquel señor que estaba sentado en un banco, fumando tranquilamente, como si nada de lo que sucedía aquella mañana en la Casa de Campo tuviera que ver con él, se levantó de pronto, se acercó a mí y me dio la mano.

–Tú sí que lo has entendido, chaval –dijo entonces–. Tú lo has entendido.

Luego me dijo que se llamaba Adolfo, y que podía estar bien seguro de que lo único heroico, glorioso, y hasta digno, que habían hecho mis antepasados, aparte de defender Madrid durante tres años de las garras del fascismo, había sido mezclarse en América con mujeres de todas las razas y todos los colores, hasta producir criaturas de una belleza sobrehumana, tan admirables, tan deseables, tan hermosas como la reina, que, por cierto, se llamaba Fernanda y era colombiana.

–No hay nada más clasista que un pobre. Es muy triste, pero es así. Os lo digo yo, y si no, fijaos en éstas. Nos ven aquí todas la mañanas y ni siquiera nos miran. ¿Y por qué? Pues porque somos pobres. Porque no venimos en coche. Porque se piensan que con nosotros no tienen nada que rascar. Y ya veis, ni los buenos días. Aquí, la única simpática es Fernanda. ¿Y por qué? Pues porque ella es la más rica. La reina. La que elige. La que más dinero gana. Desde luego, hay que joderse...

–Pero tú podrías acostarte con ellas –le dijo un día Miguel, que era hijo de una de sus compañeras de trabajo y que por eso venía a nuestro instituto aunque no viviera en el Batán, como Ramón y como yo–. Con la que quisieras. Tú tienes tu sueldo de Prado del Rey, cobras todos los meses una pasta. Nosotros no, pero tú...

–¿Yo? –Adolfo le miró con los ojos muy abiertos, una expresión de escándalo en los labios, la calva reluciente–. ¿Yo, que soy un mártir de la lucha sindical? ¿Voy a contribuir yo a la explotación de estas desgraciadas, que nadan con la mierda hasta el cuello en el último estercolero del capitalismo? Pero ¿qué dices, chaval? ¿Tú estás tonto o qué?

–Bueno, yo creía... –pero Miguel ya se había puesto colorado, y no atinaba a juntar más de tres palabras con sentido–. Perdona, pero... Yo pensaba que... Tú venías... Ya sabes.

–Sí, ya sé. Pero el que no sabe nada eres tú –y entonces se puso de pie, se acercó a nosotros, le pasó a Miguel un brazo por el hombro y se señaló el pecho con el índice de la otra mano–. Mira, Miguelito, yo soy un esteta, ¿lo entiendes? Tengo el mal de la belleza, estoy enamorado de la belleza, no puedo remediarlo. Por eso vengo a verlas. Porque ellas sí son la raza superior, la única que conozco. Esa piel, esos ojos, esos cuerpos que tienen, pues... Pero si ya lo ves, si lo estás viendo. ¿Dónde podría encontrar yo algo semejante, a ver, dónde?

En aquel momento, alguna puso en marcha un aparato de música y media docena de chicas se arremolinaron a su alrededor para bailar una canción de Juan Luis Guerra, moviendo al compás sus piernas desnudas, relucientes, sobre los veinte centímetros de sus tacones.

–¿Lo entiendes ahora? –Adolfo seguía hablando con Miguel, pero mi amigo no se atrevía a contestarle–. ¿Lo entiendes? ¡Qué vas a entender! Si con el único que debería tratarme yo es con Tomás, que es un artista...

Yo, la verdad, hasta aquel día pensaba lo mismo que los demás, y sin embargo comprendí muy bien lo que Adolfo quería decir. Porque con las otras no me pasaba. A las otras las miraba como si fueran mujeres de verdad, y por eso cuando las veía andar, moverse, enseñarle las tetas a los conductores de esos coches que circulaban tan despacio, acariciarse los muslos cuando paraban a su lado, pues me daba cuenta de que me ponían un huevo, y me acordaba de que yo nunca me he enrollado con una tía, y de que daría cualquier cosa por hacérmelo con alguna, hasta con las más feas, porque también las había feas, chicas que a lo mejor tenían un cuerpo de la hostia, pero la nariz demasiado grande o los dientes salidos para fuera, y

rés, chicas muy guapas de cara con las piernas tor-
ás, y hasta eso me daba igual. Pero con Fernanda
me pasaba algo diferente, algo especial, difícil de explicar. Yo la veía andar, moverse, quebrar a los coches
con la cintura, y la música fluía a través de mí. La reina iba siempre vestida de blanco, desnuda de blanco,
igual que una novia, un chaquetón de piel sintética
abierto de par en par y un corsé muy pequeño cu-
briendo apenas la zona del cuerpo que en verano se
dejaban al aire las chicas de mi instituto, y su piel era
lisa y mullida, brillante y tersa, suave como un delirio
de dibujante de comics, caliente hasta a distancia, y
del color exacto del relleno de trufa de los bombones
más caros, esos bombones de chocolate con leche que
se funden en la lengua muy despacio y perviven en el
paladar durante horas. Era una mujer alta, esbelta y
sin embargo redonda, maciza, y sus piernas larguísimas, sus pechos elásticos, las trencitas adornadas con
cuentas también blancas, entre las que repartía su pelo
negro, le daban cierto aire de fiera salvaje, un oscuro
y lujosísimo peligro que afilaba su barbilla para difu-
minarse después, muy sutilmente, en el óvalo de una
cara redonda y dulce, de labios gruesos y ojos inmen-
sos, rasgados, como una Virgen María radiante, ameri-
cana y mulata. Y entonces, Vivaldi empezaba a sonar
dentro de mi cabeza.

–¡Fernanda, guapa!

Adolfo chillaba y ella sonreía, y la gloria de Antonio Vivaldi la envolvía en una nube vaporosa y crujiente, pura música, más que música, una emoción

difícil de explicar mientras la reina caminaba, se paraba, se exhibía, escogía a sus clientes, y las cuatro estaciones se fundían en el único y supremo acorde de su cuerpo para que yo me sintiera más pequeño, más solo que nunca, y enfermo de su belleza. Entonces, ante la mujer más hermosa que me había sido dado contemplar jamás, no me acordaba de mi nombre, ni de mi historia, ni de mi cuerpo gordo y torpe, ni de que nunca me había enrollado con ninguna chica. Entonces, la música fluía a través de mí, y yo también, durante un instante, era pura música. Eso no se lo conté a mis amigos, mientras jugábamos a puntuar a las chicas de cero a veinte y a Fernanda le dábamos un ciento cincuenta, pero quizás fuera un rasgo de familia, porque la verdad es que, aunque fuera por motivos muy distintos, Nancy tampoco fue nunca para mí como las demás.

Ni siquiera Adolfo sabía que Fernanda tuviera una hermana. Lo descubrió al mismo tiempo que yo, aquella mañana en la que Basi, el jubilado que andaba siempre entre las chicas, haciéndoles recados y favores por el simple placer de estar con ellas, subió hasta la loma para sentarse con nosotros, sin querer atender a las voces que le reclamaban, ¡papi, baje!, una mezcolanza de llamadas y acentos diferentes, ¡sea buenecito y vaya a comprarme un bocadillo, por favor!, donde se mezclaba la dulzura del tú de las dominicanas, ¡pero baja de veldá, mi amor, que estoy hambriiieeenta!, con el usted irreverente y chistoso de las colombianas, ¡Basi!, usted va a ser bueno y va a ir a comprarme mi comidica, ¿sí?, y los diminutivos de las ecuatorianas con la gracia sonriente de las brasileñas, hasta que los gritos se multiplicaron de tal manera que fue ya imposible distinguir los acentos.

–¡Pero, bueno, Basi! –le dijo por fin Adolfo–. ¿Quiere bajar de una vez? ¿No ve que están muertas de hambre?

–Es que Fernanda no ha vuelto –dijo él solamente.

–¿Y qué? –insistió Adolfo–. A lo mejor no vuelve en todo el día. No sería la primera vez.

–Ya... Pero si Fernanda no viene, Nancy se va a quedar sin comer, porque... Hoy no ha hecho nada, y yo estoy sin blanca. A ver, ya estamos a veintisiete, y con lo que cobro... Esta mañana le he tenido que pedir a mi hija dinero para un metrobus, no le digo más.

Así nos enteramos de que Fernanda tenía una hermana, una chica fea y sin gracia, mayor que ella, y de que en realidad trabajaba para las dos.

–Si no, ¿de qué iba a seguir estando ella aquí, pasando frío y calor, y a la intemperie? –añadió el viejo–. A ver, ¿de qué? Si ella podría estar donde quisiera, con quien quisiera y como quisiera. Lo hace por Nancy, para no dejarla sola, para que no le pase nada, para que no se quede sin comer.

–Ya... Y a las demás les da lo mismo, ¿no?

Y mientras el viejo se encogía de hombros, Adolfo sacó un billete de diez euros de su cartera y se lo dio, tome, dijo, pero que no se acostumbre, y cuando Basi empezó a bajar por la loma, repitió que no hay nada más clasista, nada más insolidario ni más egoísta que un pobre, y que cómo cojones se puede hacer así una revolución, para contestarse enseguida a sí mismo que de ninguna manera, claro, que no se puede, y que así nos luce el pelo.

–Yo soy un mártir de la lucha sindical, os lo tengo dicho. A mí me echaron de Radiotelevisión Española hace once años por dar caña en el Comité de Empresa, más claro, agua. Me despidieron de la noche a la mañana, sin darme explicaciones, pero yo fui a Magistratura y acabé ganando, por supuesto que sí. El juez sentenció que el despido había sido improcedente y, aparte de la indemnización, condenó a la empresa a readmitirme en el mismo puesto y con la misma categoría que tenía cuando me echaron. Ellos dijeron que acataban la sentencia, pero no la han cumplido. Me pagan el sueldo que me corresponde, eso sí, pero me tienen en un despacho, sin hacer nada, rodeado de administrativos. Y yo soy productor de programas, no secretaria.

–Por eso no va a trabajar –nos explicó Miguel a Ramón y a mí, que aquel día por fin nos habíamos atrevido a preguntar a Adolfo cómo es que tenía todas las mañanas libres para pasearse por la Casa de Campo.

–¡Eh, eh, eh! –intervino el aludido–. Un momento. Claro que voy a trabajar. Yo ficho todas las mañanas, ocupo mi puesto, me tomo un café con tu madre y con sus compañeras, que son todas un encanto y me miman una barbaridad, luego vuelvo a mi mesa y cuando llevo ya una hora sin hacer absolutamente nada excepto leerme dos periódicos, les digo que me voy a dar una vuelta y me vengo aquí. A las tres menos diez, como muy tarde, vuelvo a ocupar mi puesto, pregunto si alguien se ha interesado por mí, me contestan que no y, a la hora de salir, vuelvo a fichar y me voy a mi casa.

—Total —resumió Ramón—, que no le das un palo al agua.

—Ésa es una manera de verlo —aceptó Adolfo—, pero yo prefiero considerarme en rebeldía permanente contra el terrorismo empresarial, que no es lo mismo, chaval, que no es lo mismo. ¿O sí, Tomás? A ver, artista, tú que eres el único que me entiende, ¿qué opinas?

Yo le di la razón muy deprisa y me desentendí de la conversación, porque acababa de localizar a Nancy apoyada en un árbol, con los brazos cruzados y ese body tan feo de color carne que llevaba siempre. Era la última mañana lectiva del mes de marzo, y hacía más de dos semanas que no me escapaba con mis amigos, pero ya habíamos hecho todos los exámenes del segundo trimestre y en general me habían salido bien. No iba a suspender ninguna asignatura y doña Paula tampoco se había quejado de la competencia desleal del instituto, porque había practicado todas las noches. Ella no sabe que cuando voy muy apurado y tengo que renunciar al violín, el que más lo siente soy yo, y que por eso no me ha quedado más remedio que aprender a organizarme. Aquella vez tuve que sacrificar mis visitas a la Casa de Campo, pero no pude dejar de pensar en la reina. Tampoco en su hermana.

–¡Fernanda, guapa!

Cuando se marchó en un Alfa Romeo rojo que ya conocíamos de vista, llevándose la luz, la alegría de Vivaldi y mi zozobra, Nancy salió a la carretera y levantó el brazo como si pretendiera detenerla, pero no lo logró y se quedó quieta, paralizada en medio del asfalto, hasta que el sonido de una bocina la espabiló. Entonces volvió a su árbol andando muy despacio, con la mirada baja y los brazos cruzados, para adoptar la posición en la que permanecería durante más de una hora, como si hubiera renunciado a parar esos coches que nunca frenaban al pasar por su lado. Mientras vigilábamos los pasos de Ramón, que ya se atrevía a pasearse por la acera y se dejaba tomar el pelo por las chicas muy a gusto, yo miraba a Nancy. Adolfo también. Por eso, fui el único que entendió lo que dijo cuando Miguel se cansó de repetir que un día lo iba a hacer, que él también lo iba a hacer, que lo iba a hacer, que por sus muertos nos juraba que, un día de éstos, iba, y lo hacía.

–No, si cuando yo digo que soy un mártir de la clase trabajadora... Ésta me vuelve a costar a mí hoy diez euros, y sin tocarla siquiera, lo que yo te diga...

–No –contesté sin volverme a mirarle, y empecé a bajar por la loma.

No me vio llegar. Ni siquiera me miró hasta que me tuvo delante. Entonces levantó la cabeza como si

265

le pesara, me miró de arriba abajo con desgana y, cuando sus ojos llegaron a la altura de los míos, frunció los labios en un mohín impreciso, que no me consintió adivinar si se estaba burlando de mí o de sí misma.

–¿Y usted qué quiere, niño? –me preguntó de todas formas.

Hasta aquel momento estaba tranquilo. Cuando fui a buscarla tenía muy claro lo que iba a hacer, y por qué lo hacía. Sin embargo, mientras me miraba con los brazos cruzados y esa sonrisita tan antipática, esperando una respuesta que yo no era capaz de articular, me puse tan nervioso que empecé a temblar sin darme cuenta. Supongo que me impresionó mucho que fuera tan fea, no sólo en comparación con su hermana, sino en general. Nancy no se parecía a Fernanda ni siquiera en el color de la piel, porque la suya también era oscura, pero mate, sin los destellos acaramelados que envolvían a la reina en papel de celofán cuando reflejaba el sol del mediodía. Nancy, para empezar, ni siquiera era mulata. Tenía los labios finos, metidos hacia dentro, y rasgos afilados, más bien indios, pero no mansos, ni dulces, como los de otras chicas de por allí. Era más baja que yo y estaba muy delgada, y peor que eso, parecía desinflada aunque aquella vez no me fijé mucho en su cuerpo porque mientras miraba a todas partes buscando algo que decir, vi de repente sus pechos pequeños, caídos, marcados por dos hileras divergentes de rayas blancas, y me dieron tanta pena que comprendí que nunca podría decirle

266

la verdad, que yo también soy feo, y gordo, y llevo gafas, y que por eso sabía que su destino era injusto, y que le costaba trabajo levantarse por las mañanas.

–Toma –le dije por fin y a cambio, sacando un envoltorio de plástico transparente de mi mochila–. Yo no tengo hambre. Si lo quieres... –ella cogió el bocadillo, lo miró con curiosidad y me sonrió–. Es de jamón. De jamón serrano. Lo ha hecho mi madre. Ella unta primero el pan con un tomate, y así está más bueno.

–¿Y no me va a invitar siquiera a una cocacola? –ronroneó con un acento mucho más suave, casi mimoso, mientras alargaba la otra mano para acariciarme la cara con unos dedos de uñas larguísimas.

–No..., co... co... cocacola no tengo... –dije, y creí que me iba a morir–. Pero tengo aquí un zumo, creo...

–¿Y de qué es?

–Pu...es, no sé... –reconocí, mientras rebuscaba en la mochila con dedos frenéticos, hasta que di con él–. De... de piña. De piña y melocotón

–Es rico –no había dejado de acariciarme la cara cuando sus dedos se detuvieron de pronto justo debajo de mi mandíbula, a la izquierda de mi barbilla–. ¿Y esto qué es, qué es lo que tiene usted acá, niño?

–Es una rozadura. Una especie de callo. Del violín, ¿sabes?, de sujetarlo –e incliné la cabeza hacia la izquierda, como si lo tuviera sobre el hombro–. Se coloca así, ¿ves?

–¿Usted toca el violín? –asentí con la cabeza–. ¿Tan joven? –volví a asentir–. Mira, un músico, qué bueno...

Guardó en su bolso el bocadillo y el zumo, y se acercó a mí. Al cogerme del brazo se pegó completamente a mi cuerpo, y entonces comprendí que ninguno de los dos habíamos entendido nada.

–¿Y qué más me va a dar usted, bizcocho? ¿Qué le gusta? Vamos ahora, ¿quiere?, prefiero comer luego.

–No, yo... –dije, parándome en seco–. Yo no... No voy, no... Yo, vamos, o sea, que... Yo te he dado el bocadillo, ¿no?, pero, vamos, no por nada, o sea que... Sí, para que te lo comas, pero yo... Bueno, que me tengo que ir.

Salí corriendo y no paré hasta llegar arriba. Mis amigos se me quedaron mirando con la boca abierta, como si todavía no fueran capaces de creer lo que acababan de ver con sus propios ojos. Adolfo, en cambio, me pasó un brazo por el hombro y me recomendó que cuando acabara de estudiar y empezara a tocar en una orquesta, procurara llevarme bien con todo el mundo y no me metiera en líos. Y los sindicatos ni olerlos, añadió al final, porque hay que ver, hijo mío, menuda carrera llevas...

–Si yo no te censuro, Ramón, no te censuro. Yo soy muy comprensivo con las flaquezas humanas porque tengo una pila de ellas, flaquezas para dar y regalar, como si las cultivara en una maceta, ya te digo... Yo, vive y deja vivir, amén, y que cada uno se arrepienta por su cuenta, que llorar en público siempre ha sido de muy mal gusto. Fíjate, ni siquiera te voy a reprochar que hayas contribuido alegremente y sin darte cuenta a la injusticia y a la explotación, a la miseria de los oprimidos y a la opulencia de esos hijos de la gran puta que vienen por aquí a controlar metidos en su coche, con la calefacción encendida en invierno y el aire acondicionado a tope en verano.

–Eso no tiene nada que ver –Ramón le interrumpió en un tono brusco, desafiante, y me di cuenta de que estaba muy enfadado con Adolfo porque en vez de cantar su hazaña y pedir detalles, como nosotros, se había quedado mirándole con cara de pena al verlo aparecer.

–¿Que no tiene que ver, que no tiene que ver? –Adolfo frunció los labios en una mueca burlona antes de seguir hablando, como si quisiera dar a mi amigo una oportunidad de ahorrarse explicaciones, pero Ramón no quiso mirarle–. ¡Hala, vete, chaval, no va a tener que ver! Todo tiene que ver, ¿me oyes?, todo. Tú te tiras un mes currando los fines de semana como un gilipollas y ella el dinero ni lo huele, ¿te enteras?, ni lo huele. Más te habría valido comprarle un buen regalo a tu novia, que, por cierto, y por lo que vi aquella tarde que nos encontramos por la Gran Vía, tiene un polvo mejor que el que has echado. Y que conste que yo no te censuro, ¿eh?, no te censuro. Ahora que, ya puestos, podías haber escogido a una que estuviera buena, por lo menos...

–Iliana está muy buena.

–¿Que está qué...? ¡Vamos, no me jodas! –Adolfo se reía–. Si parece un llavero, enana y cabezona. Lo que tiene es que no da miedo, eso sí, eso te lo reconozco, pero buena, buena... Mira, para tía buena, la cuñada de aquí, el príncipe consorte, y por cierto, Tomás... ¿qué hora es?

A mí no me molestaba que me llamara así, ni que se metiera conmigo, porque nos habíamos hecho muy amigos, y además, aunque no pudiera explicar muy bien por qué, tenía la sensación de que los dos estábamos en el mismo bando. Por eso, aquel día, a las dos menos cuarto de la tarde, bajé la cuesta sonriendo y de buen humor. No es que Ramón no me diera envidia. Me la daba, sí. La verdad es que yo también pensaba que Iliana, una venezolana guapa de cara, bajita y redondita, que a mí me parecía mucho más una muñeca que un llavero, estaba muy buena, aunque Adolfo también tenía su parte de razón, porque Débora, la novia de mi amigo, estaba buenísima. Así que, entre unas cosas y otras, Ramón siempre me había dado envidia, pero lo mío era distinto. Yo invitaba a Nancy a comer casi todos los días, porque cuando iba a clase, me escapaba en el recreo para llevarle el bocadillo y el zumo que mi madre me había metido en la mochila después del desayuno, y si no podía, iba a verla a las tres, cuando salía del instituto. La invitaba a comer y no sabía muy bien por qué lo hacía, pero sabía que me gustaba hacerlo, y sentarme a su lado mientras comía.

–Yo no me llamo Nancy, ¿sabe, niño? –ésa fue la

270

primera confidencia que me hizo, sin venir a cuento, un día cualquiera–. A mí me pusieron María Rosario.

–¿Y por qué te cambiaste el nombre?

–Pues... no sé. Nancy es un nombre gringo, suena lo más de bien. Está lindo, ¿sí?

Entonces escuchamos a Adolfo.

–¡Fernanda, guapa!

Nancy comentó aquel grito con uno de sus mohínes, a medio camino esta vez entre el escándalo y el desprecio, y volvió a mirarme después, como si ninguno de los dos hubiera escuchado nada.

–¿Y tu hermana? –me atreví a preguntar yo, sin embargo–. ¿Cómo se llama?

–Pues Fernanda –se me quedó mirando y se echó a reír–. ¿Qué problema?

Fernanda, que con esa cara y ese cuerpo podía llamarse como le diera la gana, era nueve años más joven que Nancy, que acababa de cumplir treinta.

–Mi mamá se separó de mi papá y se metió con un paisa medio morocho, un pendejo bien bello, alto, grandullón... Ese pelao es el papá de Fernanda.

Nancy hablaba poco y tenía muy mal genio. Por eso yo prefería escuchar, esperar a que ella tuviera ganas de conversación y contestar a sus preguntas en lugar de atreverme a hacer las mías. Así aprendí algunas cosas de ella, aparte de que no le gustaba hablar de su hermana.

–Yo estoy acá por mi doctorcito –murmuraba de vez en cuando como un estribillo, un lema, una letanía–, sólo por él, para cuando él regrese, para que me encuentre.

El doctorcito era un dentista –odontólogo, decía ella siempre– que durante algunos meses había venido a buscarla dos veces a la semana y que había desaparecido después sin dejar rastro. Nancy estaba convencida de que estaba enfermo o fuera de Madrid, porque nadie había vuelto a verle por la Casa de Campo, como solía ocurrir con los clientes fijos –esos hijueputas que se mudan para donde las africanas– que se cansaban de una chica y cambiaban de zona durante una temporada para volver después a las andadas. Estaba convencida también de que antes o después volvería a buscarla y se la llevaría a vivir con él, lejos de todo aquello. Esa esperanza la sostenía en los días buenos, cuando tenía ganas de hablar, y de reírse, y de bailar con las demás, y la aplastaba en los días malos, cuando parecía una planta mustia y carnívora al mismo tiempo. Entonces se comía el bocadillo sin mirarme, sin sonreírme siquiera, sin darme las gracias. A mí no me importaba, porque soy gordo, y feo, y llevo gafas, pero hasta yo, virgen y todo, sabía que el doctorcito no iba a volver nunca.

–¿Y usted por qué no se trae un día el violín, niño? –me decía cuando estaba de buen humor–. Nos podía dar un conciertito...

–Es que lo que yo toco –*sí, sí, sí*, se oía a lo lejos, *este amor es tan profundo, que tú eres mi consentida y que lo sepa todo el mundo*– no os iba a gustar...

Y sin embargo, aquella primavera me atreví por primera vez a enfrentarme por mi cuenta con una partitura de las difíciles, y lo hice por Nancy, o quizás por su hermana, porque fue Fernanda quien me reconoció aquella tarde de mayo en la que descubrí dónde vivían. Había salido de la boca de metro de Antón Martín un poco antes de las siete, como todas las tardes. Iba a casa de doña Paula, pero cuando bajaba por Santa Isabel me pareció distinguir a lo lejos una cascada de trencitas negras adornadas con cuentas blancas que se desviaban hacia la derecha a la altura de Salitre, y las seguí a una distancia prudente, tranquilizadora, sin intención de alcanzarlas. En la esquina con Argumosa, Fernanda se volvió, me sonrió, señaló el estuche que llevaba en la mano derecha y, levantando sus brazos en el aire, imitó los ademanes de un violinista. Yo asentí con la cabeza, pero no me atreví a acercarme a ella. Nancy, que escogía algo que de lejos me parecieron manzanas en la frutería de la esquina, no llegó a volverse. Su hermana tampoco le dijo que yo estaba allí.

Llegué a clase de violín veinte minutos tarde, resoplando como un condenado después de subir corriendo dos cuestas y una escalera, pero aunque doña Paula se enfadó conmigo –no es por el retraso, me dijo, sino por tu actitud, porque a veces tengo la impresión de que mi mejor alumno no se toma mi trabajo en serio–, Mozart, y Brahms, y Corelli, me dirigieron una mirada comprensiva, hasta solidaria, desde sus respectivos marcos, en los grabados que adornan la pared del salón. Doña Paula no sabe que, en realidad, yo toco para ellos, pero si se lo contara no le parecería mal, porque los tres han sido los hombres de su vida desde que heredó sus retratos al morir su abuelo, siendo casi una niña. Y aquella tarde estaban de mi parte, de parte de Fernanda. Por eso, no sólo me ayudaron a contentar a mi profesora, sino que me inspiraron para que, al volver a casa, buscara una de las obras favoritas de mamá –una madre estupenda, una melómana exquisita y una violonchelista mediocre– en la estantería de los discos compactos. Mientras la escuchaba, me dije que nunca sería capaz, y luego que quizás sí, y más tarde otra vez que no, y por fin que lo iba a intentar de todas formas. Pero no se lo conté a nadie, ni siquiera a Nancy.

Tampoco a Adolfo, que un par de días después, mientras Fernanda, ya sin abrigo, la piel sudorosa, reluciente, se paseaba bajo el sol del mediodía, cambió su grito habitual por otro distinto, más desgarrado pero igual de auténtico.

–¡Viva Colombia!

Ella se quedó mirándolo más tiempo que otras veces y hasta movió la mano en el aire para saludarle, como me había saludado a mí cuando nos vimos en Lavapiés. Tú hazme caso, Tomás, que se note que eres el más listo, me dijo entonces. Si alguna vez caes en la tentación de perder el honor, la dignidad y la conciencia, que alguna vez caerás, porque para eso estás en una edad malísima, que sea con ésta. Con ésta, que es la que vale. Con ésta, aunque dé miedo. Con ésta, que es la reina, y con dos cojones. Ni un paso atrás.

–¡Fernanda, guapa!

Ella nos miró, nos sonrió, y se metió en un BMW verde oscuro que últimamente se alternaba con el Alfa Romeo rojo al que ya estábamos acostumbrados. Adolfo esperó a que una sonrisa bobalicona se evaporara de sus labios antes de seguir hablando.

–¿Por dónde íbamos? ¡Ah, sí, ya me acuerdo! Pues eso, que por mí, que el alcalde las eche de aquí y que cierre la Casa de Campo si quiere. Lo voy a sentir por Fernanda, eso sí, aunque en alguna parte seguirá estando, bueno, ella y todas las demás, porque si los fachas se creen que van a quedarse en casa, van dados. Estoy por acercarme un día a los del aire acondicionado y hacerles alguna sugerencia. Que las desplieguen en el patio de la catedral de la Almudena, por ejemplo, a ver si mejoran ese pedazo de bodrio y, de paso, la mierda explota de una puta vez en la cara de los que la fabrican. ¿A que estaría bien? Adornarían mucho el edificio, desde luego. Ahora, que de lo que sí me voy a alegrar es de perderos de vista a vosotros, porque desde que os habéis hecho unos hombrecitos no hay quien os aguante, guapos...

–Otro sermón no, Adolfo –Miguel, que imitaba en el espejo los gestos de Sean Penn, frunció las comisuras de los labios en una mueca turbia y asqueada–, otro sermón no, por favor.

–No, no... Si yo no os sermoneo, si allá vosotros, ¿o no, Tomás?

275

–Tomás, como le des la razón te meto una hostia.

–¡Oye, Ramón, no te pases! –protesté yo–. De todas formas, Adolfo tiene razón en una cosa. Esto cada día es más aburrido. Sobre todo desde que nos han dado las vacaciones, y en vez de pellas lo que hacemos aquí es perder el tiempo

–¡Lo perderás tú, no te jode! –terció Miguel, rescatando una antigua vitalidad de su hosca apatía de chico malo–. Ramón y yo nos lo pasamos bastante mejor que antes, ¿sabes?

–¡Joder, qué mayores sois, qué miedo me dais! –Alfonso volvió a la carga–. Pagando por follar con diecisiete años, qué hazaña, qué prodigio, ¿pero qué digo prodigio?, unos héroes es lo que sois... Anda, Tomás, saca el violín y toca un poco.

–No, no merece la pena. Con lo alta que han puesto la música –*maaayoonesa*, Nancy bailaba sola alrededor de su árbol, *tú me bates como haciendo mayonesa*, y nunca la había visto tan contenta, *todo lo que había tomado se me subió pronto a la cabeza*–, no me ibais a oír.

Había pasado más de una semana desde la tarde en la que me atreví a preguntarle a doña Paula si querría escuchar una pieza en la que había estado trabajando últimamente, para que me respondiera con una mirada más que suspicaz, casi tenebrosa. Ella sabe que yo nunca le pediría al genio de la lámpara maravillosa que me convirtiera en el mejor violinista del mundo. Ella sabe que yo quiero ser compositor, aunque no sea el mejor, aunque sea sólo bueno. Nunca hemos hablado de eso, pero yo sé que mi maestra sintió de joven lo mismo que yo siento ahora, y que por eso me dice siempre que espere, que no me precipite, que una carrera se consolida poco a poco, que la prisa malogra al mejor músico y acaba mandándolo de una patada al palco de Las Ventas, o al quiosco del Retiro. Esa tarde no quise darle la oportunidad de machacarme con su amenaza favorita, sin embargo, y antes de empezar a tocar, la advertí que estuviera tranquila, que lo que iba a escuchar no era mío. Entonces sonrió y se reclinó en su butaca, y aunque su paciencia no me pareció menos temible que su suspicacia, yo miré a Mozart, miré a Brahms, miré a Corelli y cerré los ojos. Luego pensé en Fernanda, y la música fluyó a través de mí.

—¡Qué gusto de verle, niño! —Nancy me sonrió y me besó en las mejillas—. ¿Hoy tampoco se ha traído usted el violín?

—No, no... —y moví el brazo hacia atrás para señalar el loro que sonaba a todo volumen—. Con eso no me atrevo.

Nancy se echó a reír, y me rodeó el cuello con los brazos como si quisiera bailar conmigo. Aquella tarde, cuando terminé de tocar y abrí los ojos, doña Paula también se reía, porque la expresión de su cara era demasiado intensa, demasiado alegre, demasiado feliz como para confundirla con una simple sonrisa. Tanto que al principio me asusté. Luego, cuando empezó a hablar, lo hizo chillando, pero ya creí distinguir una nota de entusiasmo en su voz. ¡Eso es Shostakovich!, gritó, y los ojos le brillaban, ¡las *Suites de jazz!* Sí, logré responder por fin, bueno, en realidad, son sólo algunos temas que..., vale, lo he arreglado yo y ya sé que las transiciones son una chapuza, ¿no?, pero... ¿Le ha gustado? Entonces se levantó en dos tiempos, aferrándose a los brazos de la butaca para desplazarse hasta el borde primero, impulsándose después con sus propios brazos para ponerse por fin de pie. ¿Que si me ha gustado? Ladeó la cabeza y se me quedó mirando con los ojos entornados, sus labios curvados en una sonrisa auténtica, contenida y dulce, como si supiera que así yo podría mirarla a través del tiempo, a través de los años y de las arrugas, de las partituras amarillentas como el cansancio de su piel vieja y opaca, una joven estudiante de violín cuya ambición también sabía viajar más deprisa que sus dedos. Bendito seas, Tomás, me dijo. Claro que me ha gustado. Me has quitado cincuenta años de encima de un plumazo... Cuando llegó hasta mí, me besó en la frente, y yo me di cuenta de que me iba a poner colorado, porque doña Paula estaba tan emocionada, tan agradecida como si acabara de hacerle un regalo, y yo nunca me atrevería a contarle la verdad, que llevaba más de dos meses trabajando como un loco, que desde que me habían dado las vacaciones no había descansado ni un momento, que acababa de darme cuenta de que tanto esfuerzo había merecido la pena, pero que no lo había hecho por mí, ni por ella, ni siquiera por amor a Shostakovich –aquella obra tan clásica y tan moderna, tan popular y tan brillante, tan llena de intuición, de inteligencia, de ritmo, de alegría, de astucia, de colores–, sino para impresionar a dos putas colombianas de la Casa de Campo, una tan guapa que era pura música, la otra tan fea que era como yo. Escúchame, Tomás, me dijo doña Paula aquella tarde, yo no he llegado pero tú vas a llegar. Te lo estoy diciendo muy en serio. Tú tienes talento, hijo, tienes muchísimo talento... Cuando me di cuenta de que me había puesto colorado del todo, busqué el consuelo de la pared del fondo, y sentí que Brahms me miraba.

–Estás muy contenta, ¿no? –le pregunté a Nancy aquel sofocante mediodía de julio, mientras ya no estaba tan seguro de que la idea que habíamos tenido Brahms y yo fuera tan buena. Era el tercer día que cargaba con el violín hasta la Casa de Campo, y el tercer día que le pedía a Adolfo que me lo guardara mientras iba a verla. Pensar que las *Suites* de Shostakovich quizás pudieran llegar a gustarle no había sido tampoco una buena idea.

–¡Fígurese, niño! –me contestó, y yo esperé, porque ya estaba acostumbrado a su forma de hablar y sabía que le gustaba colocar las exclamaciones antes de las noticias que las inspiraban–. ¿A que no sabe con quién se encontró Daisy ayer por la tarde, y en la mismísima Puerta del Sol? Pues con mi doctorcito. Y me mandó recuerdos, ¿sabe?

Siguió hablando como si la hubieran dado cuerda, que si ella ya sabía que su doctorcito no podía desaparecerse así, sin más, que ahora estaba segura de que iba a volver, que en cualquier momento iba a ver su coche doblando la curva, que ya era hora de que las cosas empezaran a salirle bien... Yo la oía sin llegar a escucharla, porque una voz interior y sin embargo ajena, cómplice e irónica a la vez, repetía al mismo ritmo una cantinela muy distinta, cállate, Tomás, no seas gilipollas, cállate, Tomás, no seas gilipollas, cállate, Tomás... Debía de ser Mozart, que siempre me ha parecido el más espabilado de los tres, y sin embargo, y a pesar de eso, no le hice caso.

–Verás, Nancy, es que yo, el otro día tuve una idea... –ella seguía bailando de perfil, prestándome aún menos atención de la que me había merecido antes, la cabeza vuelta hacia la carretera, los ojos fijos en el camino por el que no llegaba, por el que nunca iba a llegar, un Audi blanco con un dentista dentro–. Mi profesora de violín..., doña Paula. Bueno, pues es una señora muy mayor. Tiene setenta y tres años, creo. Está muy bien de la cabeza, ¿sabes?, y es simpática, divertida, pero le cuesta trabajo moverse, porque está muy gorda y con la edad, y eso... Muchas veces me ha dicho que necesitaría a alguien que le ayudara, pero que le da miedo meter a una desconocida en casa, y que no sabe... –Nancy se paró en seco, giró sobre sus talones para mirarme y sus ojos me dieron miedo–. Vive en la calle Santa Isabel, al lado de tu casa. No haría falta que te quedaras a dormir allí. Yo ya la he hablado de ti. Se me ocurrió el otro día, en clase. No tendrías mucho trabajo, ella...

–¡Miren al pendejito santurrón! –me interrumpió

entonces, furiosa, a grito pelado–. ¡Ya me buscó un trabajito de sirvienta!

–No, no es eso, Nancy, no es eso... –¿no te había dicho yo que te callaras, gilipollas?, deja en paz al chico, un piadoso Corelli intercedió por mí, él va de buena fe, tenía que intentarlo, ¿no?–. Yo sólo había pensado...

–¿Qué? –estaba muy cerca de mí, con su pelo estropajoso, y su body color carne, y sus labios invisibles, y sus pechos descolgados, y los brazos en jarras, y una lengua verdosa, afilada y dañina como la lengua de las serpientes–. ¿Que no valgo para nada, que no soy como mi hermana? Pendejo, güevón, marica, que eso es lo que es usted, un marica, que sólo vale para estar ahí parado, mirándome. ¡Ay! Váyase, y deje de hijueputiarme la vida, que estoy esperando a mi doctorcito y usted no es más que un gordo de mierda.

No me moví. Nancy tampoco. Los dos estuvimos así un buen rato, inmóviles, callados, mirándonos como dos pistoleros que tratan de adivinar quién será el primero en apretar el gatillo.

–Sí –admití, antes de que ella encontrara algo más que decir–. Pero yo toco el violín.

La loma me pareció más áspera, más empinada, más dura de subir que nunca. Cuando llegué arriba, Adolfo estaba de pie, con mi violín en las manos. ¿Qué le has hecho, que está llorando?, me preguntó, y yo moví una mano en el aire y no dije nada. Esto se acaba, Tomás, me dijo entonces, las eche el alcalde o no, esto ya se ha jodido. Aprovecha porque nos quedan dos semanas. Después de las vacaciones, se acabó, yo por lo menos ya no vuelvo. Ahora, que te voy a echar de menos, artista, eso sí... Yo acariciaba el estuche de piel castaña, desgastada y sedosa, que antes fue de mi padre, y antes de mi abuelo, y durante un instante me sentí tan perdido, tan arruinado, que tuve la tentación de abrirlo y empezar a tocar. ¿Tú sabes quién era Shostakovich, Adolfo?, pregunté a cambio. ¿Yo?, y me miró con los ojos muy abiertos, una interrogación de azul purísimo, ni puta idea. Pero con ese nombre sería ruso, y si es ruso, casi seguro que me cae bien... Yo también te voy a echar mucho de menos, Adolfo, le dije cuando acabé de reírme, yo también.

–Pero, vamos a ver, joder, a vosotros ¿qué más os da? Si os folláis a lo que os ponen delante, si no tenéis ni puta idea de mujeres...

–¡Coño, Adolfo, qué pesado te estás poniendo! –Ramón discutía con él mientras Miguel esperaba una ocasión para intervenir.

–Pues sí, porque ayer, hablando con éste –éste era yo–, me di cuenta de que esto se acaba, de que ya no tiene gracia, por lo menos para mí, porque cada día me da más pereza venir, y me aburro más, y me marcho antes.

–¿Y por qué no te la follas tú?

–Porque yo no puedo, Miguelito, ya lo sabes. Os lo he dicho un montón de veces. Yo tengo principios, conciencia, dignidad, pero vosotros, que no sabéis lo que es eso... Y además, ¿para qué sirve follar? ¡Pues para contarlo! Eso está claro. ¿O es que no os sabéis la historia de Dominguín con Ava Gardner?

Entonces, la reina echó a andar muy despacio hacia nosotros, con su cara de Virgen María, y sus pechos de bombón de chocolate con leche, y su corsé blanco de novia desnuda, y sus piernas como látigos de seda, y su piel dibujada, delicada, imposible, que no podía ser la de una mujer auténtica.

–La verdad es que es la hostia... –murmuré bajito, sólo para mí.

–Pues claro que es la hostia –Adolfo, que me había oído, asentía con la cabeza–. ¿Y os la vais a perder, gilipollas? –Miguel y Ramón no se atrevieron a decir nada, aunque miraban a la reina como los demás, porque a ella le bastaba mover las caderas para hipnotizarnos, y ninguno sabía resistirse a su poder–. ¡Fernanda, guapa!

Aquella vez no se paró, no nos buscó con los ojos ni premió nuestro fervor con una sonrisa. Siguió andando en nuestra dirección, balanceándose lentamente sobre los tacones, hasta que llegó al borde de la loma, y se me quedó mirando.

–¡Tomasito! –gritó entonces–. Venga usted acá conmigo un momentico, ¿sí?

Yo me quedé quieto, congelado, sin pestañear, sin atreverme a respirar siquiera, como si sus palabras acabaran de convertirme en una piedra muy satisfecha de serlo.

–¡Pero vete con ella, imbécil! –Adolfo me dio en el hombro un golpe que mis músculos no llegaron a acusar, de puro atónitos–. ¿A qué esperas?

No recuerdo haber sido capaz de ponerme de pie, pero debí de hacerlo, porque recuerdo en cambio que tropecé dos veces al bajar la loma, y que la segunda estuve a punto de caerme. No escuché a nadie reírse, sin embargo. Cuando llegué a su lado, la reina sonrió para mí solo, una sonrisa privada, escogida, floreciente, se colgó de mi brazo y cruzó la carretera para llevarme por un camino de tierra, estrecho y descuidado, por el que habíamos visto a veces perderse a algunas chicas, nunca a ella.

–¡Está usted temblando, niño! –me dijo cuando nadie más podía escucharnos.

–Sí –admití, porque era verdad. Estaba temblando.

Me llevó a una especie de chiringuito abandonado, un merendero situado lejos de la carretera que debía de llevar años cerrado. Cuando llegamos, se apartó un poco de mí para mirarme de frente, y yo me atreví por fin a mirarla despacio, de arriba abajo, y comprobé que era mucho más guapa de cerca que de lejos, tan guapa que los ojos me dolían al mirarla. Entonces me acercó una mano a la cara y me sujetó la barbilla con el pulgar.

–Levante un poco la cabeza –me pidió–, así...

Quería ver mi callo, la rozadura del violín, tocarlo con los dedos. Yo la dejé hacer, y si no me desmayé fue porque en aquel momento se me ocurrió pensar que a lo mejor a todas las mujeres les pasaba algo parecido, que a lo mejor, al final, el violín iba a acabar sirviéndome para ligar.

–¿Le duele? –negué con la cabeza–. ¿Y si aprieto un poco? –lo hizo y volví a negar–. Mi hermana dice que es marica –entonces, después de acariciar mi barbilla por última vez, se quedó mirándome con los brazos quietos, paralelos al cuerpo–. ¿Es usted marica, niño?

–No –y no añadí nada más, como si aquel monosílabo fuera la última palabra que tuviera fuerzas para pronunciar en mi vida.

–Ya... Nancy no anda muy bien del coconut, ¿sabe? –y se llevó el índice a la cabeza para darse unos golpecitos–. Por eso no le quiere. Y debería quererle. Yo se lo dije, ayer, que lo que hace usted por ella es muy lindo. A mí me parece lindo. Usted es de los buenos, Tomasito...

Cogió mis manos por las muñecas y se las puso encima de los pechos, y durante un instante, mis dedos tocaron terciopelo, tocaron algodón, tocaron suavidad, tocaron el peligro y el miedo, el placer y la dulzura, tocaron la realidad, y un cielo que era de carne, de piel auténtica, y ardieron en un fuego templado que quemaba para huir deprisa, buscando el consuelo familiar de los bolsillos. Cuando me atreví a mirarla otra vez, en mi mano derecha había seis monedas, siete euros con veinticinco céntimos, todo lo que tenía.

285

–Guárdese eso, chambón... –Fernanda se reía–. ¿Ha traído usted bocadillo?

–Sí... –y lo busqué en la mochila–. Es... de pollo asado... con lechuga... y mayonesa...

–¡Qué rico! El que más le gusta a mi hermana... Démelo –lo cogió y se lo metió en el bolso. Luego se pegó a mí, me quitó las gafas y las guardó en el bolsillo de mi camisa–. ¡Ay, pero no me tenga miedo, niño! Si es muy fácil... Yo le ayudo, ¿sí? ¿O es que no quiere?

–Sí, sí... Sí –y entonces me acordé de Nancy, y de que con ella nunca había querido, y de que me iba a odiar cuando se enterara, y de que el mundo era injusto como una mierda, y de que yo también era gordo, y feo, y llevaba gafas, pero ni siquiera así tenía la culpa de que ella no se pareciera a su hermana–. Claro que quiero.

Fernanda era música. Pura música. Por eso Vivaldi la amaba, por eso la amó en mí, y la primavera deshizo suavemente el hielo del invierno, y el verano fue caluroso, feroz, el otoño breve pero apacible. El tema de la vendimia sonaba todavía en mis oídos cuando me separé de ella, al borde de la carretera, y al llegar arriba, ni siquiera Ramón se atrevió a interrumpirlo. Miguel y él me miraban con una indiferencia fingida, casi dolida, pero en la cara de Adolfo había una expresión distinta, juvenil y melancólica. Quizás por eso, cuando me senté a su lado, sentí un inexplicable amago de tristeza, una misteriosa tentación de llanto que nacía del vértigo de mi propia euforia.

–Toma –Adolfo me tendió una petaca llena de coñac que nunca le había visto, que ni siquiera sabía que llevara encima–. Bebe. Y no me cuentes nada, Tomás... No me cuentes nada, nunca.

Cuando un Mercedes plateado se detuvo a su lado, Fernanda se inclinó para hablar con el conductor, se incorporó otra vez, abrió la puerta, sonrió. Y mientras fruncía los labios para enviarme un beso a través del aire, supe que Mozart, y Brahms, y Corelli, me miraban desde el cielo con los ojos llenos de lágrimas y más nostalgia que nunca de mi edad, y de mi vida.

Nancy estaba apoyada en su árbol, sola y furiosa. Ella también me miraba, pero no tuve valor para sostenerle la mirada.

Últimos títulos